光文社文庫

文庫書下ろし／連作時代小説

若木の青嵐《あらし》

牧　秀彦

KOBUNSHA

光　文　社

この作品は光文社文庫のために書下ろされました。

目次

登場人物紹介

※年齢は本作品時点（天保六年・一八三五年）での数え年です。

土肥純三郎（どいじゅんざぶろう　二十一歳）
肥後国《ひごのくに》の相良藩《さがらはん》から江戸にやって来た青年武士。

留蔵（とめぞう　六十七歳）
根津権現《ねづごんげん》前の辻番所を預かる番人。かつては根津界隈《かいわい》で名を売った遊び人。田部伊織と共に裏稼業で悪を葬り去ってきた。

田部伊織（たべいおり　四十三歳）
浪人。留蔵の相棒で、剣術と手裏剣術の達人。娘夫婦と同居する楽隠居の身。

佐吉（さきち　三十八歳）
かつて「滝夜叉の佐吉」と呼ばれた凄腕の岡っ引き。弟分の正平に縄張りを譲って幼なじみのお峰と所帯を持ち、根津権現の門前町で居酒屋『あがりや』を営む。

正平（しょうへい　三十二歳）
根津一帯を縄張りとする岡っ引き。佐吉の許で下っ引きを務めていた。

立花恵吾（たちばなけいご　六十歳）
南町奉行所の臨時廻同心。かつては佐吉、今は正平の抱え主。

花江（はなえ　三十歳）
立花恵吾の一人娘。嫁ぎ先から離縁され、男やもめの父親と同居して世話を焼く。

土肥十郎左衛門信安（どいじゅうろうざえもんのぶやす　三十三歳）
相良藩の大物郷士・土肥一族の二十八代当主。

相良壱岐守頼之（さがらいきのかみよりゆき　三十八歳）
肥後相良藩二万二千百石の十三代藩主。

序章

五分《ぶ》咲きの桜が春本番を告げている。

天保《てんぽう》六年（一八三五）の二月も末に至っていた。

陽暦ならば三月下旬。桜の開花もそろそろ間近。

陽が暮れれば花冷えも厳しいが、夜明けと共に降り注ぐ陽射《ひざ》しは毎日暖かく、江戸の春は日一日と深まりつつあった。

木洩《こも》れ日の下を若い男が通り抜けてゆく。

鬱蒼《うっそう》と木々が茂る湯島《ゆしま》の森の中、黙然《もくねん》と歩を進めている。

日除《ひよ》けの網代笠《あじろがさ》はあちこちに破れ目が生じていた。

着ているものもみすぼらしい。

一目《ひとめ》で古着と分かる木綿《もめん》の袷《あわせ》をまとい、細身の野袴《のばかま》を穿《は》いている。

皺《しわ》にならないように手《て》で伸ばしてあるものの、ほころびが目立つ上に陽に焼けて色褪《いろあ》せてしまっていた。

履《は》いているのは、鼻緒《はなお》まで藁《わら》で編まれた冷飯草履《ひやめしぞうり》。

この江戸では食うにも事欠く、貧乏人の履くものである。

町人には袴を常着《つねぎ》にするのが許されず、旅に出るとき以外は脇差《わきざし》を帯びることもないので一応は士分らしいと分かるが、お世辞にも立派な装いとは言いがたい。

粗衣《そい》をまとってはいても、笠の下から覗《のぞ》けて見える顔は存外に凜々《りり》しい。

面長《おもなが》で鼻が高く、黒い瞳の輝きからは知的な印象を与えられる。

目も口も小ぶりで形良く、尾羽打《おはう》ち枯《か》らした態《ざま》になっても上品さを失わない辺りに育ちの良さが感じられた。

品があるだけでなく、五体は十分に鍛えられている。

四肢《しし》はがっちりしており、腰《こし》も据《す》わっていた。

されど身の丈はそれほど高くなく、五尺四寸（約一六二センチメートル）足らず。

江戸では成人男性の平均より少し大きい程度で、脚もやや短い。なまじ全身の筋肉が発達しているのが災いし、見てくれはいかにも寸胴《ずんどう》だった。

役者さながらにすっきりとした、知性も感じさせる顔立ちをしていながら体付きはなぜか乱世の徒歩武者《かちむしゃ》さながらに厳《いか》めしい。

太平の世では武士よりも、農民に多い体型であった。華のお江戸には珍しい類《たぐい》の若者と言わざるを得まい。

武士なればこそ、奇妙なのだ。

もしも野良着《のらぎ》姿で野菜の詰まった籠《かご》を背負《しょ》ったり、天秤棒《てんびんぼう》を担いでいれば誰も不思議には思うまい。鍬《くわ》を振るって畑を耕し、牛馬の世話を欠かさぬ日常の中で自《おの》ずと鍛えられた農村の若い者の雰囲気と逞《たくま》しさを、この若者は備えていた。

しかし士分には違いなく、脇差を帯びた姿が板に付いている。

持ち主と同様に修練の程を感じさせる一振りだった。

茶鞘《ちゃざや》の長さから察するに、鞘の内は一尺六寸（約四八センチメートル）。

堅気《かたぎ》の町人が旅の護身用に携行する道中差と、ほぼ同じ長さである。

無頼《ぶらい》の博徒《ばくと》が持ち歩く長脇差《ながわきざし》には二尺（約六〇センチメートル）近いものもあり、

武士と違って大小の二刀を帯びることこそ禁じられているが、いざ勝負となれば剣客を相手にして後《おく》れを取らぬほど腕の立つ博徒も、本場の上州《じょうしゅう》には少なくない。

関八州の街道を流れ歩く渡世人《とせいにん》も身なりこそ物乞い同然でありながら修羅場を潜《くぐ》ってきた強者《つわもの》が多く、扱いに不慣れな町人が振り回しても玩具《おもちゃ》に等しい道中差を巧みに操る。

されど、この武骨な若者は無頼者には見えなかった。

帯びた脇差が、ありふれた安物とは違うからだ。

外装も鉄ばかりで高価な金銀など用いていないが、拵《こしら》えに気品があった。

柄頭《つかがしら》は楕円を半分に割った姿の棗形《なつめがた》。柄は短め。

九州の肥後国《ひごのくに》から世に広まった、その名も肥後拵である。

後《のち》の世で量産されることになる居合道《いあいどう》の模擬刀にもしばしば見受けられる肥後拵は、自らも剣の手練《てだれ》として世に聞こえた戦国武将の細川三斎《ほそかわさんさい》が創作したもの。かつて熊本城主だった加藤清正《かとうきよまさ》が没し、その嫡男《ちゃくなん》の忠広《ただひろ》が幕府に睨《にら》まれて失脚した後に肥後入りした三斎は家中《かちゅう》に伯耆《ほうき》流の居合術を広める一方で、抜き打ちに適する刀の拵えとして柄と刀身を短く仕立てた肥後拵を考案したという。

若者が帯びた肥後拵の脇差は年季が入っていた。

柄に巻かれた木綿の糸は鞘と合わせた茶色の染めで、革かと見紛《みまが》うほどに光沢がある。

日頃から剣術の稽古《けいこ》に用い、抜き差しするたびに手のひらの汗と脂《あぶら》を吸わせていなくてはこうはなるまい。

使い込まれてはいても、どこも黴《か》びてなどいなかった。透かし入りの丸鍔《まるつば》も、柄巻の下の目貫《めぬき》も古びてはいるが錆《さ》びひとつ見当たらず、細部にまで手入れが行き届いている。日々の稽古を通じて手慣らした一振りを傷めまいとする、気配りが感じられた。

市中で見かける浪人たちは、刀の手入れなど碌《ろく》にしていない。

剣の腕を買われて博徒一家に雇われ、賭場《とば》などで用心棒をして食っている連中の場合には刀身の錆びと目釘《めくぎ》の緩《ゆる》みにだけは注意を払い、喧嘩《けんか》出入りで人を斬《き》るたびに研《と》ぎに出すのも怠らないが、売り物になるほど腕が立たぬ凡百の浪人は形だけ帯びているにすぎない。

手入れせずに放《ほう》っておくだけならばまだしも食うに困って売り払い、刀屋がお情けで用意してくれる竹光《たけみつ》に鞘の中身を入れ替えて、そのまま過ごす者がほとんどなのだ。

されど、この若者が差しているのは紛《まぎ》れもなく本身《ほんみ》であった。

重そうな一振りを、若者は閂《かんぬき》にして帯びていた。

地面に対して水平にし、傾《かし》げることなく差している。

帯の間に通すだけでは、こうはならない。

腰のところで袴紐《ひも》が鞘の支えになるように、きちんと着装を整えてあるのだ。

主持《しゅうも》ちの身であればそうやって帯びるのが当然の作法だが、禄を離れた浪人はだらしなく落とし差しにしていても差し支えないはず。

しかし、この若者は違う。

尾羽打ち枯らしても、武士の矜持《きょうじ》まで失ってはいないのだ。

食い詰め浪人の見本と言った態《なり》をしていて体付きは農民そのものでありながら、実に奇特なことと言っていい。何とも不思議な若者であった。

「……」

森を抜けた若者は笠の縁《ふち》を持ち、無言のまま視線を上げる。

視線の向こうに鎮座する、黒塗りの建物は大成殿《たいせいでん》。

武家政治の根幹を成す儒教の祖として崇《あが》められる、孔子《こうし》が祀《まつ》られた霊廟《れいびょう》である。

この大成殿を中心とする一帯は湯島聖堂と称され、幕府の学問所となっている。

元禄《げんろく》三年（一六九〇）に上野《うえの》の忍岡《しのぶがおか》から移転するまでは先聖殿と呼ばれていたのを大成殿と改め、付属する学舎を含めて聖堂と名付けたのは五代将軍の徳川綱吉《とくがわつなよし》。

悪評高き生類憐《しょうるいあわ》れみの令を死に至るまで徹底させて晩節を汚《けが》しはしたものの、在《あ》りし日の綱吉は学問好きの名君。

将軍に儒学を講義する侍講《じこう》を代々務めてきた林《はやし》家の私塾に援助をし、旗本と御《ご》家人《けにん》を教育する役割を担わせたのは幕政の将来を担う優秀な人材を育てるため。一方で町人向けの儒学の特別講義も行われ、綱吉亡き後に八代将軍の徳川吉宗《よしむね》が林家の塾生たちを講師とする定期の日講として定着させたのも、いずれ劣らぬ名君ならではの措置だった。

かくして半官半民の教育機関となり、聖堂学舎と呼ばれるようになった林家の私塾を完全に吸収したのは、吉宗直系の孫に当たる老中首座《ろうじゅうしゅざ》の松平定信《まつだいらさだのぶ》。老中首座と将軍補佐を兼任し、名君だった吉宗公の孫として幕政の改革に着手した定信は祖父の偉業を継いで文武両道の指導を強化すると同時に大成殿を新築し、一帯の敷地を拡張。一万一六〇〇坪余りの広大な敷地には水戸《みと》の孔子廟を模して建てられた大成殿を中心に杏壇門《きょうだいもん》、入徳門《にゅうとくもん》、仰高門《ぎょうこうもん》がそびえ立ち、神厨《しんちゅう》に庁堂、講堂と学舎、そして教官を務める儒学者の屋敷も付設された幕府直轄の昌平坂学問所、世に云う昌平黌《しょうへいこう》が成立した。

ちなみに「昌平」とは孔子が生誕した村の名前。大成殿を始めとする一帯の建物はすべて唐土《もろこし》（中国）風の造りになっていた。唐《から》屋根に煌《きら》めく朝日がまぶしい。学ぶ者も学ばぬ者も、敬虔《けいけん》な気持ちを等しく抱《いだ》かずにはいられぬ眺めであった。

されど、見返す男の表情は暗い。
黒い瞳は切ない光を帯びている。
古《いにしえ》の哲人に想いを馳《は》せていたわけではないのは、つぶやく一言から察せられた。
「……恨みますぞ、父上」
短いつぶやきだったが、漏らした溜め息は深かった。
親を貶《おとし》め、自分の出生を悔いるのは人として感心できぬこと。
しかし、この若者にはそうせずにはいられぬ事情がある。
土肥《どい》純三郎《じゅんざぶろう》、二十一歳。
肥後国から出奔《しゅっぽん》し、江戸に居着いて早くも三月《みつき》が経《た》っていた。

純三郎は黙々と踵《きびす》を返す。
聖堂の裏手は湯島三丁目。
道なりに四、五、六丁目と辿《たど》って本郷《ほんごう》に出れば、根津《ねづ》はすぐ近くである。
根津権現《ごんげん》の境内《けいだい》が、江戸に出てきて以来の純三郎の稼ぎ場だ。
今日も悩む想いを振り切って、商いに精を出さなくてはならない。
笠の下で顔を引き締め、純三郎は大成殿の前から離れようとした。

と、そこに居丈高な声。

「退《ど》け、退《ど》け！」

お仕着せの羽織袴に身を固めた二人組は、大身《たいしん》の武士に付き従う供侍《ともざむらい》。

玉砂利の敷かれた道をのし歩き、露払いをしているのだ。

二人の供侍は、揃《そろ》って三十になるかならぬかといったところ。

いい歳《とし》をしていながら弱い者いじめが好きそうな、見るからに卑《いや》しい顔つきであった。

折悪しく、他に行き交う者は誰もいない。

供侍たちは左右から純三郎に詰め寄ってきた。

「素浪人の分際で道を塞《ふさ》ぐでないわ！」

「そのぼろ笠も取らぬか、無礼者めっ」

神聖な霊廟の前で傍若無人《ぼうじゃくぶじん》に振る舞うとは、虎の威を借る狐もいいところ。

威勢のいい二人組に続いて現れたのは、六尺豊かな武士。

供侍たちよりもやや若く、二十代の半ばと見受けられた。

純三郎には目も呉《く》れずに顎《あご》を上げ、ふわっと大きな欠伸《あくび》をする。

羽織は上等の絹物。袴にも火熨斗《ひのし》（アイロン）をきちんと当ててある。

太い腰に差した大小の刀も手入れが行き届いていたが、彫りの深い顔はむくんでいた。

昨夜の酒が抜けていないばかりか白粉《おしろい》の匂《にお》いまで漂わせている。すぐ近くの湯島天神前にある岡場所で一夜の歓を尽くし、屋敷にも戻らずにそのまま登校してきたらしい。

畏《おそ》れ多くも幕府の学舎に夜遊び明けの態で現れるとは無礼千万だが、直参《じきさん》の子弟ともなれば珍しいことではなかった。

昌平黌は直参のための教育機関。将軍家直属の家臣ならば大身旗本から軽輩《けいはい》の御家人まで幅広く受け入れ、幕府の登用試験に向けて講義をしてくれる。いわば予備校のような側面を備えていた。

口頭試験の素読《そどく》吟味を目標に励《はげ》むのは十五歳以下の少年たちだが、筆記を伴う学問吟味で合格を目指すのは元服を済ませた大人ばかり。公儀の職に就いていても高い成績を収めれば箔《はく》が付いて出世につながるとあって、昌平黌の生徒には現役の幕臣も数多い。

学問吟味は三年ごとに、おおむね二月に行われる。

今年はすでに終了しており、次の実施は天保九年（一八三八）と決まっていた。

三年後のこととはいえ、安閑と過ごしていて合格できる試験ではない。毎回およそ三百人が受験し、及第者の数は一割程度。それも順位が付けられるため、合格しても下位であれば公職に抜擢《ばってき》されるには至らず、褒美《ほうび》の品を授《さず》かるのみ。無役の立場から這《は》い上がりたい者ほど真剣に、何年も前から受験勉強に取り組むのは当然だった。

純三郎に難癖を付けてきた供侍たちのあるじも、御座敷日講と称する昌平黌の講義を受けに来た大身旗本と見受けられた。

見た目は申し分なく、御大身の若様と呼ぶにふさわしい。

六尺豊かな巨軀《きよく》は太すぎず細すぎず、腹も出てはいなかった。

顔がむくんではいても足の運びは安定しており、ふだんから弓馬の稽古で鍛えているのが一目《ひとめ》で分かる。

風呂に入って宿酔《ふつかよい》を覚ませば、男ぶりもさぞ上がることだろう。

吹けば飛ぶような細腰で満足に刀も帯びられぬくせに身なりにばかり気を遣《つか》う、小洒落《こじゃれ》た若様連中に比べれば遥《はる》かにましと言っていい。

されど、この旗本の性根は最低だった。

「つまらぬ下郎にいつまで構《かも》うておるのだ。早うせい……」

供侍たちに告げる口調はふてぶてしい。

相変わらず欠伸をするのを止《や》めぬばかりか、足元に唾《つば》まで吐いている。

純三郎を軽んじるのはまだしも、大成殿の前で取る態度ではなかった。

昌平黌で指導される朱子学は、幕府が正学と定めたもの。

その朱子学を学ぶための教場に酒食遊興の名残もあからさまに登校し、畏れ多くも孔子の霊廟を目の前にして唾まで吐き散らすとは、礼を欠くのも甚《はなは》だしい。

しかし、昌平黌は直参に甘かった。

陪臣《ばいしん》——大名の家臣や郷士《ごうし》、浪人も聴講を許され、教場こそ違っても同様の講義を受けているのだが、直参の生徒は彼らのことなど眼中にない。

この昌平黌は自分たちのために開かれた学校であり、お情けで教場に入れてもらっているだけの陪臣や郷士は物の数ではないと見なしているからだ。

まして無禄の浪人など、同じ武士とも思っていない。

純三郎に限らず、軽んじられて当然なのだ。

幕府の教育機関として昌平黌を整備するのに心血を注いだ松平定信の思惑からは、大きくかけ離れた現状だった。

優秀な人材ならば出自を問わず、たとえ浪人であっても抜擢される機会に恵まれた当時と天保六年現在では事情も違う。

寛政《かんせい》の改革が半《なか》ばで頓挫《とんざ》し、堅苦しくも名老中であった定信が失脚してしまってから幕政は弛緩《しかん》する一方。政《まつりごと》の現場を預かる老中たちは奢侈《しゃし》好みの将軍である徳川家斉《いえなり》に迎合し、米不足に苦しむ民を顧《かえり》みずに放漫な政を行うばかり。一人だけ幕府の行く末を憂えて止まぬという本丸老中の水野越前守忠邦《みずのえちぜんのかみただくに》は新参者で、当てにはならない。

将軍を始めとする上《うえ》つ方《かた》がだらしなければ、自ずと直参の風紀も悪くなる。なればこそ、この若い旗本もむくんだ顔のままで登校して憚《はばか》らずにいられるのだ。

純三郎は笠の下で顔を曇らせていた。

しかるべき地位に就きさえすれば、声を大にして批判してやれる。

しかし、今の自分は三度の食事にさえ事欠く身。

感情の赴くままに振る舞ったところで、碌な目には遭うまい。

ここは我慢が肝要であった。

純三郎は無言で笠を取る。

月代《さかやき》の伸びた頭がむき出しになった。

伸び放題の髪をまとめ、元結《もとゆい》代わりの木綿糸《もめんいと》で束ねて総髪《そうはつ》にしている。

鬢付《びんつ》け油を付けていないのでぱさついてはいたが雲脂《ふけ》などたまっておらず、前髪も流れるように撫《な》で付けてある。髪結床に行く銭を惜しむ代わりに手間をかけ、櫛《くし》を入れることを欠かしていないのだ。

路傍《ろぼう》にひざまずき、純三郎は深々と頭《こうべ》を垂れた。

殊勝そのものの振る舞いである。

こうも素直に出られては、旗本には文句のつけようがないはずだった。

異常なほど厳しい身分制が敷かれ、かつて徳川家康《いえやす》に逆らった長宗我部《ちょうそかべ》氏の旧臣の家系というだけのことで郷士やその株を売り払った地下《じげ》浪人が激しく差別されている土佐《とさ》藩ならばいざ知らず、この江戸では将軍家直参の旗本といえども同じ士分の者をさしたる理由もなしに痛め付けたり、侮辱《ぶじょく》するわけにはいかないからだ。

まして無礼討ちにしようとすれば大事になる。

町人が相手でも下手をすれば切腹をさせられるご時世に、見るからに尾羽打ち枯らした浪々の身とはいえ、無用の争いはするべきではない。

しかし、二人組の供侍は無謀な連中であった。

「それで頭を下げておるつもりか、うぬ！」

「こちらにおわすをどなたと心得おる？　畏れ多くも、二千石の若様なるぞっ」

口々にわめきながら純三郎に手をかけようとする。

刹那《せつな》、黙っていた旗本が口を開いた。

「五月蠅《うるせ》い……静かにせい」

億劫《おつくう》そうに進み出るや、戸惑《とまど》う供侍たちの襟首《えりくび》を引っつかむ。

「わ、若⁉」

「お許しくだされっ」

許しを乞う言葉も虚《むな》しく、二人は同時に素っ転ぶ。

「ふう……」

吐息《といき》を漏らしつつ、旗本は足元の純三郎に視線を向けた。

見上げる純三郎の態度は冷静そのもの。

豪腕の持ち主である巨漢の視線をまともに受け止め、逸《そ》らそうとしない。

よほど肝が据わっていなくては取れぬ態度だろう。

この若者は旗本の見せた腕力はもとより、直参の権威さえ恐れていないのだ。

身じろぎもせずに返す視線は鋭い。

暗い表情の中で、黒い瞳だけがぎらりと光る。

「む……」

負けじと旗本は目を剝《む》いた。

思わず左腰に伸ばそうとした手を止めたのは、若者の帯前にある脇差の柄が光沢を帯びているのに気づいたため。

無言でにらみ合ったまま、暫《しば》しの時が流れた。

木鐸《ぼくたく》の鳴る音が、春風に乗って聞こえてくる。

朝の講義の開始を知らせる予鈴《よれい》であった。

「……参るぞ」

ようやく起き上がってきた供侍たちに一言告げるや、旗本は大股《おおまた》で歩き出す。

「お、お待ちくだされ」

「若っ」

純三郎をほったらかし、二人はあたふたと後を追う。

去り行く様を尻目《しりめ》に純三郎は立ち上がる。

笠を被《かぶ》り直し、黙ったまま歩き出す。

笠の下で浮かべる表情は暗い。

巨漢の旗本を見返したときと同じ眼力を、黒い瞳に宿したままでいた。

旗本が通う教場は、大成殿に隣接する饗応《きょうおう》座敷。

行われる講義は、直参の中でも身分の高い大身旗本のみを対象とする御座敷日講。

すでに生徒たちは座敷に入り、教官の儒学者も上座に就いていたが、まだ講義は始まっていなかった。二千石以上と思《おぼ》しき良家の子弟もいたが、誰も文句を口にしない。

どの者も青白い、ろくに本身どころか木刀さえ握っていないような者ばかり。

神妙な顔で膝《ひざ》を揃え、講義が始まるのを待っていた。

「急ぎましょう、若」

「左様《さよう》にござる。お歴々にご無礼があってはなりませぬぞ」

ゆるゆると廊下を進む旗本の先に立ち、二人の供侍は作り笑いを浮かべていた。

昌平黌には教官の他に勤番頭《きんばんがしら》、勤番、下番という職員が出仕しており、素行の悪いあるじに仕える供侍たちはいつも彼らから陰で嫌味を言われている。

つい今し方も勤番頭とすれ違い、にらみ付けられたばかり。

問題児の旗本に面と向かっては何も言えぬが、下っ端《したっぱ》には遠慮をしない。

あるじの学友である良家の子弟も同様で、彼らの抱える家士どもからはつるし上げを食うのもしばしばだった。

この二人、強いのは弱い者に対してのみ。

あの若者——土肥純三郎のことも、弱者としか見なしていない。なればこそ日頃の憂さ晴らしに叩《たた》きのめしてやるつもりだったのに、なぜ制止されたのか訳が分からずにいる。

いつもは好き勝手に暴力を振るわせ、相手を傷付けても御大身の権威に物を言わせて内済《ないさい》にしてくれるというのに、なぜ今朝《けさ》に限って腕ずくで止めたりしたのか。

理由は、あるじの口から明かされた。

「……あやつ、できるぞ」

「えっ⁉」

ぼそりとつぶやく旗本に、供侍たちは思わず立ち止まった。

若いあるじの言うことが信じられないのだ。

腕力では敵《かな》う者がなく、楽々と強弓《ごうきゅう》を引いて悍馬《かんば》を乗りこなすあるじは幼少の頃から人を褒《ほ》めたことなど皆無であった。

それが何気ない一言とはいえ、落ちぶれ果てた食い詰め浪人の力を認めたのだ。

有り得ぬことに呆然《ぼうぜん》とする二人を、旗本はじろりと見返す。

「そなたらの目は節穴か……あの脇差の柄も、目に止まらなんだのか」

「革巻きと見受けましたが、それが何か？」

「……もう良い。講釈は終《しま》いまで受けて参る故《ゆえ》、先に屋敷へ戻って父上に知らせておけ」

「若？」

戸惑う供侍たちを廊下に置き去りにして、旗本は饗応座敷に入っていく。

偉そうに顎を上げたまま畳に腰を下ろし、太い脚を組んで座る。

瀬崎兵衛《せざきひょうえ》、二十六歳。

二千石取りの御大身の家に生まれた兵衛は、目下のところ無役の身。

抜きん出た武芸の才を買われて昨年に御番入を果たし、江戸城中を警備する新番組頭の職に一度は就いていながら、つまらぬ暴力沙汰《ざた》を引き起こして役目を解かれたばかり。

父にも増して母は激怒し、昌平黌に通い直せと言い出した。気合いを入れて三年後の学問吟味を受験し、しかるべき成績を収めて出世の足がかりになされと厳命されたのである。

放蕩《ほうとう》無頼を気取っていても、母親には逆らえぬ。

やむなく毎月四、七、九の日に催される御座敷日講を受けるため、前の日にどれほど深酒をしても早起きしなくてはならなくなった。

お目付役の供侍たちが必ず付いてくる上に、教官の儒学者からも屋敷に出席状況の報告が行くようになっているため、怠けるわけにはいかない。

そんな日常に兵衛は飽き飽きしていた。

なまじ旗本の家に生まれたがために、自分はこういう目に遭っている。なればこそ、直参でもないくせに嬉々《きき》として昌平黌に通ってくる連中が腹立たしかった。

この昌平黌は、あくまで直参の旗本と御家人のために開かれた学校。陪臣や郷士、浪人も講義を受けるのを許されてはいるが、聴講生の扱いにすぎない。

あの若者にしても士分である以上、聴講のみならば入学するのに障《さわ》りはない。町人にも仰高門日講を受けることはできるのだし、兵衛には理解しがたいことだが学問がしたいのならばすればいい。

にも拘《かか》わらず、あの若者は教場に足を向けようとしなかった。

理由は察しが付いていた。

目は口ほどにものを言う。

あの小生意気な若造は、昌平黌で教養を身に付けたいのとは違う。

自分たち直参と同様に学問吟味を受験して合格し、出世の足がかりにしたいのだ。

もとより無理な話というのに、あの若造はあきらめていない。

いつの日にか、同じ立場になってみせる。

大身旗本だからといって偉そうにするな。

同じ場に立ちさえすれば、負けはしない。

そんなひりつくような執念が、黒い瞳だけでなく体じゅうから漂い出ていたことに兵衛は気づいていた。

（気に入らぬな……）

教官が始めた講釈には耳も傾けず、兵衛は胸の内でつぶやく。

笑止千万なことだった。

浪々の身で学問がしたいのならば、分相応に聴講だけしていればいい。

だが、あの若者は違う。

お前などに、いつまでも負けたままでいるものか。

いつの日か学力で勝ってやる。

首を洗って待っていろ。

無言の内に、目でそう語っていたのだ。

頭が切れそうな上に、腕も立つ様子だったのが尚《なお》のこと気に食わない。

（まこと、気に入らぬわ）

今日は講義に出るために心ならずも引き下がったが、次に顔を合わせたときには思いきり痛め付けてやらねばなるまい。

兵衛は思いきり欠伸をする。

酒臭い息をまき散らされて、周囲の若君たちは顔をしかめる。

だが、誰も注意はできない。

瀬崎兵衛の腕っぷしの強さは、誰もが承知している。

新番組頭の勤めをしくじったのも、気に食わぬ上役をぶん殴《なぐ》ったせいだった。

被害者の旗本は命まで落とさずに済んだものの殴られた衝撃と恐怖で正気を失い、加害者の兵衛ともども御役御免になってしまった。

先に手を出したのは兵衛であり、本来ならば腹を切らされかねない事件であった。にも拘わらず軽い処分だけで済んだのは瀬崎家の正室《せいしつ》、すなわち兵衛の生母が大奥で家斉のお手つき中臈《ちゅうろう》だったからである。

かつての愛妾《あいしょう》を下げ渡した家となれば、将軍が甘いのも当然至極。故に、周囲の若君たちは誰も逆らえない。

本多誠四郎《ほんだせいしろう》さえいてくれれば、兵衛とて傍若無人に振る舞えはしないはず。

あの男がこの場にいないことを、誰もが心から残念に思っていた。

かつて昌平黌で俊才と謳《うた》われた誠四郎は七千石の旗本の長男。戦国の乱世に徳川四天王の一人に数えられた無双の闘将・本多平八郎忠勝《へいはちろうただかつ》の末裔《まつえい》であり、分家の子ながら忠勝の生まれ変わりと讃《たた》えられるほど武芸の腕が立ち、柳生新陰流《やぎゅうしんかげりゅう》と起倒《きとう》流《りゅう》の達人だった。

誠四郎の手にかかれば、剛力自慢の兵衛も軽く締め上げられてしまうことだろう。

しかし、残念ながら誠四郎はもういない。

問題を起こして御役御免になった兵衛が再入学させられるのと入れ替わりに、昌平黌から卒業してしまったのだ。

誠四郎は元服前の素読吟味で四書五経《ししょごきょう》をすらすらと諳《そら》んじて試験官を瞠目《どうもく》させ、少年の頃から将来を嘱望されていた身。

それがどうしたことか学問吟味を受験しようとせず、講義に顔を出さぬばかりか屋敷まで飛び出して、永らく無頼の暮らしを送っていたものである。

かつての教官と学友たちを困惑させていた誠四郎の素行が急に改まったのは、年明け早々のこと。つい先頃まで根津の裏長屋をねぐらにし、博徒さながらの着流し姿で盛り場をぶらついていたとは思えぬほど身綺麗《みぎれい》になり、頭を下げて再入学を願い出てきたのだ。

以前にも増して真摯《しんし》な学徒となった誠四郎は昌平黌に通い詰め、昔から彼を知る教官たちも驚くほどの猛勉強を積んだ上で、先日の学問吟味においてぶっちぎりの高得点を獲得した。

もともと人並み外れた頭の良さを備えていたとはいえ、わずか一月《ひとつき》の受験勉強で為し得ることではない。

学問吟味では面接も行われ、どれほど知識が豊富であっても口下手な者は不合格にされるのが常である。素行についても問われるため、日頃は歌舞音曲《かぶおんぎょく》に現《うつつ》を抜かしている大身旗本のどら息子が付け焼き刃で受験勉強をし、何とか筆記試験を乗り切っても面接で落とされてしまうことが多かった。

ここ数年の誠四郎の行状《ぎょうじょう》も当然ながら危惧《きぐ》されていたが、いざ面接の場に召し出してみると弁舌爽《さわ》やかにして非の打ち所が無く、満場一致で合格と相成った。

もとより本多の一族は代々の名家であり、無役の交代寄合《こうたいよりあい》とはいえ七千石の大身。その後継ぎであり、文武の両道に秀でた誠四郎をいつまでも野《や》に在るままにしておくのは、幕府にとっても損失というもの。

かくして学問吟味に合格した誠四郎は昌平黌を去り、入れ替わりに瀬崎兵衛が再入学してきたのである。

招かれざる問題児とはいえ、直参の子である以上は昌平黌としても拒めない。

学友たちも同様で、誰もが見て見ぬ振りをするばかり。

澱《よど》んだ空気の立ちこめる座敷であぐらをかき、兵衛は鼻毛を抜いている。

最初からやる気など有りはしない。

小難しい漢籍の講義など、今さら聴きたくもなかった。

代われるものならば、あの若い浪人と代わってやってもいい。

されど、不敵な態度が気に食わない。

(二度とは許すまいぞ、下郎)

皮肉な笑みを浮かべながら、兵衛は抜いた鼻毛を吹き飛ばす。

隣に座った若君が、さりげなく口元を押さえる。

教官も気付かぬ振りをして、講義を続けていた。

誰も兵衛には逆らわない。

下手に注意すれば何をされるか分からないと承知しているからだ。

当の兵衛にしてみれば、退屈きわまりない。

御役御免になっても危機感を持たぬのは、恵まれた家に生まれた身であればこそ。無役のままでいても、代々の石高《こくだか》を減らされたわけではない。他の旗本が同様の暴力沙汰を起こせば家を取り潰《つぶ》されていたことだろうが、将軍のお手つき中臈を母に持つ身となれば幕府としても無下《むげ》には扱えぬからだ。

そんな甘い環境で生まれた兵衛は、世間を舐《な》めている。

大人しい父のことは幼い頃から問題にもしていないが、母親は変わらず怖い。

次に学問吟味が実施されるのは三年後。受かるはずもない試験に落ちた言い訳はそのときになってから考えればいいとしても、通学だけは神妙に続けなくてはならなかった。

御城勤めをしくじった汚名を返上せぬ限り、嫁を取ることも許されない。むろん悪いのは当人なのだが、家の後継ぎとしての責任を急に求められたところで、幼い頃からわがままのし放題で育てられた兵衛に対応できるはずもあるまい。

表は晴れ渡り、もうすぐ桜が満開というのに籠《かご》の鳥。

(何が二千石じゃ。楽しきことなど、ひとつも有りはせぬ……)

好きなだけ学問をし、努力次第で幾らでも出世の叶《かな》う立場がどれほど恵まれているのかを知らぬ愚か者は、わが身の不幸を嘆くばかりであった。

わが町は根津

一

午下《ひるさ》がりの陽射しを受けて、伸びやかな五体が宙を舞う。
「すごーい！」
根津権現の境内《けいだい》に黄色い声が響き渡った。
ちびっ子たちが見守る中、軽業《かるわざ》を披露していたのは純三郎。
朝の大成殿の前で浮かべていた憂《うれ》いの表情は、すでに無い。
凜々しい顔を引き締めて軽やかにとんぼを切り、石畳《いしだたみ》に降り立つ。
裸足《はだし》で着地した姿勢は、きれいに背筋が伸びている。
後の世の器械体操の選手を思わせる、俊敏にして力強い動きであった。

「すごいなぁ、天狗《てんぐ》さんみたいだ」

「おにいちゃん、もっともっと！」

無邪気な歓声が湧《わ》き起こる中、すっと純三郎は顔を上げる。

晴れ渡った空をまぶしげに仰ぎつつ、手の甲で汗をぬぐう。

身の丈が並より少しだけ高めの五尺四寸足らずでは、この人混みの中では目立ちにくい。

人目を惹《ひ》いてこそ商いになる大道芸には不向きと思われるかもしれないが、軽業を演じるとなれば背は低めであったほうがいい。六尺（約一八〇センチメートル）を超える大男では身軽に動くのも難しいからだ。

軽業を演じるのには程よい体格と言っていいだろう。

足腰がしっかり鍛え込まれていればこそ、子どもたちがはやし立てる「天狗」さながらに軽やかに宙返りしてみせることもできるのだ。

跳《と》んだり跳《は》ねたりしても誤って鞘走らせてしまうことはなく、鍔を帯前にした横一文字のままで揺るがせもしない。きつめに締め込んだ帯の一番内側に差しており、磨《す》り減った鯉口《こいぐち》を補強することもふだんから怠《おこた》っていないからだ。

ここ数年、江戸では不景気が続いている。市中の民の過半数は日々の食にも事欠き、幕府は救済のため施米《せまい》をしていたが焼け石に水。大した役には立っていない。昨年の十月から雨が降らず、今年も米不足が案じられた。

悪いときには悪いことが重なるものである。

年明け早々から神田《かんだ》と牛込神楽坂《うしごめかぐらざか》で出火が相次いだばかりか吉原遊廓《よしわらゆうかく》まで焼失し、今月に入ってからも神田明神下《みょうじんした》で河岸《かし》まで燃え広がる火災が起きていた。

不安の種は尽きないが、こういうときにこそ信心したくなるのは人の常。寺社を訪れて神仏に祈ることは行楽を兼ねてもいる。

世情が落ち着かない昨今なればこそ、天気のいい日には息抜きをしたくなる。

麗《うら》らかな春の陽気に誘われて、今日も根津権現には老若男女が集まってきていた。

名物の躑躅《つつじ》が咲くのは桜の時期が過ぎてからのことだが、六代将軍の徳川家宣《いえのぶ》の産土神《うぶすながみ》である根津権現は江戸の名刹《めいさつ》のひとつに数えられ、ふだんから参詣《さんけい》する者が絶えない。

家宣の父である綱吉が宝永《ほうえい》三年（一七〇六）に天下普請《てんかぶしん》と称して造らせた本殿は権現造りで朱色も鮮やかな漆塗《うるしぬ》り。周りを囲む透塀《すきべい》も総漆塗りで、造営されてから来年で百三十年目を迎える今日に至るまで変わらぬ威容を保っていた。

本殿に向かって左手、境内の西門側に設けられた築山《つきやま》の景観も美しい。

鬱蒼《うっそう》と茂る木立ちの中に赤い鳥居の連なる参道があり、細く長い参道を登った先には乙女稲荷神社《おとめいなりじんじゃ》。

小さいながらも壮麗《そうれい》な社殿の前には泉水《せんすい》が湧き出ており、大きな鯉《こい》が泳いでいる。程なく躑躅の時季を迎えれば馥郁《ふくいく》とした香りが漂《ただよ》い出て景観に華《はな》を添えることだろう。

隅々まで行き届いた根津権現の造営ぶりは、誰もが折に触れて足を運びたくなる見事さを誇っている。

午下がりの境内には香具師《やし》の露店や大道芸人がひしめき合い、参道はごった返していた。

そんな賑《にぎ》わいの中、純三郎の周りだけは閑散としている。

理由は単純であった。

体《たい》さばきが身軽で力強くても、大道芸にしては面白《おもしろ》みに欠けるからだ。

江戸市中では盛り場に限らず、往来でも見世物をして稼ぐ者を大勢見かける。

汗をぬぐい終え、また黙々と宙返りを繰り返し始めた純三郎の傍《かたわ》らでは、月《つき》の輪熊《わぐま》の毛皮をかぶった男が石畳の上を這い回っていた。

「丹波《たんば》にて生け捕りました荒熊でございい！　ひとつ鳴いてお目にかけまする！」

熱の入った口調でまくし立てるのは、鞭《むち》代わりの細い竹を手にした相方の男。客を煽《あお》る文句に合わせて、熊の毛皮をかぶった男は喉《のど》を震わせた。

「うるるるるる」

まるっこい鼻の先まで鍋墨《なべずみ》で真っ黒にし、口の周りにだけ白粉《おしろい》を塗っている。

「ははは、上手《うま》い上手い」

「ほんとの熊みたいだねぇ」

本物になりきっての熱演に人々は爆笑を誘われた。

この『丹波の荒熊』、本来は家々の前で銭を乞う門付《かどづけ》芸人。

わざわざ毛皮などかぶらず、体じゅうに墨を塗りたくっただけの裸体で路上を這いながら独りで口上を述べ、鳴き声を上げる代わりに唇《くちびる》をぶるぶる震わせるだけなので無芸な者にもこなせるし、上手い下手は関係ない。

立ち寄られた家の人々はいつまでも居座られてしまっては迷惑と思って銭を払ってくれるにすぎず、本物の熊に似ているかどうかなど最初《はな》から見てもいないからだ。

一種の押し売りである門付の中でも底辺の『丹波の荒熊』だが、根津権現の境内を稼ぎ場とする二人組は銭を放ってもらうにふさわしく、装いも芸もしっかりしていた。

若者と同じ軽業を披露する者もいる。

折しも褌《ふんどし》一丁の男が一人、六尺余りの籠を一直線に潜《くぐ》り抜けたところだった。寸胴に編まれた大籠は底が抜けており、台の上に横たえられている。男は麻裃姿《あさかみしもすがた》の相方が打ち鳴らす小太鼓《こだいこ》の音に合わせて身を翻《ひるがえ》し、頭から水に飛び込むような姿勢で右から左、また左から右へと両方から潜り抜けることを繰り返す。

この『籠抜け』と呼ばれる芸は、身が軽いだけでは勤まらない。

今は序の口に身軽さを披露しているだけだが、見物する者が大勢集まってくれば籠の中に立てた蠟燭《ろうそく》の火を消さずに潜ってみせて場を盛り上げたり、抜き身の大脇差を突き立てた籠をかすり傷ひとつ負わずに潜り抜けるという離れ業までやってのける。

そんな芸の数々がウケるのも、相方が頃合いを心得て打ち鳴らす太鼓があればこそ。独りきりでとんぼ返りを繰り返すばかりの純三郎と違って、目立つのも当然だろう。

わくわくしながら見守るのは相変わらず、同じ長屋のちび連ばかり。

表通りから引っ込んだ路地沿いに建つ裏店《うらだな》住まいの子どもたちは小遣い銭を碌に

もらっていないため、見料など一文《もん》も払ったことはない。

他の芸人の前に居座っていれば商売にならぬので追い払われてしまうが、この若者は何も言わずに軽業を披露し続けるのみ。

むろん、無料《ただ》だから見入っているのとは違う。

この根津権現の境内は昔からの遊び場であり、神域ではあっても自分の庭に等しい。大道芸人たちの披露する演《だ》し物《もの》も見慣れており、みんな目が肥えていた。

そんな長屋のちび連にとって、純三郎の軽業は目新しい。

先ほどから投げ銭が山を成している『籠抜け』と違って、派手さなどまったく無い。

されど、この無愛想《ぶあいそう》な若者の体さばきにはお世辞抜きで「天狗」と呼びたくなるほどの冴《さ》えがある。

せっかくの高い身体能力を上手く見せる術《すべ》を知らず、とんぼ返りを黙々と繰り返すばかりでは大道芸人としては素人《しろうと》もいいところだろう。

そんな素人っぽさが、逆に新鮮なのだ。

境内に集まってくる芸人たちは誰もが手慣れており、いつも派手に、目立つことだけ考えて芸を披露している。

それらしく見えればいいと割り切って、適度に手を抜いてもいた。

しかし、純三郎は違う。

まるで将軍か大名の御前《ごぜん》で軽業を演じているかのように、表情は真剣そのもの。ひとつひとつの動作からも本気であるのが伝わってくる。

気軽に見物して楽しみたい大人たちにしてみれば暑苦しいばかりだろうが、幼《おさな》子の無垢《むく》な瞳にはこの上なく、格好良く映《うつ》っていた。

同じ長屋で暮らしていても、この若者の過去をちび連は誰も知らない。

ふらりと現れて住み着いた、見ず知らずの人物だった。

もちろん差配《さはい》（管理人）に話を付けて入居したのであり、身の上を語らなくても怪しい者でないのは分かっている。子どもたちの親も危険なところは無いと見なしており、わが子が慣れ親しむのを止め立てしてはいなかった。

それにしても、純三郎の身なりはみすぼらしい。

お武家のくせにずいぶんと落ちぶれたものだと境内を通り過ぎる人々が眉《まゆ》をひそめるのも無理はなかったが、長屋のちび連は身なりなど気にも留めず、純三郎の軽やかで力強い動きを興味津々《しんしん》で見守っていた。

身なりがみすぼらしいのは、こちらも同様である。男の子も女の子も着物は洗いざらしで継ぎはぎだらけ。履いているのもちびた下駄や、鼻緒まで藁で編んだ冷飯草履。

着たきりすずめの若者にも増して古びた粗衣をまとっていながら、一人として貧しさを恥じていない。

彼ら彼女らにとって根津権現は昔から遊びの縄張りであり、時として殴《なぐ》りっこも辞さずによその子どもを寄せつけずにいるのだから、大きな顔をするのも当たり前。

この若者のことも最初はよそ者扱いしていたものだが、同じ長屋に住むようになってからは警戒せず、毎日熱心に軽業を見物している。

当の純三郎は子どもたちのことなど気にしていない。

続けざまにとんぼを切った後、だっと石畳を蹴《け》って跳ぶ。

「すごいなぁ！」

「かっこいいねぇ！」

その場跳びで身の丈ほども跳び上がっての宙返りに、ちび連は大はしゃぎ。

しかし、純三郎の表情は醒《さ》めていた。

いつまで経っても観客が幼子ばかりでは、一文の稼ぎにもなりはしない。

離れ業《わざ》をやってのけても、銭を放ってくれそうな者は誰一人立ち止まらなかった。

淡々と石畳に降り立つ純三郎の顔に、ふっと落胆の色が差す。

微《かす》かな表情の変化にちび連は気づいていない。

「おにいちゃん、もういっぺんやってみせてよ！」

「おにいちゃーん！」

黄色い歓声が耳に虚しく響く。

それでも、客を集めるためには芸を披露し続けるしかない。

再び石畳を蹴り、高々と跳び上がる。

明るい陽光の下、伸びやかな五体が宙に舞う。

「やった！」

「すごい、すごーい！」

行き交う大人たちの醒めた目をよそに、子どもたちは大喜び。

幼いが故に誰も不審がってはいないが、何とも奇妙な若者だった。

申し分のない品の良さと鍛えられた体を備えており、代々の浪人には見えない。

それなりに格の高い家で養育された、ひとかどの武士と見受けられる。

それなのに、なぜ大道芸の軽業で糊口《ここう》をしのがなければならぬのか。

何か故あって主家から離れ、世を忍んでいるのではないか。

真の理由は、この若者――土肥純三郎しか与《あずか》り知らぬことであった。

二

根津権現の破風《はふ》が西日に赤く染まる頃、軽業を終えた純三郎は体をほぐしていた。

つま先から順に全身の筋を伸ばすのは、明日に疲れを残さぬため。

後の世で言うところのストレッチの大切さを、純三郎は知識ではなく剣術修行の日々の中での経験から学んでいた。

夕暮れ時の境内は行き交う人もまばらになっていた。

黙々と体をほぐす純三郎をよそに『丹波の荒熊』も『籠抜け』も扮装《ふんそう》を解き、帰り支度を始めている。

他の芸人たちは稼いだ銭を懐《ふところ》にして、一足早く家路についた後。

大道芸は人通りが無くては商売にならない。

もっとも純三郎の場合には、境内がどれほど賑わっていようと関係なかった。

いつまで経っても一日の稼ぎは屋台の蕎麦《そば》代十六文にも足りず、根津権現の境内と門前町を仕切る香具師の元締も大道芸人の顔役である乞胸仁太夫《ごうむねにだゆう》も近頃は哀れに思ってか、稼ぎの上前を撥《は》ねずに済ませてくれている。

そんな純三郎に、他の大道芸人はいつも素っ気《そっけ》ない。

毛皮を脱いだ『丹波の荒熊』も肌を収めた『籠抜け』も、挨拶《あいさつ》の言葉ひとつかけずに相方と連れ立って境内を後にする。

徹底して無視するのには理由があった。

自分たちは少なからぬ所場代《しょばだい》と上納金を稼ぎの中から毎日徴収されているのに、新参者で若造の純三郎が一人だけ特別扱いでは面白くないのも当然だろう。

相手が落ちぶれてはいても武士では、正面から文句を付けるわけにはいかない。

そこで芸人たちは純三郎のことを徹底して無視し、たまに軽業に見入る客が現ればわざと派手な口上や鳴り物で邪魔《じゃま》をするのが常。腹立たしくても他に銭を稼ぐ手立てを持たぬ身である以上、純三郎としては黙々と軽業を続けるより他にない。

肥後から江戸に出てきて以来、暮らしは日に日に苦しさを増すばかり。

初めは大道芸人になるつもりなど毛頭無かった。

路銀が尽きたら若さと体力に任せて普請場《ふしんば》の人足《にんそく》をすればいいと軽く考えていたが、どこの口入屋《くちいれや》を訪ねてみても、身許《みもと》が不確かでは仕事を紹介してもらえない。

浪々の身でもかつて仕えた家さえ言えればいいのだが、国許《くにもと》から黙って出てきた純三郎にしてみれば、藩名を明かすのは何よりも憚られること。

やむなく出自を問われぬ大道芸に活路を見出《みいだ》し、最初のうちは腕に覚えの剣の技《ぎ》倆《りょう》を発揮して居合い抜きをやってみたが一向にウケず、そのうちに手持ちの金子《きんす》が尽きてきて小道具の大太刀《おおだち》を借りることもままならなくなった。

そこで今度は身ひとつで披露できる軽業に切り替えたものの、稼ぎは減る一方。

この界隈《かいわい》の裏長屋に越してきたのは、年明け早々のことである。

ほんの三月前、昨年の師走《しわす》に江戸へ出てきたばかりの頃には武士らしく羽織と袴を持っていたのだが、永らく逗留《とうりゅう》していた旅籠《はたご》代の払いが足りなくなり、印籠《いんろう》や矢立《やたて》と共に取り上げられてしまった。

刀を差さずにいるのも、軽業を演じる邪魔になるからではない。

いつまでも旅籠暮らしをしていては銭が続かないことに気づいて長屋を借りることにしたものの、敷金と当座の店賃が用意できずに手放したのだ。

売り払ったわけではなく質入れをしただけだったが、請け出すのは最初《はな》からあきらめていた。

どこの長屋でも差配は店子《たなこ》の身許をあれこれ詮索《せんさく》しない代わりに、店賃だけはきっちり取り立てる。来月の店賃が用意できなければ、いま帯びている脇差も刀と同じ運命を辿《たど》ることになるだろう。

春を迎えて桜が五分咲きになっても、その日暮らしは相変わらず。

軽業の大道芸で何とかやっていこうと頑張っているが、熱心に見物してくれるのは長屋のちび連ばかり。

時たま足を止めてくれる大人も、誰もが銭を放ってくれるわけではない。

石畳に置いた籠代わりの笠に入っているのは、今日も数えるほどの小銭のみ。

稼ぎが悪ければ気分は沈むし、自ずと表情も硬くなる。

もとより無愛想で取り付く島もないはずなのに、子どもたちは純三郎が境内に姿を見せたとたんに遊ぶのを止めて周りに群がり、飽きることなく軽業を見守る。

そんなちび連を純三郎が追い散らさぬのは、何も子ども好きだからではない。

ただ見のちびっ子でも、いてくれたほうがいい。

誰も見物人がいないよりは、少しは励《はげ》みになる。

そう思っているだけのことだった。

とはいえ、自分から愛想を振りまいたことは一度もない。

乳母日傘《おんばひがさ》で育った旗本どもの子弟に比べれば、少年の頃の純三郎にも増して貧しい暮らしを送っている長屋のちび連はまだ親しみが持てる。

それでも打ち解けるまでに至ろうとしないのは、余裕がないからだ。

純三郎が苦しいのは懐具合だけとは違う。

同郷の知り人がすぐ近くにいても頼れぬ立場を自ら選び、一から出直すべく江戸に居着いて以来、気持ちにも余裕がなくなっていた。

毎晩夢に見るほど恋い焦がれて止まなかった江戸に戻ってきたというのに、日々の暮らしに追われるばかり。このような有り様では、とても人に優しくできるものではない。

それに、純三郎には大望がある。

その望みを果たすまでは、努めて他人に関《かか》わるまい。

たとえ幼き者たちが相手であっても、例外を作ってはなるまい。

そう心に決めていればこそ、誰とも打ち解けようとしないのだ。

にも拘わらず、子どもたちはいつも純三郎の周りに群がっている。他の大道芸人が気を引こうと口上や鳴り物で誘いをかけても意に介さず、陽が暮れるまで飽かずに見物し続けるばかりか、こうして帰り支度を始めても側《そば》から離れずにつきまとうのも毎度のこと。

ちび連の中から、小柄な女の子がちょこちょこ歩み出る。

黙々と体をほぐす純三郎の前に立ち、じーっと見上げる様が愛くるしい。

幼くても細面《ほそおもて》でつぶらな瞳をした、将来は美人に育ちそうな子であった。

「もうおしまいなの、おにいちゃん?」

「……………」

純三郎は答えない。黙ったまま両足の、続いて腰の筋を伸ばす。

少女につぶらな瞳を向けられても、目を合わせようとはしなかった。

「ねぇねぇ、てんぐのおにいちゃん」

「……今日は終いだ」

見返す純三郎の口調は冷たかった。

自分に関わろうとしないでくれ。そう言いたげであった。

しかし少女はおびえることなく、純三郎にせがみ続ける。

「そんなこといわないで、もういっぺんとんでみせてよぉ」

「……今日はお終いと言っただろう」

「ねぇねぇ、ねぇってばあ」

無邪気ながらも大胆な振る舞いだった。

同じ長屋に住んでいる、この少女の名は松《まつ》、五歳。

　これまで仲間内で最年少だったそうだが、年の瀬に近所で赤ん坊が生まれたり、純三郎が越してくるのと前後して幼い子連れの家族が移り住んできてからは、小さいながらも年上の自覚が芽生えてお転婆《てんば》にもなったらしい。

　しかし、連れの少年たちは弱気である。

「よしなよ、お松っちゃん」

「もう帰ろうよぉ」

　両側から袖《そで》を引っ張るのは竹蔵《たけぞう》と菊次《きくじ》。

　竹蔵はひょろりと背ばかり高く、顔も体付きも細っこい。

　相棒の菊次も同様に痩《や》せてはいるが顔はまるく、目も鼻もちんまりしていた。

　お松と同じ長屋で生まれ育った二人は、今年で揃って七歳になるという。

「おにいちゃんは疲れてるんだよ。じゃましないで、早く帰ろう」

「そうしたほうがいいよ、ね？」

　大人びた口調で説き聞かせる竹蔵の横で、菊次はまるい顔を強張《こわば》らせている。

　もしも純三郎の機嫌《きげん》を損ねれば、二度と無料で軽業を見物させてもらえなくなってしまうのではないだろうか。幼いながらにそう案じ、気を遣っているのである。

　しかし、お松は聞く耳を持たなかった。

「かえりたいならすきにしなよ。あたしはおにいちゃんといっしょにいくんだもん」

竹蔵も菊次も年上なのに、まったく言うことを聞こうとしない。

こういうときには男の子のほうが遠慮無しに振る舞うものだが、この三人の場合は男女の役どころが逆であるらしかった。

（お梅《うめ》とやらの真似《まね》をしておるのだろうな……）

素知らぬ顔で体をほぐしながら、純三郎は胸の内でつぶやいた。

かねてより子どもたちから聞くともなしに聞かされたところによると、今まで長屋のちび連を仕切っていたのは三太《さんた》にお梅という、年嵩《としかさ》の少年少女。

いつも朝早くから出かけてしまうため、純三郎も顔を見知っていても言葉を交わしたことは一度もない。

三太は根津に近い本郷の蜊店横町《あさりだなよこちょう》で毎朝働いて家計を助け、お梅は高名な絵師の葛飾北斎《かつしかほくさい》の許《もと》に通って絵の修行に励んでいるとのこと。

江戸とは不思議なところだと純三郎は思う。

十歳そこそこで大人並みに稼いだり著名な絵師の手ほどきを受けるなど、純三郎が育った山奥の村では有り得ぬ話だった。

そもそも、純三郎には何の伝手《つて》も無い。

いずれ学問で身を立てるつもりでいても、今は日々の糧《かて》を得るので精一杯。二十歳《はたち》を過ぎた自分はあくせくするばかりであるというのに、三太は魚介類を商う市場の顔役から将来を見込まれ、お梅は天下の北斎から太鼓判を押されている。もとより商いにも画業にも興味のない身だが、うらやましい限りであった。子どもに嫉妬《しっと》するなど愚《ぐ》の骨頂《こっちょう》。胸の内を気取《けど》られてはなるまい。

体をほぐし終えた純三郎は胸を張り、深々と息を吸い込む。締めくくりの深呼吸だ。

すかさずお松も真似をする。

純三郎に合わせて息を吸い、ふーっと吐く。

竹蔵と菊次、そして連れのちびっ子たちも一斉に同じ真似をする。

何が楽しいのか純三郎には分からない。

ひとつだけ見当が付いていたのは、このちび連が「おにいちゃん」と呼べる相手を求めているらしいこと。

この界隈《かいわい》には以前「やのじ」「せいのじ」と呼ばれる男が住んでいたという。

子どもたちがいつも目を輝かせて思い出を語る「せいのじのおにいちゃん」は、

純三郎も面識のある本多誠四郎。

今一人の「やのじのおにいちゃん」こと辻風弥十郎《つじかぜやじゅうろう》は顔も知らないが、ちび連にとっては弥十郎も誠四郎も甲乙の付けがたい、頼れる兄貴分であったらしい。

そんな二人が根津の町を去った後、頃良く入れ替わりにやって来た純三郎を子どもたちは新たな「おにいちゃん」と見込んで、甘えたいのだろう。

純三郎にしてみれば迷惑な話である。

邪険《じゃけん》にするつもりはなかったが、深入りしてほしくはない。

子どもたちは可愛《かわい》いが、構ってやるほどの余裕は無い。

自分は誠四郎とは違うのだ。

苦労知らずの旗本が大嫌いな純三郎も、あの男のことだけは認めている。

戦国の昔から徳川家に代々仕えてきた名家の出でありながら自ら野に下り、毎日ぶらぶらしていた誠四郎も今や立派な幕臣である。

あの男は腕が立つだけではない。市井《しせい》で無頼の暮らしを送っていても、大身旗本の後継ぎとして屋敷に戻っても変わらぬ芯の強さを備えてもいた。

とても純三郎が及ぶところではない。

剣の腕では後れを取らぬつもりだが、出自が違いすぎた。

純三郎には持ち得ぬ既得権を誠四郎は有している。

名門の本多家の子であり、努力すれば幾らでも出世できる立場なのだ。

対する純三郎には何もない。

せっかく江戸で生まれたというのに父親の失態が災いして肥後へ行く羽目になり、望まぬ苦労をさせられたあげくの果てに、引き取られた家では剣の道を歩むことを強いられた。

何もかも真《ま》っ平《ぴら》御免だった。

純三郎には、剣客として生きるつもりなど毛頭無い。

学問で出世がしたいのだ。

目指すは昌平黌、世に云《い》う昌平坂学問所に入ること。

後の世で言えば東京大学に当たる最高学府へ進学して刀ではなく筆を執り、古今の漢籍に通暁《つうぎょう》して末は高い地位に就きたいと願っている。

そのための関門が学問吟味である。

難しい試験なのは承知の上だった。

誰もが通るわけではない難関であればこそ、挑む甲斐《かい》もあろうというもの。

何としても合格し、世に出るのだ。

志望校は昌平黌しか考えていなかった。江戸一の名門校であるということは、日《ひ》の本《もと》で最高の学問所のはず。純三郎はそう信じていた。

たしかに、教育の場としては超一流と呼ぶにふさわしい。

かつて老中首座の松平定信は寛政の改革の一環として、昌平黌の運営を林家から切り離すのと同時に柴野栗山《しばのりつざん》、尾藤二洲《びとうじしゅう》、古賀精里《こがせいり》ら当代一の儒学者たちを起用。彼ら一流の指導陣に旗本と御家人の教育を担わせた上で少年向けに素読吟味、成人向けには学問吟味の実施に踏み切った。

家代々の禄を無駄に食《は》んで怠惰に過ごし、学問には関心も持たぬ者が多い幕臣たちを教化すると同時に、優秀な人材を発掘する体制を整えたのだ。

今や幕府による幕府のための教育の殿堂となって久しい昌平黌だが、町人を教え導く講義も吉宗の時代から引き続き実施されており、仰高門前の東舎が教場であるため仰高門日講と呼ばれている。将軍家直参の旗本と御家人に限らず、陪臣や郷士、禄を離れた浪人も定信の時代から講義の聴講が許されていた。

とはいえ素読吟味と学問吟味は直参とその子弟のみが対象であり、それ以外の者は受験の資格が与えられない。

犯罪者を捕らえる立場であるため不浄役人と蔑《さげす》まれ、身分の上では旗本と御家人であっても御目見《おめみえ》――将軍への謁見《えっけん》が許されぬ町奉行所の与力《よりき》や同心にも受験資格はあり、高い得点さえ得られれば登用される可能性があった。たとえば、去る文《ぶん》政《せい》十二年（一八二九）に亡くなった近藤重蔵《こんどうじゅうぞう》は御先手組《おさきてぐみ》与力として火付盗賊改《ひつけとうぞくあらため》の御用を担っていながら及第し、書物奉行にまで出世している。

しかし、純三郎には叶わぬ話。

学問吟味を受けるためには昌平黌に入学して勉学を積み直す必要もあるが、その前に直参の旗本か御家人としての身分を得なくてはならない。

出自など問われることなく、学力だけで考査してもらえればどんなに幸せだろう。だが、今の日の本では受験をするのにもしかるべき立場が必要だ。

勉学そのものは肥後の国許でも山仕事の合間に積んでおり、四書五経も頭に入っていたが、肝心の受験資格を持たぬままでは話にならず、どれほど学問を重ねても徒労に終わってしまう。

出世につながらぬ教養には意味がない。純三郎はそう考えている。

幕臣となり、夢に見るほど恋い焦がれていた江戸でずっと暮らしていたい。

願いを叶えるためには、何としてでも直参の養子にならなくてはいけない。

願わくば大身旗本と縁付きたいところだが、無理ならば町方役人の家であっても構うまい。

近藤重蔵のように軽輩から成り上がった先例がある以上、たとえ振り出しが御目見以下であっても問題はないはずだ。

その軽輩の身分さえ得るのは至難なのだが、純三郎は前向きだった。

こうして江戸に出てきたからには、可能性は無限にある。

肥後では夢に見ることしかできなかった昌平黌も、今はいつでも手の届くところにある。

しかるべき立場を得れば明日からでも講義を受け、三年後に実施される学問吟味の合格を目指して邁進《まいしん》できるのだ。

聴講入門など最初からするつもりもなかった。

純三郎にとっての学問は、この江戸に居着くための手段にすぎない。

国も藩もどうでもいい。

自分が本来進むはずだった道に向かって、遅れ馳《ば》せながら歩み出す。

それだけが純三郎の望みであった。

今は雌伏《しふく》の時と思えば、大道芸のみじめさなど物の数ではなかった。

たとえ何年かかろうと、命を縮めることになろうとも、必ずや叶えてみせる。

その一念で肥後国を飛び出し、江戸に舞い戻ってきたのである。

目指すは天保九年の学問吟味。

三年後だからといって、のんびりしている余裕は無い。

何の伝手も無しに直参の家の養子となり、昌平黌に入って学問を積み直すとなれば、三年が五年であっても足りぬぐらいだった。

まずは一日も早く、今の暮らしから抜け出さなくてはならない。

子どもたちと仲良くなり、和《なご》んでいる閑《ひま》など有りはしないのだ。

息を整えた純三郎は足元の笠を拾い、冷飯草履を突っかけて歩き出す。

ちび連には声をかけようともしなかった。

「まってよぉ、おにいちゃーん」

お松の声にも振り向かず、かぶった笠を傾《かたむ》けて夕陽の下を歩き去っていく。

参道を通り抜け、向かう先は裏門。

表門から出ようとすれば、要らぬちょっかいを出されるからだ。

根津権現の一帯は日中には参詣の善男善女、夜は酒色《しゆしよく》に興じる遊客で賑わう。

門前町は江戸有数の岡場所でもあり、春を売る女を抱える店が軒を連ねているのだ。

昼間のうちは派手に客引きをする光景も見られないが、ひとたび夜の帳《とばり》が下りれば女たちは通りに出てきて行き交う遊客の目を惹《ひ》き、袖を引いて店に連れ込む。

そんな岡場所の女たちの誘惑に純三郎はいつも困惑させられていた。

こちらは見ての通りの大道芸人、もとより素寒貧《すかんぴん》だと言っても無理無体《むたい》に引きずり込もうとするから始末に負えない。

岡場所の娼家《しょうか》は女ばかりでなく強面《こわもて》のお兄《あにい》さんたちが雇われており、無理やり勘定を取り立てている。色気に負けて登楼してしまえばお終いで、借金してでも払えと脅される羽目になっちまうからお気をつけなせぇと、同じ長屋住まいの男衆《おとこし》から常々聞かされていた。

純三郎とて木石《ぼくせき》ならぬ身であるが、揉《も》め事になるのは御免である。

無頼漢の二人や三人に脅されても切り抜けるのは容易《たやす》いが、その場だけで事が収まるはずもない。しつこく付きまとわれ、往生《おうじょう》するのは目に見えていた。

せっかく入った長屋を、つまらぬ理由で引き払いたくはない。

いつの世も居を定めるのは立身出世の第一歩。たとえ九尺《くしゃく》二間《にけん》の裏長屋でも、住むところさえ決まっていれば世間は信用してくれる。いつも子どもたちに付きまとわれるのは困ったことだが、純三郎にとっては江戸で雄飛するための居城なのだ。住み続けるためには、店賃を何とかしなくてはならない。

夕闇《ゆうやみ》の迫る中、純三郎は裏門を潜る。

門を出た先はなだらかな坂道になっており、その名も裏門坂と呼ばれている。

純三郎が足を向けたのは右手だった。

千駄木《せんだぎ》町の角を曲がり、夕闇の中を向かった先は団子坂《だんござか》。

いつも日が暮れると、純三郎はこの団子坂下に立つ。

立ちん坊をして大道芸の稼ぎを補うためだった。

坂を登る荷車を見つけて走り寄り、勝手に後押しをして駄賃をせしめるのだ。

どのような稼業にも縄張りというものがあり、昼日中《ひなか》に同じ真似をすれば古株の連中から難癖をつけられる。

腕ずくで割り込むこともできたが、せっかく居着いた江戸で敵をむやみに増やしたくはない。

そこで純三郎は日が暮れるのを待ち、競争相手がいなくなったのを見計らって立ちん坊をするように心がけていた。

通る車の数こそ少なくても、競《せ》り合う者さえいなければ稼ぎになりやすい。

無用の争いを避けるのと同時に、確実に収入が得られるとなれば一石二鳥。

今夜も手堅く稼ぐつもりの純三郎であった。

三

根津の夜が更けてゆく。

門前町の賑わいをよそに、純三郎は団子坂下で寒さに耐えていた。

どうしたことか、先程から一台も荷車を見かけない。

昨日までは米俵《こめだわら》を山ほど積み上げ、人目を避けるようにして夜道を往《ゆ》く大八車《だいはちぐるま》に幾度も出くわしたものだった。

江戸では米を不当に貯《た》め込んだり、御府外へ流出させることが禁じられている。市中に出回る米の量が減れば値が高騰《こうとう》し、飢えた民が打ちこわしに走るからだ。

相次いだ打ちこわしも今年に入ってからは鎮まり、市中の米屋や豪商が襲撃される騒動はまだ起きていない。

だからといって、商人は幕府の言うことに大人しく従ってばかりはいない。

表向きは役人の指示通りにしているようでいて、裏では米に限らず隠匿《いんとく》した物資を横流しして大いに儲《もう》けていた。

先頃まで頻繁に見かけた荷車の米俵は、そんな悪徳商人どもの抜け荷と見なしていい。後押しを買って出て駄賃を受け取る立場では是非など問えぬが、嘆かわしいことであった。

武士が頂点に立つ政の仕組みは、すでにほころび始めている。

金と物の流れを握っている商人こそが、日の本の行く末を左右する存在なのだ。なればこそ、武士がしっかりしなくてはなるまいと純三郎は思っている。

江戸に居着いて以来、その思いは強まっていた。

市中には大名屋敷が多く、勤番の藩士たちの行状を目にする機会も多い。

根津の岡場所に通い詰め、浅黄裏《あさぎうら》の野暮天《やぼてん》めと陰で小馬鹿にされているのにも気づかずに鼻の下を伸ばす連中に呆《あき》れることもしばしばある。

直参はもとより、陪臣も愚かな者ばかりだった。

純三郎は毎日呆れ返りつつ、自分はそうなるまいと肝に銘じている。

むろん、世間の武士の誰もが盆暗《ぼんくら》というわけではない。

心ならずも身を置いていた九州の、江戸と比べれば取るに足らない小さな城下町にも、切れ者と呼ぶにふさわしい傑物《けつぶつ》はいる。

（まこと、御国家老様は見上げたお方だ……）

胸の内でつぶやいた「御国家老」とは、純三郎の亡き父が仕えていた肥後相良《さがら》藩で国家老を務めている、田代善右衛門政典《たしろぜんえもんまさのり》のこと。

天明《てんめい》二年（一七八二）生まれの政典は、数えで当年五十四歳。

純三郎にとっては家中で唯一、尊敬に値する人物だった。

代々百石取りの相良藩士である田代家でも、政典は一番の出世頭。

十八歳のとき江戸へ上って高名な儒学者の細井平洲《ほそいへいしゅう》に入門し、その私塾の嚶鳴館《おうめいかん》において学んだ後に国許で勘定奉行と用人《ようにん》の要職を兼任。文政《ぶんせい》四年（一八二一）には四十歳で家老に抜擢されている。

相良藩に限らず、家老職は禄高三百石以上の者が就くのが常。

家禄が低いばかりか年も若い政典の登用は、まさに異例の抜擢であった。

以来、田代政典は藩の財政再建に尽力し続けている。

（あのお方の配下となることが叶《かの》うておれば、俺も江戸には出て参ろうとはしなかったかもしれぬ、な……）

寒さしのぎに足踏みをしながら純三郎は思う。

もしも自分が父の後を継いで相良藩士となっていたら、江戸に執着する代わりに、ぜひ政典に仕えたかった。

第一に旧弊な部分が無いのが好ましい。

小藩の家老には珍しく、政典は急進派の人物である。

逼迫《ひっぱく》した財政を建て直すため城下町の商人に「座」と称する組合の結成を許し、専売制を実施すると同時に、商品価値の高い椎茸《しいたけ》の栽培を導入していた。

そんな政典のやり方は性急すぎると見なされ、家中での風当たりも厳しい。

（上から下まで石頭揃い……やはり御国家老様の他にはお仕えできぬ……）

純三郎は城下町が嫌いだった。

相良藩の石高は二万二千百石。大名としては小身の部類であるが、歴史は古い。

代々の藩主である相良氏は鎌倉幕府より地頭《じとう》に任じられて九州へ渡り、そのまま居着いて戦国武将となった一族。戦国乱世には肥後国南部の球磨《くま》一帯を領有し、薩《さつ》摩《ま》の島津氏を始めとする近隣からの侵攻をしのぎ切った。そして日の本の覇権が豊臣から徳川に移ってからも生き延び、外様《とざま》の小身とはいえ一国の大名となるに至ったのである。

北に細川氏の熊本藩、南には島津氏の薩摩藩があり、石高も微々たるもので財政は決して芳《かんば》しくはなかったが、藩主の相良氏代々の居城である人吉《ひとよし》城を中心とする、城下町の雰囲気は平穏そのもの。藩士も領民もみんな陽気で貧乏など気に病まず、後の世に全国区で人気を博することになる、球磨焼酎《くまじようちゆう》を酌み交わすのを無上の楽しみにしている。

そんな城下町の雰囲気が、若い純三郎には耐えがたかった。

もともと田舎で生まれ育った身であれば万事のんびりしていて当たり前と思い、わざわざ江戸に出てくることもなかっただろう。

しかし、純三郎は違う。軽輩ながら代々江戸詰の藩士の次男坊として、愛宕下《あたごした》の藪小路《やぶこうじ》にある相良藩邸内の御長屋で誕生した身なのだ。

本来の姓は真野《まの》。真面目すぎるほど真面目な夫婦と家中でも評判だった両親――斗酒《としゆ》なお辞さぬ「肥後もっこす」でありながら一滴も酒が呑《の》めない体質だった父の均一郎《きんいちろう》と、真野の家に嫁ぐまで藩邸で奥女中の教育係を務めていた母の妙《たえ》に育てられたにも拘わらず、幼い頃の純三郎は大の悪戯《いたずら》っ子だったものである。

厳しい両親、そして六歳違いで生真面目《きまじめ》な兄の道之進《みちのしん》の目を盗んでは江戸市中へたびたび遊びに繰り出し、毎日を明るく伸び伸びと過ごしていたのも懐かしい。

あの頃はまだ直参旗本になりたいという並外れた望みなど抱いておらず、代々の藩士の後継ぎとして生を受けたからには次男坊であっても兄を助けて真野の家を、ひいては主君たる相良氏を盛り上げるために励まなくてはなるまいという殊勝な心がけもあった。

そのためには剣術よりも学問が役に立つと考え、父の均一郎から課せられた稽古は適当にこなすにとどめて、遊び呆《ほう》けるばかりでなく机に向かうことを毎日怠らずにいたものである。

ところが純三郎が八歳のとき、思わぬ事件が起きた。

均一郎と道之進が同時に命を落としてしまったのだ。

藩邸に運び込まれた亡骸《なきがら》には鋭利な刀傷の跡が残されており、腕の立つ剣客に斬られたと見なされた。尋常に立ち合って敗れたのならば、つまらぬ鞘当てが原因だったとしても武士の一分《いちぶん》は立ったことだろう。しかし二人は鯉口を切ることもできぬまま、どこの何者か定かでない仇《かたき》の刃《やいば》を浴びて果てていた。

元服して間もない道之進はもとより、藩邸で指折りの剣の使い手だった均一郎まで刀を抜くこともできぬまま落命したのは、武士として恥辱の極み。主家の相良氏にとっても恥ずべき事態であり、表沙汰にはできかねることだった。

当主と嫡男が不名誉な最期《さいご》を遂げた責を取らされ、真野の家名は断絶された。

お情けで四十九日を迎えるまで藩邸の御長屋に置いてもらったが、愛する夫と長男を同時に失った妙は葬儀の席にも出られぬほど衰弱して体を壊し、幼い純三郎を残したまま、二人の後を追うようにして早々に亡くなってしまった。

かくして純三郎は心ならずも江戸を去り、肥後にある父方の実家に一度は身を寄せたものの祖父と反りが合わずに飛び出した末、相良藩領内の郷士一族に引き取られた。

養子扱いとなって新しい姓も与えられ、二十歳になるまでその一族が所領とする、城下町から遠く離れた山奥の村で過ごしてきた。

寄る辺《よるべ》を無くした自分を育ててくれたことには感謝している。

しかし、それは苦痛に満ちた歳月でもあった。

万事のんびりしていて進歩のない城下町の人々も嫌いだが、進む道を最初から決められてしまっている山村での暮らしは、もっと耐えがたかったからである。

純三郎は学問を積んで立身出世がしたいのだ。

刀はもとより鍬も鎌《かま》も持つことなく、国家老の田代政典のような知恵者となって世を渡りたいのだ。

養い親の郷士は余計なことを考えるなと諭《さと》し、いずれ末娘を嫁に取らせて分家を立ててやるから大人しく村に居着き、手練のお墨付きを得た剣の腕を生かして一族の守りになるように——としか言ってはくれなかった。

城下町には家督を継げずにくすぶっている、次男や三男が数多い。

そんな不安定な立場の若君たちに比べれば、純三郎は遥かに恵まれていた。

家中での位置づけは山村を治めるだけの郷士であろうと、藩主の相良氏さえ及ばぬほどの伝統のある名家と縁続きになれるのだから、誰が聞いても有難い限りの話のはず。

だが、純三郎は真っ平御免であった。

自分は華のお江戸で生まれた身。

どうせ養子になるのなら、直参の家がいい。

なぜ田舎に骨を埋《うず》めなくてはならないのか。

今や養家はもとより、藩のためにも働く気など有りはしない。

望まぬ環境で過ごすことを強いられた十年の時は、純三郎に野望を抱かせた。

家中一の出世頭である田代政典も及ばぬほどの、高い地位に就きたい。

夢にまで見た江戸の地にこうして舞い戻ったからには、自分を抑圧し続けてきたすべての者を見返してやりたい。

なればこそ、直参になってみせると心に決めている。

真野家の後継ぎという立場のままでは不可能なことであるが、幸か不幸か、相良藩は家名を断絶してくれたので何の縛りもない。

しかるべき地位を得たら、かりそめの苗字も捨ててしまって構うまい。

自分はこの江戸に居着くのだ。

日の本の最高学府たる昌平黌を出た上で、剣ではなく頭で世を渡るのだ。

亡き父に鍛えられ、国許でも修行を積み直させられた剣術は使いたくなかった。

腕を生かせば楽ができるのは分かっている。

大道芸人の真似事などやらずに博徒一家の用心棒にでもなれば日々の糧に事欠くことはなくなるはずだが、あくまで浮き草暮らしでしかない。

一時は気楽に過ごせても腕が落ちればお払い箱にされるのがオチであり、自分よりも強い相手と渡世の義理で斬り合って命を落とすことにもなりかねないだろう。

それに一度でも無頼の徒の世話になってしまえば、まともな仕官は望めまい。

貧窮しても身綺麗であり続ければこそ、浮かぶ瀬もある。

今が辛抱《しんぼう》のしどころと純三郎は考えていた。

苦しい生き方である。

それでも、やり遂げなくては気が済まない。

純三郎は後れを取ってしまった。

あのまま江戸に居続けることさえできれば早々に拓《ひら》けたかもしれない道から外れ、十年も無駄に過ごしてしまった。

後れを取り返すのだ。ふさわしい場所に身を置くのだ。

されど、せっかくの志も半ばで倒れてしまっては意味がない。

明日の夢を叶えるために、苦しい今を生き抜かなくてはならぬのだ。

腹がしきりに鳴っている。

今日は朝餉《あさげ》に薄い粥《かゆ》、と言うよりも重湯《おもゆ》を一碗啜《すす》ったきりで、他に何も食べていない。

大道芸の実入りは鐚銭《びたせん》ばかりで十一文。

立ちん坊の稼ぎは、長屋の店賃として貯めておく必要がある。明日になって軽業の実入りを手にするまでは、この十一文で過ごさなくてはならない。

常の如く蕎麦代にも足りず、どうにか買えそうなのは屋台売りの稲荷寿司が関の山。それも米の飯ではなく、おからを詰めた安物がせいぜいといったところ。

どうせならば夜が明けるまで我慢して、朝一番で豆腐《とうふ》屋に足を運んだほうがいい。おからはから煎《い》りして火を通しておけば日持ちするし、長屋の塵芥《ごみ》捨て場から屑《くず》野菜を拾ってきて刻み入れれば、嵩も増えることだろう。

そんな発想が自然に浮かぶようになってしまったのも情けない。

みじめな現実であった。

好きこのんで味わうこともない苦労のはずだった。

しかし、純三郎にとっては望むところ。

愛して止まない江戸に居着き、学問吟味に合格して立身出世をするためならば、どんなに汚い仕事でもやってのけるつもりである。

これしきの空腹に耐え抜けなくては、世に出ることなど叶うまい。

（辛抱、辛抱……）

胸の内でつぶやきつつ、純三郎は寒さしのぎに足踏みを繰り返す。

南の地で育った身に、東国《とうごく》の気候は耐えがたい。

この寒さに慣れるのも、江戸に居着く上では必要なはず。

八歳になるまで経験したことなのだ。

二十歳を過ぎた今になって辛抱しきれぬはずはあるまい。

白い息を吐きながら純三郎は手のひらをこすり合わせる。

月も隠れた闇の中、団子坂は静まり返っていた。

暮れ五つ（午後八時）を告げる鐘の音を聞いたのは、半刻《はんとき》（約一時間）も前のこと。

半刻後の暮れ四つ（午後十時）になれば町境《まちざかい》の木戸が一斉に閉じられ、江戸市中は眠りに落ちる。陸路で荷を運ぶならば今のうちのはずだが、相変わらず一台の荷車も通らない。

「無駄足、か……」

純三郎はふっと苦笑した。

このまま粘っていても、花冷えで体力を奪われてしまうばかり。

桜の時季を迎えた江戸の夜は冷え込みが厳しい。

国許では疾《と》うに桜も満開となっている頃だろう。

三月を迎えて暖かくなれば、立ちん坊をするのも少しは楽になるはず。

ともあれ今夜は切り上げて、ひと眠りしたほうがいい。いつものように朝一番で湯島まで行って大成殿を一目見たら、その足で豆腐屋に立ち寄るつもりであった。

溜め息を吐《つ》きつつ、純三郎は踵《きびす》を返す。

と、そのとき。

坂の上から鋭い金属音が聞こえてきた。

激しく刃を合わせていたのは一人と五人。

襲われたのは上物の羽織を着けて袴を穿いた、大身と思《おぼ》しき武士。

襲った五人組も武士であった。

革襷《かわだすき》で両の袖をたくし上げ、揃いの頭巾《ずきん》で顔を隠している。

行きずりの喧嘩ではなく、最初から斬るつもりで襲撃をかけたらしい。

狙われた武士は四方から襲い来るのを迎え撃ち、孤立無援で刀を振るっていた。

夜目が利く純三郎も、遠目では顔形まで見て取れない。

身の丈は並だが肥えてはおらず、四肢が引き締まっていてたくましい。

刀もそれなりに使えるらしく、左右から代わるがわる斬り付けてくるのを鎬《しのぎ》

——刀の側面で受け流している。

されど、独りで多勢を相手取っては分《ぶ》も悪い。

まだ手傷は負っていないが、このままでは討たれるのが目に見えていた。

金属音は打ち続く。

緊迫した現場を目の当《ま》たりにしていながら、純三郎は割って入ろうとはしなかった。

こちらは町方の役人でもなければ番人とも違う。

失われた時を取り返すために江戸へ舞い戻った、一介の浪人にすぎない。

いちいち揉め事に首を突っ込んでいられるほど、暇な立場とは違うのだ。

気の毒ではあったが、純三郎にはお節介を焼く余裕など無い。

己自身の招いた災難とあきらめて討たれるか、負けじと敵を返り討ちにするか。

いずれにしても自力で切り抜ければいい。

純三郎自身、己だけの力で生き抜こうともがいている。

誰の助けも借りぬ以上、人を助けるつもりはなかった。

そのまま歩き去ろうとした刹那、聞き覚えのある声が耳朶《じだ》を打つ。

「わくず（お前ら）何《なん》の遺恨じゃ！」

純三郎の足がぴたりと止まる。

今し方まで醒めていた顔に、驚きの色が差している。

聞こえてきたのは球磨弁――相良藩領を含む、肥後国の南部一帯に特有の方言であった。

驚かされたのは、久しく耳にせずにいたお国言葉のせいだけではない。

五人の刺客に襲われた人物は、思わぬ名乗りを上げたのだ。

「おっ（俺）を土肥信安《どいのぶやす》と知っての狼藉《ろうぜき》か！　わくずも名乗らんね！」

「若檀那《わかだんな》……さぁ（様）⁉」

純三郎が血相を変えたのも当然だろう。

暗殺の標的はかつての知り人、それも江戸に出てくるまで永きに亘《わた》って世話になっていた家の若君だったのだ。

雲間から射してきた月明かりが、純三郎の視線の先を照らし出す。

淡い月光の下に、仁王立ちになった男の顔が浮かび上がる。

「返り討ちにしぃでくれんばん！　どやつから斬ろか！」

刀を中段に取り、球磨弁で盛んにまくし立てるのは三十そこそこと思しき武士。

卵形の顔に小さな目。

鼻筋が通っており、陽に焼けていても品が良い。

身の丈は純三郎よりもやや高く、がっしりとした体付き。

見紛うことなき養家の若殿、土肥十郎左衛門《じゅうろうざえもん》信安その人であった。

四

享和《きょうわ》三年（一八〇三）生まれの信安は、数えで当年三十三歳。

若君と呼ぶには少々薹《とう》が立っていたが、父親の覚兵衛安次《かくべえやすつぐ》がまだ隠居せずに頑張っているのだから、村の人々は「土肥の若檀那」と呼ぶしかない。その点は安次の養子扱いだった純三郎も同様で、いつも小姓《こしょう》の如く信安に付き従っていたものだった。

特別に苗字を与えられたとはいえ、純三郎は養家の後を継ぐ資格とは無縁の身。血を引かぬ者には継承が許されぬほど、土肥は格の高い家だからである。土肥家は源頼朝《みなもとのよりとも》の腹心の一人となって平家《へいけ》打倒に貢献し、その名を『吾妻鏡《あづまかがみ》』『平家物語』『曾我《そが》物語』等にも見出すことのできる、土肥次郎（二郎）実平《さねひら》に連なる一族。

平家の落人《おちうど》追討に派遣され、そのまま肥後に根づいた土肥家の存在は藩主の相良氏でさえ無視できず、領内の五木《いつき》村を治める地頭として代々遇されている。

信安は老父の安次に代わって人吉城に出仕しており、参勤交代で藩主の供として江戸にもたびたび訪れていた。

藩主の相良壱岐守頼之《いきのかみよりゆき》が江戸城の常盤橋御門番《ときわばしごもんばん》を仰せつかり、昨年のうちに江戸入りしたのは純三郎も承知の上。信安が同行しているのも分かっていた。

そして、純三郎が五木村から逐電《ちくでん》したのは昨年の秋。

信安が年明け早々に江戸へ向けて出立《しゅったつ》した後のことだった。

国許での養い親——信安にとっては実の父である安次は純三郎を頼りにしており、所領の五木村で山仕事を任せる一方、折に触れて城下町へ剣術修行に通わせていた。

いつも泊まりがけで五木村から人吉まで足を運ぶ、その隙《すき》を突いて純三郎は出奔したのだ。

荷物が多いと怪しまれるため持ち出すものは最低限に抑え、路銀に充《あ》てる金子も小遣いを何年も貯めておいた上で実行に移したことだった。

もしも信安が村にいればすぐに怪しいと勘付かれ、計画は阻止されてしまったに違いない。

土肥の姓を授かってはいても、純三郎は正式な養子には非《あら》ざる身。

信安のことも日頃から「若檀那さぁ」と呼んでいたが、当人は格の違いなど意に介さず、少年の頃から純三郎を実の弟のように可愛がり、いつも側《そば》に置いていた。

安次が頑《がん》として認めてくれぬため実現するには至らなかったが、もしも望むなら参勤の供に加えて江戸に連れて行ってやりたいと気にかけてもくれていた。

気持ちは有難いが、厳父《げんぷ》に逆らえぬ立場とあっては期待するだけ無駄というもの。

純三郎はそう思い、長じてからは一言も江戸へ行きたいと口にはせずにいた。

兄のような信安を裏切るのは心苦しかったが、これ以上は我慢できない。

純三郎はそう思い至り、信安が不在の折を狙って五木村から飛び出したのだ。

陸路で長旅をした末に江戸に辿り着いても愛宕下の藩邸には近付かず、相良藩が御用達にしている商家がある界隈にも足を向けないように心がけて過ごしてきた。

大名の参勤交代は四月に出府し、翌年の四月には帰国するのが決まり。

来《きた》る四月さえ乗り切れば信安も肥後に戻るので、やっと安心できると思っていた。

その信安が、なぜ夜の団子坂で襲われているのかは定かでない。

理由はどうあれ、もうすぐ国許へ戻れる矢先に闇討ちされては気の毒すぎる。

「……」

溜め息をひとつ吐き、純三郎は走り出す。

坂を一気に駆け上っていく表情は真剣そのもの。

剣戟《けんげき》の響きが間近に迫る。

一対五の劣勢にもめげず、信安は果敢に刀を打ち振るっていた。

手にした刀は、純三郎と同じ肥後拵。

刀身は寸が詰まっており、片手で扱いやすい造り。

この肥後拵の一振りは、信安が元服したとき父の安次から授かったものである。

初めて本身を手にして以来、信安はいざというとき敵に後れを取らぬため居合と試し切りを熱心に稽古してきた。

それなりに使えることは純三郎も知っている。

村にいた頃はいつも稽古に付き合わされていたからだ。

しかし、懸命に斬りかかっても信安の刀は空振りするばかり。

純三郎が毎日せっせと拵える巻き藁《わら》を相手に励んでいた試し切りも、残念ながら実戦の役に立ってはいなかった。

（巻き藁は地に立てて為さねばなりませぬと、あれほど申したのに……）

無礼と承知で、純三郎は舌打ちをせずにはいられない。

後の世の武道としての試し切りは巻いた藁や畳表を水で湿らせ、専用の台に固定して行うのが通例だが、明治の世を迎える以前から続く古流剣術の流派によっては台を用いず、巻き藁をそのまま地面に立てて斬る。縄で縛り上げた藁を動かぬようにしておいて斬り刻むのは捕らえた捕虜を処刑するのを思わせる、という人道上の見地に基づくことであるが、巻き藁が自重《じじゅう》で倒れる前に断つのは難しく、よほど技倆《ぎりょう》が無くては為し得ない。

村にいた頃の純三郎は、同様の稽古に独りで取り組んでいた。

信安にもそうしたほうがいいと再三勧めたのだが、楽に斬れて数をこなせるほうがいいと言い張り、切り台を用いるのを止めようとしなかった。

固定された巻き藁と違って動き回る敵を、しかも幾人も相手取るのは至難の業《わざ》。

純三郎と同じ稽古を積んでこなかった信安に、敵が斬れるはずはない。

それでいてまだ傷を負わずに済んでいたのは居合の稽古を通じ、常に刀を受け流しに振りかぶる習慣が身に付いているからだった。

日の本の刀は武具であると同時に、究極の防具でもある。

鎬で敵の刃を受け止め、刀身を傾《かし》げて受け流す防御を冷静に続けている限りは、斬られてしまう恐れはない。

刀を振りかぶるときも、信安は柄を握った両の拳《こぶし》を正中線《せいちゅうせん》——体の中心を縦《たて》に通る線からずれぬように保っていた。こうしていれば不意に斬り付けられても速《すみ》やかに受け止め、受け流せるのだ。

攻めるは下手でも、守りは完璧。

奇妙なことだが、それは名家の子なればこそ身に付いた技倆だった。

人の上に立つ身には、敵を斬るための技など無用のもの。

護衛の隙を突いて襲われた一瞬に備え、わが身を守る防御の技こそ必須。

かかる自明の理を、土肥家の歴代当主は心得ていた。

今でこそ藩主の相良氏に従う立場だが、元を糺《ただ》せばこちらが格は上。そんな自負を持っていればこそ、人の上に立つ身として振る舞うことを代々心がけ、藩の御流儀を教える城下町の道場には通わぬ代わりに独自の稽古を積み重ねて、いざというときに備えてきた。

そして信安も純三郎に稽古の相手をさせ、受け流しの振りかぶりを徹底して身に付けていたのである。

今宵の襲撃でもその防御が役に立っていたが、このままでは危うい。

信安は一人の供も連れてはいなかった。

何のための夜歩きだったのかは与《あずか》り知らぬが、中間《ちゆうげん》も連れ歩かないとは不用心すぎる。

(相変わらず手間のかかる若様だな……)

しかし、今は苦笑している閑《ひま》など無い。

純三郎は走りながら脇差の鯉口を切り、鞘を払う。

肉厚の刀身が露《あら》わになった。

重ねが厚く、峰《みね》がまるみを帯びている。

信安が眦《まなじり》を決して振るう一振りと比べれば長さこそ短いが、厚みは倍近い。乱世の合戦場で徒歩武者《かちむしや》が敵を組み伏せ、とどめを刺して首級《しゆきゆう》を挙げるときに用いていた鎧通《よろいどお》しを彷彿《ほうふつ》させる。

一見すると鈍重そうな印象を与えられるが、刃文《はもん》は焼き幅が広くて豪壮《ごうそう》そのもの。今出来《いまでき》の刀とは明らかに別物だった。

乱世の遺風を色濃く残す、この脇差は同田貫《どうたぬき》。かつて熊本城主だった加藤父子《おやこ》の抱鍛冶《かかえかじ》として、幾多の武用刀《ぶようとう》を手がけた一門の作である。

亡き父の均一郎が純三郎のために遺してくれた、唯一の形見だった。

願わくば武骨な脇差などではなく、江戸の有力者とのコネやしかるべき額の金子を遺しておいて欲しかったものだが、今は手許にあるのが有難い。

出奔して久しい身とはいえ、世話になった家の若殿を見殺しにしてしまっては寝覚めも悪いというもの。

それに長屋の近くで信安が横死《おうし》したとなれば、相良藩の手が伸びる。土肥氏は相良の家中に在っては軽からぬ存在。その若殿が夜道で暗殺されたとなれば大事であり、町奉行所も放っておくまい。

騒ぎになれば、純三郎にも火の粉《こ》が降りかかるのは目に見えていた。

せっかく江戸に居着こうとしている矢先に、邪魔をされたくはない。

脱藩は重罪である。

もしも身許が露見して相良藩に連れ戻されれば、二度と江戸には戻れまい。

たとえ土肥家が庇《かば》ってくれて死罪を免《まぬが》れたとしても、相良の藩領はもとより五木村からも一生涯、出ることは許されぬだろう。

そんな羽目になるのなら、死んだほうがましだった。

ともあれ、信安を助けるのが先である。

抜き身の脇差を片手に、純三郎は乱戦の場へと割って入る。

かぶった網代笠《あじろがさ》はそのままだった。

視界を遮《さえぎ》られたままで戦いに臨むのは不利なこと。

されど、信安に顔を晒《さら》すわけにはいかない。

折しも信安は汗で手を滑らせ、敵の刀を受けそうになっている。

純三郎はだっと地を蹴った。

闇の中に金属音が響き渡る。

横から割り込んだ同田貫は、凶刃《きょうじん》をがっしりと受け止めていた。

押し返された刺客がよろめく。

その隙に信安を後方に押しやり、純三郎は無言で前に立ちはだかった。

「か、かたじけない」

武家言葉で礼を述べる信安は、こちらが誰なのか分かっていない。

正体を明かしたくない純三郎にしてみれば幸いであった。

信安は近視である。緑豊かで見晴らしの良い山の中で暮らしていれば常人より視力は良くなるのが常だが、土肥家には目の悪い者が多い。

遺伝という知識は持ち合わせていない純三郎だが、少年の頃から側《そば》近くに仕えてきたことで信安の目が悪く、日々の生活に支障を来すほどではないが夜目が利かぬのも承知していた。

手傷を負う前に助けられたのは僥幸《ぎょうこう》だった。

一声かけて安堵させてやりたいが、思いとどまらざるを得なかった。

声を出せば、信安にこちらの正体を勘付かれる。

あくまで無言のままで戦い抜き、敵を退散させなければならない。

五人の刺客はじりじりと純三郎に迫り来る。

乱入してきたのが誰であれ、信安と一緒にまとめて始末するつもりなのだ。

「……」

右片手下段に脇差を構え、純三郎は迫る五人と対峙《たいじ》する。

黒い瞳が微かに震えていたのも無理はない。

純三郎にとって、これは初めての真剣勝負だった。

荒事に慣れた剣客にとっても本身を振るっての戦い、それも人を守りながら敵と渡り合うのは至難であるという。

まして五対一となれば、余裕は皆無。

純三郎は冷静に頭を巡らせた。

(何はさておき、手強《てごわ》いと思わせねばなるまい……)

しかるべき策は、すでに考えついていた。

敵が同じ流派の使い手ならば通じぬだろうが、この五人は江戸で流行《はや》りの撃剣を主に修行してきた身に違いない。

両のつま先を前に向け、腰高の体勢で刀を構えた姿から見抜いたのだ。

対する純三郎は後ろに踏み締めた左足を撞木《しゅもく》――正面に対して横に向けている。

後の世の剣道や居合道ではやってはならないと禁じられている足さばきだが、防具を着けずに木刀で打ち合う稽古を基本とする古流剣術においては逆に自然なこととされていた。

撞木足は軽快に立ち回るのには不向きだが、地を蹴って一瞬のうちに間合いを詰めて斬るのには適している。純三郎が身に付けた技は、この撞木足にならなくては使えないのだ。

それにしても、五人の敵は思った以上の使い手らしい。

学んできたのは道場剣術でも、本身そのものの扱いに慣れている。竹刀《しない》しか握ったことのない者はいざ真剣を手にすると、振り下ろした勢い余って自分の脚を傷付けてしまいがちであるという。

その点、先程から五人の刺客には危なげがない。

信安に受け流されても慌てることなく刀を引き、代わるがわる退《ひ》いてはまた斬りかかるという見事な連携を一糸乱れずに続けていた。

素早く体勢を立て直せるのは、日頃からの撃剣の修行の成果。

そして、振り抜いた刀を自傷する前に止めることができるのは、居合や試し切りの稽古を積んでいればこそと見なしていい。

ふだんは防具を着けて竹刀で打ち合う撃剣の稽古に重きを置きつつ、暗殺の密命が下ったときに備えて、本身の扱いにも慣れるように心がけているのだろう。

いずれも腕前は信安より明らかに上。よくぞ今まで持ちこたえられたものである。

純三郎も一対一ならば容易く倒せるが、多勢となれば余裕は無い。

ここは最初の一人を速攻で打ち倒し、残る四人の出足を鈍らせねばなるまい。

右片手下段の構えを取ったまま、純三郎は一歩前に出る。

切っ先を向けることなく、わざと隙だらけに見せたのだ。

最初の敵が斬り付けてきた。

横一文字に胴を薙《な》ぎ払わんとした瞬間、純三郎は脇差を片手中段に取り直す。

一瞬のうちに構えを変じた刹那《せつな》、鋭い金属音が上がった。

正面から迎え撃ち、鎬で敵の刀を受け止めたのだ。

同田貫の刀身は厚い。

当然ながら重みもあるが、純三郎の動きは俊敏そのもの。

右手の脇差で敵の刀を止めたまま、空いた左手をさっと伸ばす。

「ううっ⁉」

右手首をつかまれた敵が、覆面の下で驚きの声を上げた。

刀を受け止めた状態で手首を押さえ、動きを封じたのだ。純三郎が学び修めたタイ捨流《しゃりゅう》において『朴解《ぼくとく》』と呼ばれる、小太刀術《こだちじゅつ》の一手であった。

本来の『朴解』は、小太刀を手にした者同士の戦いが想定されている。

本身も竹刀も振り下ろすときには左手を主、右手を従とするが、敵と得物《えもの》を合わせてからの鍔迫《つばぜ》り合《あ》いでは両手の力が必要になる。利き手の自由を奪われてしまい、合わせた刃もまったく動かぬとなれば、敵が動揺を隠せぬのも当然だった。

敵の斬撃《ざんげき》を受け止め、ぴたりと刀身を合わせたまま動きを封じてしまう術はタイ捨流と同様に歴史の古い馬庭念流《まにわねんりゅう》においては『米糊付《そくいづけ》』、柳生新陰流では『十文字受け』と称される。飯粒を練った糊《のり》で固く貼り合わせたかの如く敵の刀を静止させ、降参しなければそのまま押して鍔ごと斬ってしまうのだ。

純三郎が修めたタイ捨流の開祖である丸目《まるめ》蔵人佐長恵《くらんどのすけながよし》は戦国乱世に新陰流四天王の一人に数えられ、新陰流の正統を継いだ柳生但馬守宗厳《たじまのかみむねよし》とは兄弟弟子の間柄。後に将軍家御流儀となった柳生一門に劣らぬ「東の柳生、西の丸目」と称された人物である。共に新陰流を源とする柳生新陰流とは、術技に共通する点も少なからず見受けられた。

しかし、タイ捨流の本領は新陰流譲りの精緻《せいち》な技法だけではない。

横手から二人目の敵が襲い来る。

仲間を巻き添えにするのも辞さず、上段から斬り付けてきたのだ。

純三郎はつかんだ手首を放しざま、目の前の男を蹴り飛ばす。

軽やかな金属音と共に、二人目の敵が見舞ってきた袈裟《けさ》斬りを受け流す。
力強い受け流しに、敵は思わずつんのめりそうになる。
次の瞬間、重たい蹴りが胴にぶち込まれた。
「うわっ」
悲鳴を上げて男はのけぞる。
敵が刀を構え直すより早く、純三郎は柄を握った手首を目がけて蹴り付けたのだ。
タイ捨流組太刀《くみだち》の一手『足蹴《そくしゅう》』である。
一瞬でも遅れていれば、足首を断たれていたに違いない。
しかし、純三郎の動きに危なげなところは皆無。
軽業を演じるときにも増して力強く、俊敏な攻めは止まらない。
よろめく敵をそのままに、迫る三人目を迎え撃つべく飛翔する。
背後から脚を狙って斬り付けるのに応じ、向き直りざまに大きく跳び上がったのだ。
坂の傾斜を利用した跳躍は大きい。
度肝を抜かれた敵の目の前すれすれに、純三郎の脇差が刃鳴りを上げる。
着地するのと同時に見舞った逆袈裟斬りだった。

　この『逆握《ぎやくあく》』は跳躍して敵に空振りさせ、着地しざまに逆手《さかて》で抜刀し、後退したところを順手に持ち替えた刀で袈裟がけに斬り伏せるのが本来の形。

　厳密に言えば純三郎の採った戦法は形通りではないのだが、それは自分が置かれた戦況に合わせているだけのこと。

　修練を重ねて会得《えとく》した技は如何《いか》なる場面場合においても発揮でき、形を変えて駆使し得るものである。頭ではなく五体で覚えていればこそ、状況に応じて自在に動けるのだ。

　目の前をかすめた刃におびえ、敵は尻餅《しりもち》をついて失神する。

　残る二人も腰が引けていた。

　気を失った三人と同様、斬り捨てるまでもない。

（こんなものか）

　純三郎は笠の下で不敵に微笑《ほほえ》む。

　驚くほどに、あっけない。これほど容易く蹴散らせるとは予想外であった。

　路傍《ろぼう》に立った信安は、固唾《かたず》を呑んで戦いぶりを見守っていた。

「み……見事じゃ……」

　激しい戦いを目の当たりにして、感心のつぶやきを漏らさずにいられない。

視界がぼやけてはいても、飛び交う影は見て取れる。

他の流派の剣客がこのような動きをするはずもない。

助けてくれたのは見紛うことなき、相良の城下に伝わるタイ捨流の使い手。

刀を構えて荒い息を吐きながら、信安はそう察しを付けていた。

タイ捨流は刀を振るうだけでなく、手足まで武器とする格闘剣術の側面を備えている。

他の剣術流派にも敵の刀を奪い取りざまに肘《ひじ》打ちを浴びせたり、関節を締め上げて制するといった小具足術《こぐそくじゅつ》が含まれるが、タイ捨流には他の流派に類を見ない、刃を交えながら飛翔して突きや蹴りを見舞う技が数多い。その技は『頗《すこぶ》る荒く、身体を飛び違《ちが》え薙《な》ぎ立てる』と評されていた。

しかし、ひるんだままでは刺客の密命が果たせない。

残る二人が勇を奮《ふる》い、左右から同時に殺到する。

応じて、純三郎は軽やかに体をさばく。同田貫は鞘に納められていた。

かぶった笠を放った刹那、両の手が帯前に伸びる。

右手は、柄へ。

左手は、鍔元へ。

鯉口を切ると同時に、肉厚の刀身が鞘走る。

敵の出足が一瞬止まったのは、白刃《しらは》を目の当たりにしたせいだけではない。

抜き身を肩に担いだ純三郎は視線を右、左と走らせ、目付《めつけ》で動きを制していた。

剣術、とりわけ居合の要諦《ようてい》は一眼二足三胆四力《いちがんにそくさんたんしりき》と説かれる。

まずは目付――視線を遅滞なく向けて威圧し、足さばきで間合いを詰めるのだが、その足さばきがタイ捨流は並ではない。

純三郎の五体が宙に舞う。

ぶわっと右前方に向かって跳びながら同田貫を片手右上段に取り、着地しざまに振り下ろす。

地に右膝を着いて左膝を立て、安定した体勢から袈裟斬りを見舞ったのだ。

金属音を上げて敵の刀が砕け散る。

目を回してへたり込むのを見届け、純三郎は立ち上がる。

左右の足を踏み替え、右足を一歩前に出しながら同田貫を振りかぶる。

体の向きを変える直前に素早く視線を走らせ、残った敵の立ち位置を確実に見極めた上での動作だった。

片膝を着きながら純三郎は同田貫を打ち込んでいく。

上段から振り下ろされた刀身は物打《ものうち》——切っ先から三寸（約九センチメートル）の部分が先に届くように遠心力が効いていた。

柄を握った小指と薬指を締め込んでいればこそ、刀勢《とうせい》も出るのだ。

敵は慌てて刀身を横一文字にし、純三郎の斬り付けを受け止めようとする。

しかし、今出来の華奢《きゃしゃ》な刀が乱世の剛剣に、それも手の内を存分に効かせて放った一撃に耐えきれるはずもない。

最後の金属音が、闇を裂いて響き渡る。

刀は半ばから打ち折られ、手にした当人は失神してしまっていた。

五

敵が動かぬのを見届けながら、純三郎は立ち上がる。

あれほど激しく動き回っていながら、息ひとつ乱していない。

二人の敵を続けざまに制した『十手《じって》』は、タイ捨流における居合術の一手。

本来は挟み撃ちされそうになっているのに気づかぬ振りをし、正面に向かって刀を抜き付けると装いながら左右の敵を制する技だが、タイ捨流は居合の定石である後《ご》の先《せん》——先に攻めかからせておいて後から反撃に及ばなくても、存分に効力を発揮し得る。

日頃から鍛錬を重ねてきた、常人離れの跳躍力があるからだ。

跳び上がって敵の不意を突き、手足までも武器にするタイ捨流の格闘剣術としての側面は開祖の丸目蔵人佐に入門して以来、門下の高弟であると同時に忠実な家臣として長年仕えていた伝林坊来慶《でんりんぼうらいぎょう》の影響と言われている。明国《みんのくに》の生まれで拳法の達人でもあった来慶が得意とした体術はタイ捨流に取り入れられ、本家の新陰流には見られない、数々の技が誕生するに至ったと見なされていた。

かかるタイ捨流の本領を知らない五人の刺客が立て続けに打ち倒され、路上に這わされたのも無理からぬこと。

刺客たちは暗い路上に這わされたまま、ぴくりとも動かずにいる。

一人も斬られてはいないが、完全に気を失ってしまっていた。

純三郎の浴びせた気迫の為せる業である。

後の世の剣道においても立ち合いに気を込めるのは不可欠とされているが、本身を手にした剣客が放つ気は凄《すさ》まじい。

峰打ちを浴びた者が斬られたと思いこんで失神するのは打撲《だぼく》の衝撃にも増して、

その気迫に撃たれればこそ。

純三郎の場合はいちいち刃を返して峰を当てていくには及ばず、敵の刀身を打ち砕きながら気を放つだけで十分だった。

五人とも、当分は目を覚ましそうにない。

この花冷えの中で気絶したままでいては風邪を引くことだろうが、命まで失わずに済んだのだから幸いというもの。

どのみち、後は純三郎の与り知らぬことである。

なぜ信安が狙われたのか問い質《ただ》すつもりもない。

命を助けただけにすぎず、経緯《いきさつ》など知ったことではないからだ。

とはいえ、このまま立ち去るわけにもいかなかった。

信安は表情を強張らせ、路傍でぜいぜいと荒い息を吐いている。

己自身が五対一で戦っているかの如く、ずっと刀を中段に構えていたのだ。

気を張っていれば体も疲れるのは当然至極。

純三郎が駆けつけるまで独りきりで奮戦していたとなれば尚のこと、疲労を募らせているはずである。無視するわけにはいかなかった。

純三郎は無言で歩み寄る。

柄を握り締めた状態で硬直してしまっている信安の指を揉みほぐし、刀を取り上げて鞘に戻してやるためだった。

すぐに笠を拾ってかぶったので顔を見られる恐れはない。

手のひらでくるむようにして、強張った筋をほぐしていく。

久しぶりに触れる信安の手は、相変わらず節《ふし》くれ立っていた。

彼だけに限ったことではない。

信安の実の父であり、純三郎にとっては養父に当たる安次も同じ手をしていた。代々の地頭《じとう》でも、土肥家の男たちは高い身分にあぐらをかいて安逸に日々を過ごしてなどいない。治める五木村の山にいつも分け入り、植林した檜《ひのき》を見て回っているのだ。

御先祖様が植えておいてくれた木々を売った恩恵に与る上は、後の世のために同じことをしておかなくてはならないと思えばこそ代々の当主が自ら山に出向き、村人たちの陣頭に立って働くのも辞さずにいる。鎌倉の昔から、ずっとそうやって生きてきたのである。

見上げた生き方だが、とても純三郎には付いていけそうになかった。

自分の考えが異端なのは分かっている。土肥家の一員として、村を発展させるために力を尽くすのが真人間《まにんげん》として為すべきことだと頭では理解できていた。

それでも、江戸に執着する気持ちは捨てられない。

たとえ歪《ゆが》んだ考えであろうとも、節《せつ》を曲げるわけにはいかなかった。

純三郎は五木村に来て、土肥家の世話を受けたがためにひねくれたわけではない。

父と兄を、そして母を相次いで失い、天涯孤独の身となった直後に引き取られた祖父の家での扱いがひどすぎたのだ。

少年期に受けた心の傷は人格を歪めてしまい、その歪みの中で一生もがき続けずにいられなくしてしまいがちなものである。

姓を改めて土肥純三郎となっても心の傷は癒《いや》されず、その傷を治すために向上心を抱いたのだ。

純三郎の場合には日の本の文化の中心たる江戸に生まれ、このまま大きくなって存分に学問をしたいという幼い頃からの希望を突然断たれたばかりか、家族までも失ってしまったことが動機に加わり、極端なほどの向上心が芽生えるに至った。

己の胸の内に巣くう、どろどろしたものを純三郎は自覚している。

なればこそ、爆発する前に行動に出た。

申し訳ないことと思いながらも脱藩し、江戸に走ったのだ。

今や身内とも見なしたくない祖父と違って、土肥家の人々は厳しくも優しい。江戸で学びたいと元服したときに一度だけ本音を明かした純三郎を殴りつけ、江戸行きを頑《がん》として認めなかった養父の安次も、このまま村で暮らしたほうが幸せと分かっていればこそ、止めてくれたのに違いない。

徳川の天下では、身分の枠からはみ出しさえしなければ安泰に過ごせる。昨今は打ち続く飢饉《ききん》のために米が育たず、年貢を納めきれずに田畑を捨てて都会に流れてくる農民も多いという。

鎖国を断行していることが災いし、日の本の六十余州から生じる産物のみで民を養う幕藩体制にほころびが生じつつあるのは事実だが、五木村は飢饉と無縁。山奥の村では古来、米をほとんど作っていない。雑穀と芋《いも》を主食にし、鳥や獣を含む山の幸を村じゅうで分け合って生きてきた。

運命共同体としての絆《きずな》は固い。

藩主の相良氏が自分より歴史の古い土肥一族を敵視し、余計な力を付けさせまいと画策するたびに、三十三人の地頭と村人たちは結束して乗り切ってきた。

かけがえのない村を守るため、恵まれた剣の腕で土肥家を守護してほしいという安次の気持ちは分かる。酷《ひど》い環境から救い出し、二十歳になるまで育ててくれた恩を返すためにも言う通りにして差し上げたいと思う。

しかし、自分の気持ちに嘘《うそ》はつけなかった。

純三郎は、江戸に居着きたいのだ。

どれほど歪んでいようとも、己の心に正直に生きていきたいのだ。

黙々と手をさする純三郎を、信安は黙ったまま見返している。

笠をかぶっていても、油断はできない。

ほぐれた五指をそっと開き、純三郎は刀を取り上げる。

信安自慢の一振りはささらのように成り果て、歪みも生じてしまっていた。

「つん曲がってしもうたがなぁ」

信安は苦笑した。おぼろげながら、すぐ目の前の光景は見えているらしい。斬り合いを終えてすぐに笠を拾い上げ、顔を隠しておいて正解だった。

たしかに信安の刀はひどい様《ざま》になっていたが、歪んだ刀身は鞘の内に一晩納めておけば元に戻るし、疵《きず》は研ぎに出せば修復できる。かなり研ぎ減りがして痩せてはしまうことだろうが、五体に傷を受けずに済んで幸いであった。

ともあれ、これで義理は果たした。

左腰の鞘に刀を戻す間も、純三郎は信安に声をかけなかった。

義によって命を助けはしたが、こちらの正体に気づいてほしくないからだ。

このまま別れたら、二度と会わぬつもりである。

(ご無礼しもした……。堪忍《かんにん》してくだはんし、若檀那さぁ)

胸の内でお国言葉をつぶやきつつ、踵《きびす》を返す。

と、立ち去ろうとする背中に困惑を孕《はら》んだ声が飛ぶ。

「わっ(お前)純三郎じゃろう?」

背を向けたまま、純三郎は表情を凍り付かせた。

一言も発していないのに、この闇の中で正体を見抜かれるとは思わなかった。

考えてみれば当然のことである。

夜目が利かなくても気配だけで動きは分かるし、他流派の剣客とは明らかに違う、激しい対敵動作をしていればタイ捨流の使い手に違いないと察しも付く。

初めての真剣勝負で余裕を持ちつつも多勢の敵を相手取るのに夢中になっていた純三郎は、そこまで考えが及ばなかったのだ。

(迂闊《うかつ》であった……)

笠の下で純三郎は唇を噛み締めずにいられない。

相良藩から九州一円に広まったとはいえ、この江戸にタイ捨流を会得した者が幾人もいるはずがなかったし、まして純三郎に匹敵する手練は相良藩邸にもいない。正体に気づかれたのも当たり前だろう。

やはり情を出さず、見殺しにするべきだったのか。

「すぐ分かっとばい。純三郎に勝るタイ捨の剣の使い手ば、おっ（俺）は知らんもん」

不謹慎な胸の内など知る由もなく、信安は笑顔で言葉を続ける。

「だんだんなぁ（ありがとう）。おかげで命ば拾ったと」

「……」

「みんなして、わっの身ば案じとったとよ……」

後ろから肩を抱きながら語りかけてくるのにも、やはり言葉を返すわけにはいかなかった。

言い訳をすれば一層ややこしいことになる。そう思い込んでいた。

昨年の秋に脱藩した純三郎は、実は信安が十二月に家督を継いでおり、土肥家の二十八代当主となった事実を知らない。

この場で積年の胸の内を吐露し、本当は子どもの頃から江戸に居着きたかったのだと打ち明けさえすれば、力になってもらえることにも気づいていなかった。

土肥家では相良藩邸の敷地内に与えられた役宅の他にも、市中に小さいながらも自前の屋敷を構えている。その屋敷を預かる留守居役として幕府から許しを得れば江戸での身許が保証され、藩主の相良氏も口出しできない土肥一族の威光の下で自立が叶うとは、思いつかずにいたのである。

昌平黌に入るのも、信安に頼れば簡単だった。

千両単位の代償が必要な旗本の株を買うのは無理な相談でも、軽輩の御家人の株ならば信安の独断で手配できる。

若殿にすぎなかった当時と違って、今や当主の身だからだ。

御家人株を純三郎に買い与え、好きな学問に励ませながら江戸の屋敷を管理させておけば互いにわだかまりを抱かなくて済むのだし、いざ鎌倉というときは肥後に呼び戻せばいいと主張して、厳父《げんぷ》の安次を説得することも可能だった。

夢にまで見るほど江戸での暮らしに恋い焦がれていながら、純三郎は詰めが甘い。

実の兄のように可愛がってくれる信安には本音を打ち明けず、厳格な養父の安次から一度反対されただけで思い詰めて、自力で事を為すしかあるまいと脱藩にまで及んでしまった。

とことん不器用なのである。人に甘えることが下手なのである。

剣の腕は立っても、独りで世を渡るのには向いていない。

それでも江戸に居着きたいのだ。

失われた誇りを、取り戻したいのだ。

そのために土肥家の手を借りてはならない。

頭からそう思い込んでいる純三郎に、機転を利かせることなどできなかった。

「ど、どぎゃんとしたと⁉」

腕を振りほどかれるや、信安が慌てた声を上げる。

「江戸でなんばしよっと？　おっを打っちゃらきゃて、どぎゃんするとね⁉」

懸命の問いかけに純三郎は答えない。

一言も返すことなく、ずんずんと遠ざかっていくばかり。

信安が指だけでなく両の足まで強張らせており、下肢の筋を揉みほぐしてやらないと歩き出せないのは承知の上だった。

自分のことを気遣ってくれている信安を、実の兄弟にも等しい間柄でありながら夜の路傍に放り出し、呼びとめられても無視をするとは非礼の極み。

分かっていても、振り向こうとはしない。

無言のまま、ただ去り行くのみであった。

六

月明かりの下、純三郎は黙々《もくもく》と家路を辿る。

足取りが重い理由は、信安と望まぬ再会をしたせいだけではなかった。

（腹が減った、な……）

忘れていた空腹感が一気に押し寄せてくる。

しきりに鳴る腹を持て余しつつ、人気《ひとけ》の絶えた夜道を急ぐ。

恩を受けた一族の若殿と再会した感慨を振り切った今は、目の前の空腹を何とかすることしか頭になかった。

余人が知れば、非情な性分と思われることだろう。

されど、未来を目指す上で過去を振り返る余裕など持てぬ。

どうにか長屋の前まで辿り着いた純三郎は、ふっと苦笑する。

帰ってきても米と麦はむろんのこと、唐芋《からいも》の買い置きも切らして久しい。

門前町に行けば煮売屋《にうりや》や居酒屋がまだ開いているが、嚢中《のうちゅう》にあるのはなけなしの十一文のみ。ツケで食事をさせてくれるほど懇意な店など一軒もない。

明け方に豆腐屋へ駆け込み、おからを買い求めるまでは何とか腹を保《も》たせなくてはならなかった。

(今宵も水腹か……いいざまだな、土肥純三郎……)

自嘲《じちょう》しながら木戸を潜ったとたん、路地の向こうからいい匂《にお》いが漂ってきた。

何とも奇妙なことである。

今は暮れ四つ(午後十時)。

町境の大きな木戸も、表の通りと長屋がある裏通りを仕切る小さな木戸も、一斉に閉じられる刻限であった。

夕餉《ゆうげ》時は過ぎており、隣近所はとっくに眠りに就いたはず。

寝ぼけ顔で起きてきた木戸番の親爺《おやじ》も、刻限ぎりぎりに戻った純三郎を路地に入れて早々に戸締まりをし、また寝床にひっくり返ってしまった。むろん煮炊きなどしていない。

狭い路地沿いに並ぶ長屋はどこも明かりが消えていたが、純三郎の借りている棟にだけ灯火が点《とも》っている。

ますます有り得ぬことだった。

先月の末から純三郎は油を切らし、ずっと暗がりで過ごしてきた。

幼い頃より剣術修行の一環として夜間稽古を課せられ、闇の中で立ち合う術を会得した身にとっては、狭い長屋内で明かりを点《つ》けずに夜を過ごすぐらいは朝飯前のことである。

しかし、常人には無理な話。

何者かが留守の間に、照明を持参の上で入り込んだのだ。

「……………」

どぶ板を踏まぬようにして、純三郎は静かに歩を進める。

帯前の脇差には、手をかけようともしなかった。

盗《ぬす》っ人《と》に刃物など向ければ逆上されるだけのこと。捕まると思い込んで暴れ出し、長屋の子どもたちを人質にされてしまっては大事になる。

（大人しゅう退散してくれればいいのだが……とまれ、手荒な真似は控えねばなるまい）

顔も知らぬ盗っ人のことを純三郎は気の毒に思っていた。

九尺二間の部屋にあるのは借り物の寝具と鍋釜《なべかま》、そして一人分の什器《じゅうき》のみ。持ち出しても大した金にはならぬ代物《しろもの》ばかり。忍び入っただけ骨折り損。

盗っ人は何も無い部屋の中で、はらわたを煮えくり返らせているはず。

何も盗《と》っていないのに、罪に問われる羽目になっては気の毒すぎる。速やかに取り押さえ、騒ぎ出す前に木戸の外へ連れ出してやろう。

そう心に決めて、腰高障子《こしだかしょうじ》に忍び寄る。

障子紙に影が映らぬように注意しながら手を伸ばす。

戸閉めのしんばり棒は支《か》っていなかった。

がらっと開けた刹那、のんびりした声が返ってくる。

「お帰りなせぇやし」

「勝手に上がり込んじまって、すみませんねぇ」

中にいたのは隣家の夫婦、音松《おとまつ》とおかね。

この二人、純三郎に懐《なつ》いているお松の両親である。

「何としたのだ、おぬしたち？」

にこにこしている若夫婦を、純三郎は啞然《あぜん》と見返すばかり。

「長屋のみんなと話したんでさぁ。土肥様にそろそろお礼をして差し上げなくちゃならねぇ頃合いだろうぜって、ね」

鳶《とび》職人の音松は印半纏《しるしばんてん》の襟を正しつつ、神妙な面持ちで告げてきた。

女房のおかねは台所に立ち、湯気の立つ飯を持参のおひつに移している真っ最中。

純三郎が自前のおひつを持っておらず、たまに炊飯するときには米と麦を一食分だけ買い求め、炊きたてを釜から直《じか》に食べることを知っていたのだ。
・麦が半分以上も混じっているが、たっぷり五合はある。
「さぁ、飯が蒸れる間に一杯召し上がっておくんなさい」

「か、かたじけない」

音松に背中を押されながら、純三郎は草履を脱ぐ。

ちび連にいつも無料《ただ》で軽業を見せてもらっているお礼として、長屋の衆が銭を出し合って用意してくれたのは炊きたての飯だけではなかった。

けば立ちの目立つ畳の上に、火鉢《ひばち》が置かれている。

「差配のとっつぁんのとこからお古をせしめて来たんでさぁ。長いこと埃《ほこり》をかぶってた代物《しろもん》ですし、どうぞお気兼ねなく使っておくんなさい」

「おぬしが手配してくれたのか？」

「気にしねぇでおくんなさい。うちのちびがいつもお世話になってる、ほんのお礼代わりでさ」

音松は気のいい笑顔で答える。

きれいに掃除された火鉢には炭が熾《おこ》され、五徳《ごとく》には小さな土鍋。

子どもが二人、付きっきりになっていた。

いつも純三郎の軽業に目を輝かせている、ちび連ではない。

この時分まで寝ないでいても早起きすることに慣れている、年嵩の少年と少女であった。

「ちょうどいい塩梅《あんばい》だよ、お兄ちゃん」

菜箸《さいばし》を手にして呼びかけるのは三太、十一歳。

長屋の子どもたちの最年長で、ちび連をまとめる兄貴格。

身の丈は小さいが堅太りの質《たち》であり、四肢はがっしりしていて逞《たくま》しい。

「ほら、よそってやるから早く食べな」

以前よりも大人びてきたのは口調だけではない。

料理の腕前も、幼子のままごととは違う。小鍋立てにした浅蜊《あさり》はどれもこれも殻《から》が欠けていたが身はしっかり締まっており、下拵《したごしら》えが行き届いていて砂粒ひとつ混じっていなかった。

三月三日の雛祭《ひなまつ》りを境にして浅蜊は繁殖期に入り、身に毒を帯びるため仲秋の候《こう》を迎えるまで食べられなくなる。時期を誤って口にすれば食中毒を起こしてしまうが、今時分の浅蜊は雄も雌も肥えていて味がいい。

殻からもいい出汁《だし》が取れる浅蜊の小鍋立ては、磯《いそ》の香りがこたえられない。花冷えの夜には尚のこと、凍《こご》えた体に美味《うま》さが染みる。

「どうだい、うまいだろ?」

湯気の向こうで三太は得意げにうそぶく。

「おいらのとこの浅蜊は評判がいいんだよ。見てくれはまずくても、味はおんなじなんだからさ」

「うむ……うむ……」

うなずきながら純三郎は夢中で箸を動かす。

「ほんと、うめぇや」

お相伴《しょうばん》に与った音松も舌鼓《したつづみ》を打つ。

米不足が打ち続く江戸でも、魚介の水揚げまでは減っていない。

自ずと売る側も値を安く抑えることができていたが、市場まで運んでくる途中に殻が割れたり欠けたりした貝は売り物にならぬため、安く処分されるのが常だった。

そんな訳あり商品の売れ残りを三太はいつも分けてもらい、長屋に持ち帰っては隣近所の人々に振る舞うのが常だった。

純三郎が馳走《ちそう》に与るのは初めてのことである。

三太曰《いわ》く、下手に差し入れをするのは失礼に当たると思い込んでいたらしい。

「だってさ、おいらのおっ母《かあ》に施しは受けぬって言ったんだろう？」

「ああ……その節はすまぬことをしたな」

じろりと三太に見返され、純三郎は箸を止めて恐縮する。

この長屋に住み着いたばかりの頃、口頭で挨拶をしただけで引っ越し蕎麦を振る舞うこともままならぬ懐の寂しさを恥じた純三郎は隣近所との付き合いを極力避け、声をかけられても碌に返事もせずにいたものである。そんな折に三太の母親のお里《さと》が持ってきてくれた惣菜《そうざい》の小鉢を突っ返し、弾《はず》みで土間に落として割ってしまったのだ。

泥にまみれた里芋の煮っ転がしを怒りもせずに拾い集め、とんだご無礼をいたしましたと頭を下げて帰っていったお里の寂しげな顔を、純三郎は忘れていない。

芋は純三郎の好物である。

肥後にいた当時は、それこそ毎日のように芋料理が食膳に上ったものだった。

江戸から祖父の許に引き取られた当初は腹が張るのが苦しくてたまらず、嫌なら食うなと殴られたものだが土肥家に身を寄せてからは好物となり、今も自炊暮らしで手間のかかる料理はしないが、茹《ゆ》でた里芋に塩を振って飯代わりにしている。

「おっ母の煮っ転がしはうまいんだぜ。もったいないことをしないでくれよな」

「……すまぬ」

重ねて詫《わ》びながらも、純三郎は口元を歪めずにはいられない。

江戸の人々は言いたいことをぽんぽん言う。武士が相手であろうと歯に衣《きぬ》を着せずにやり込め、刀を抜かれても逆に叩きのめしてしまう剛《ごう》の者が多いという。

相良藩に限らず、大名領の城下町では考えられぬことだった。

武家の権力に屈さぬ江戸っ子の生き方は小気味のいいものである。

この三太も、そんな江戸っ子に育っていくだろう。

しかし、十《とお》やそこらの子どもに言い負かされてはいい気がしない。

詫び言を口にしながらも、純三郎が自嘲したのは無理からぬこと。

「無理してあやまらなくってもいいんだよ。こっちだってうれしくないや」

無言で箸を動かす純三郎を横目に、三太は顔をしかめる。

「お兄ちゃんって、友だちがいないだろう」

「……………」

純三郎の箸が止まる。

ずばりと告げられ、二の句が継げずにいた。

「おいおい三太坊、何を言いやがるんだ」

慌てて音松が口を挟む。

それでも三太は黙ろうとしない。

純三郎を見返しながら、負けん気たっぷりに一言告げる。

「伊織《いおり》先生も言ってたよ。人は、ひとりで生きてるわけじゃないって」

「……知ったことではない」

腹を立ててはいても純三郎は淡々と言葉を返す。

伊織というのが何者なのかは与り知らぬが、言われた通りである。

江戸に出てくる以前から、純三郎には友人と呼べる相手が一人もいない。

作らずにいた、と言ったほうがいいだろう。五木村でも城下町の道場でも、純三郎は人と打ち解けるのを避けてきた。山でも野良でも人一倍働き、腕も立ったためにいじめは受けずにいたが周囲から孤立しており、用事以外で誰とも言葉を交わすことはなかった。

そんな純三郎にあれこれ構おうとしたのは土肥信安のみ。養父の安次も無理に人付き合いを強いたりはせずにいたものである。

こうして江戸に居着いたからといって、友を作るつもりはない。

純三郎は驚きを新たにせずにはいられない。

誠四郎がこの裏長屋に住んでいたのは知っていても、まさか自分と同じように日銭を得て生計を立てていたとは考えてもみなかった。屋敷から生活費を受け取り、好きで長屋暮らしを楽しんでいるとばかり思い込んでいたのだ。

「今じゃすっかり立派になりなすったけど、こないだまではいつも汗まみれで毎日荷運びしたり、ふしん場で働いててね。ひまなときだけみんなといっしょに権現さまの境内で遊んでいたんだ。そうだよな、お梅」

「うん」

三太の言葉にこっくりとうなずいたのは、切れ長の目をした女の子。

今にも怒鳴り出しそうだった純三郎のことを恐れもせずに、ずっと三太の隣で涼しい顔をしていたのだから相当に肝《きも》が据わっている。

いかにも負けん気が強そうな目付きだが、まん丸い顔は愛くるしい。

梅、九歳。

いつもお松から話を聞かされている長屋一の元気娘で、葛飾北斎の幼い弟子でもある。

「せいのじの兄ちゃんは、あたしたちの友だちなんだよ。すごいでしょ？」

「……らしいな。幼子たちが言うておったわ」

「そうともさ。ほら、もう一杯やりなよ」

お梅は自慢げに微笑み、徳利を持ち上げる。

酌を受ける純三郎の手には大ぶりの湯呑み。野暮ったい、素焼きの碗である。

小鍋で煮えている浅蜊と同様、見てくれはお世辞にも良いとは言えない。

それでいて手触りは申し分なく、ずしりとした重さも好もしかった。

「どいさまのとこにはおわんがないみたいだから持ってってさしあげなって、お父《と》っちゃんがふちゅうで買ってきてくれたんだよ」

「府中と申さば、甲州道の宿場ではないか？」

「はちおうじと行き来するとき通るんだよ。たまたま市で見かけて、これならお好みに合うんじゃないかって思ったんだってさ」

「左様であったのか……。有難く使わせていただくと、お父上に伝えてくれ」

「わかった。もうすぐ帰ってくるから、そう言っとくね！」

答える口調は元気一杯。

お梅は片親の寂しさを感じさせない子どもだった。

母親を早くに亡くし、父親の小吉《こきち》と二人暮らしであるという。

小吉は生糸《きいと》の仲買を生業《なりわい》にしており、長屋を留守にしがち。昨年中に体を壊してからは遠路を買い付けに出向くことが辛《つら》くなり、最近は武州の八王子に得意先を作ったとのこと。以前は上越まで足を延ばしていたのを思えば近場だが、忙しいのに変わりはない。そんな多忙な身でありながら、無愛想で挨拶も碌にしない純三郎のために旅先で土産《みやげ》を買ってきてくれたのだ。純三郎が斜《はす》に構えることなく、素直に礼を言いたくなったのも当然だろう。

五木村では酒好きの土肥父子にいつも相伴し、同じような素焼きの碗で雑穀を発酵させた濁酒《にごりざけ》を呑んでいたものである。

癖のある濁酒と違って、お梅の注《つ》いでくれた酒は芳醇《ほうじゅん》そのもの。

「うむ……美味い」

「そりゃそうだよ」

純三郎のつぶやきに、お梅はにっと笑い返す。

「おうい先生はお酒にはうるさいんだ。新入りさんに呑ませてやりなって、とっときのやつをおすそわけしてくれたんだよ」

「おういとは、誰か」

「あたしのおししょうだよ。いっつも先生にお―い、お―いって呼ばれてるから、そういう名前にしちゃえば面倒がないと思ったんだって」

「そうか……北斎殿の他に今一人、師事をしておるのだな」

訳が分からぬままに純三郎はうなずく。

純三郎には与り知らぬことだが、お梅の言う「おうい先生」とは北斎の娘で、父の代作者として版元の信頼も厚い葛飾応為ことお栄《えい》のこと。父が見込んだお梅に絵筆の扱いを教えながら、幼い頃の自分が見様見真似でやっていたように、画作の手伝いもさせていた。

「ほら、これも食べなよ」

そう言ってお梅が出してきたのは、竹の皮にくるんだ佃煮《つくだに》。

魚や貝を飴色《あめいろ》になるまで大釜でじっくり煮詰めた佃煮は、江戸の名物。

呼び名の通り、元々は佃島の漁師衆が売り物にならない雑魚《ざこ》を無駄にしないため自家用に拵えていたものだが、安くて保存の利く便利な惣菜とあって一気に需要が増え、今や市中の各所で売られている。裏長屋や奉公人の多い大店《おおだな》で重宝される一方、江戸での勤番を終えて国許に帰る藩士の江戸土産としても人気が高い。

貧しい長屋暮らしの人々や大店の丁稚《でっち》たちの口に入るのは、鮪《まぐろ》や鰹《かつお》を安い時分に大量に仕入れて小間《こま》切れにしたもの。純三郎も幼い頃から口にしており、江戸を遠く離れた五木村に引き取られてからも土肥父子が勤番帰りに買ってくるのをお相伴に与っていた。江戸では手頃な惣菜も山奥の村では滅多にお目にかかれぬ珍味であり、いつも箸の先でほんのひとつまみだけ、村の人々と共に味見をさせてもらうばかりであったのだが——。

「ね？　おいしそうでしょ」

にこにこしながらお梅が開いた竹皮の中身は鯊《はぜ》にあみ海老《えび》、そして浅蜊。いずれも煮汁を惜しむことなく、手間をかけて拵えた逸品と一目で分かる。

「師の心尽くしならば、おぬしが食さねば悪いであろう？」

「いいんだよ。お松ちゃんがいつもせわになってるんだから」

戸惑う純三郎に、お梅は丸顔をほころばせて答える。

「あたしはいっつも向こうでごちそうになってるし、えんりょなんかしなくていいからさ、とっといてお菜《さい》にしなよ」

「か……かたじけない」

純三郎は口ごもりながら礼を述べ、有難く包みを納める。

小鍋の浅蜊はあらかた食べ尽くし、冷や酒も堪能させてもらった。

「そろそろご飯にしなよ」

お梅は甲斐甲斐しく袖をまくり、おひつの飯を碗によそう。

盛りを控えめにしたのは、けちってのことではない。

鍋底に残った浅蜊と出汁を上からぶっかけ、深川飯《ふかがわめし》にするためだった。

「はい、おにいちゃん」

「かたじけない」

深川飯と呼ばれるようになったのは後の世のことだが、浅蜊をさっと煮立てて出汁ごと飯にぶっかけるのは大川東岸の深川のみならず江戸城下でもおなじみの食べ方であり、蝦蛄《しゃこ》を具材とする品川飯ともども親しまれていた。

浅蜊の旨《うま》みをたっぷり吸った飯は美味い。

箸休めに佃煮をつまみながら、純三郎は深川飯を堪能した。

「さ、そろそろ子どもは寝る時分だぜ」

頃合いを見計らい、音松が三太とお梅に呼びかける。

いつまでも長っ尻をしているわけにはいかない。

鳶職の音松はむろんのこと、それぞれ通う先がある三太とお梅も朝が早い。

ちび連ほど長いこと寝かせておかなくても平気とはいえ、大人が付いていながら夜更かしさせるわけにはいかなかった。お梅の場合は一人きりの肉親である小吉が家を空けているのだから尚のこと、同じ長屋の大人たちには気を遣ってやる責任があるのだ。

おかねは手早く台所の片づけを終え、純三郎に食後の白湯《さゆ》を供する。火鉢の小鍋もかまどの灰を洗剤代わりにして、きれいに洗ってくれていた。

「……皆、かたじけない」

別れ際に純三郎はぎこちなく頭を下げた。

素直に表現できずとも、その気になりさえすれば感謝の念とは伝わるもの。

「それじゃね、お兄ちゃん」

「おやすみなさーい」

三太とお梅は笑顔で帰っていく。純三郎とじっくり言葉を交わし、可愛いちび連を任せることのできる相手と分かって安心したのだ。

揃って生意気には違いない。

しかし、説得力のある子らであった。

いつの世にも、子どもは大人をよく見ている。

善さも悪さも見抜いた上で、痛いところを突いてくるのが常である。

純三郎自身も幼い頃にはそうだった。

まして三太とお梅は口が立つ。

生意気なばかりでなく、純三郎を怖がって近付こうとしなかった村の子どもたちと違って人なつっこい。

それに、言うことにいちいち重みがある。

理由は純三郎も分かっていた。

三太もお梅も、小さいながらに世間を知っている。

三太は市場で働き、お梅は絵師の弟子として、世の中と広く接している。

江戸に生きる者として、純三郎の遥か先を行く身なのだ。

子どもと思って軽く見ず、学ぶ姿勢で接したほうがいい。

そう思えばこそ、怒りを収めたのだ。

それぞれの棟に引き上げていくのを見送って、純三郎は腰高障子を閉めた。

誰とも打ち解けずにいた若者が、今は表情をほころばせている。

幼き日々の江戸は極楽。

祖父の許での歳月は地獄。

五木村の暮らしはぬるま湯。

そして、舞い戻った江戸は毎日が茨《いばら》の道だった。

ならば誰も寄せ付けまいと思い定め、村にいた頃にも増して気を張り続けてきた純三郎だが、少なくとも同じ長屋の衆にはとげとげしく接する必要もないらしい。

「幼子たちにも少しは愛想を良くしてみるか……」

独りつぶやきつつ、純三郎はふっと微笑む。

根津の夜が更けてゆく。

厳しい冷え込みも、心尽くしの夕餉のおかげで温まった今は気にならない。

今夜は久しぶりにぐっすり眠れそうだった。

青き嵐

一

月が明けて三月になった。

陽暦では四月上旬。桜も満開。

夜になると相変わらず冷え込むが、日中は初夏を思わせる好天続き。

春本番を迎えた午下《ひるさ》がりの根津で、純三郎は今日もすきっ腹を抱えていた。

長屋の人々も暮らし向きは楽ではない。たびたび馳走に与るわけにもいかず、純三郎は隣近所に心配をかけぬように、努めて元気に振る舞っている。

しかし、実のところは青息吐息。

二日も水だけで過ごしていれば、体じゅうから力が失《う》せてしまうのも無理はない。

せっかくの好天も弱った体には青菜に塩。

陽の光、とりわけ午前の陽射しは人間の活力の源になるものだが、今の純三郎にとっては疲れを呼ぶ原因になるばかり。

このような有り様では、演じる軽業が精彩を欠くのも無理はなかった。

いつもは続けざまに宙返りをやってのけるのに、今日は側転でお茶を濁している。

ただでさえ見物人は少ないというのに今日は足を止める者など誰もおらず、ちび連さえもいなかった。

子どもたちは純三郎の体《てい》たらくに愛想を尽かしたわけではない。

三太とお梅に連れられて、大川堤まで花見に出かけたのだ。

昼日中から酔っ払いだらけの場所に幼子だけで行かせてしまっては危ないが、締め切りが一段落した北斎とお栄ら弟子の面々が一緒ということで親たちも安心し、先生方にご馳走になるばかりでは悪いからと言ってなけなしの銭を集め、ぼた餅を拵《こしら》えてやったらしい。

重箱を提げた三太に率いられたちび連は出がけに境内まで誘いに来てくれたが、純三郎は丁重に断った。

大川堤での花見など、幼い頃のおぼろげな記憶しかない。恋しい江戸に戻ってきたことを実感するためにも出かけてみたかったが、生業を休んではいられない。

しかし、やる気はあっても体力が続かなくてはどうにもならぬ。

両隣では『丹波の荒態』と『籠抜け』が相変わらず盛況というのに、純三郎に銭を放ってくれる物好きはいない。

見物人がいなければ自ずと気も滅入《めい》る。せめて子どもたちが側にいてくれれば張り切っていられるが、一人きりでは萎《な》えるばかり。

（いかんな……）

滅入る気持ちを振り払うように、純三郎は雑踏の中を歩き出す。

休憩をしに足を向けた先は、境内の外れにある乙女稲荷神社。かつて本多誠四郎が折に触れて息抜きをしていた社《やしろ》は、純三郎にとっても気の休まる場所であった。

とはいえ、誠四郎のように泉水に足を浸《つ》けて涼んだりはしない。

暫時《ざんじ》の静けさを楽しみ、気を引き締めるために足を向けたのだ。

江戸で生まれた純三郎だが、十余年ぶりに山奥の村から戻ってきて間もないために、まだ人混みには慣れていなかった。日々の糧を稼ぐ手段として境内で軽業を演じてはいるが、人の多く集まる場所が実は苦手なのである。

江戸市中の名のある寺社は、どこに行っても人出が多い。

誠四郎から大道芸の本場なのだから参考になるはずと言われて出かけた浅草寺《せんそうじ》はとりわけ盛況であり、奥山《おくやま》と呼ばれる本堂裏手の盛り場を歩き回った純三郎は気疲れがして危うく目を回しかけたものだった。

稼ぎの場にさせてもらっている根津権現には毎日通ううちに自ずと慣れたが、境内で長いこと軽業を演じていると心の臓が苦しくなってくる。長屋のちび連が側にいるときは不思議と平気なのだが、ずっと一人きりだと辛《つら》くなる。

そんな疲れを覚えるたびに純三郎は境内から離れ、乙女稲荷神社に足を運ぶ。

赤い鳥居が連なる参道を通って社に参拝し、滾々《こんこん》と湧き出る泉水で鯉たちが泳ぐ様を眺めながら木洩《こも》れ日《び》の下にたたずんで一息つくのだ。

この小さな社の境内に来ると、五木村で過ごした日々を思い出す。

田舎暮らしに嫌気が差して飛び出したはずなのに懐かしさを覚え、江戸の雑踏で疲れた心が癒されるのはなぜなのか。

（郷愁、か……ふん、俺も甘いな）

ふっと純三郎は自嘲する。木洩れ日の下で、黒い瞳が揺れていた。

懐かしさを覚えて止《や》まずにいても、五木村に帰りたくなったわけではなかった。

直参の養子となって昌平黌に入り、学問吟味に合格して出世をするという大望は、たとえ命を縮めようとも実現させねばならぬこと。

理想の形で江戸に居着くためには、日一日を生き抜く必要がある。

しかし、今日はまだ一文の稼ぎも得ていない。

朝一番の日課である湯島の大成殿参りを終えて早々に根津へ取って返し、初夏を思わせる陽射しの下でずっと軽業に励んでいても空《す》きっ腹が災いして思うように動けず、相も変わらず両隣で喝采を浴びる『丹波の荒熊』と『籠抜け』に客を持っていかれるばかり。

辛くても、他に仕事が得られぬ以上は継続あるのみ。

（さて、もう一踏ん張りするか……）

陽光に煌《きら》めく泉水を名残惜しげに眺めつつ、純三郎は右腰に提げた竹筒を取る。

手製の水筒は五木村で山や野良へ出るときに日々用いていたもの。

昔のままの持ち物はこの水筒と、左腰の脇差のみ。

どれほど落ちぶれようとも、この二つだけは手放せなかった。

脇差は武士であることを周囲に示すため、常に帯びていなくてはならない。寸の短い脇差とはいえ同田貫には稀少価値があり、好事家《こうずか》に売り込めば相応の値段を付けてもらえるはずであったが、安易に人手に渡すわけにはいくまい。父祖の生まれ故郷を躊躇《ためら》うことなく捨ててきた純三郎も、父の形見を金に換えてしまうほど非情になりきれてはいなかった。

それなりに値打ちのある脇差と違って、古びた水筒など一文にもなりはしない。

未《いま》だに捨てずにいるのは、喉の渇きを日々癒すために必要だから。

どのみち入り用ならば愛着の深い品のほうがいい。

決別したつもりでいても、過去を捨てられぬ自分が情けない。

（まこと、俺は甘い……）

ぬるくなった水を口に含みつつ、純三郎は自嘲の笑みを浮かべる。

と、そこに足音が聞こえてくる。

赤い鳥居の下を駆け抜けて、走り寄ってきたのは着流し姿の若者。

純三郎よりも一つ二つ上と見受けられる。粋《いき》な縞柄《しまがら》の着流しは木綿物ながら新品。

身の丈こそ並だが均整の取れた体軀《たいく》に、遊び人風の装いが似合う。目鼻立ちも形良く整っていて男ぶりは上々。さぞ金回りが良くて女にモテるのだろうが、知ったことではない。

素知らぬ顔で泉水を眺めていた純三郎に、若者が呼びかけた。

「よぉ、兄ちゃん」

差し出されたのは分厚い紙入れ。

「礼は弾むからよ、こいつを預かってくんねぇ」

驚く純三郎の正面に立ち、告げる口調は尊大そのもの。

笑顔を絶やさずにいるのが余計に腹立たしい。

「無礼者め。武士に向かって、その口の聞き様《よう》は何だっ」

「いいから、いいから」

憮然《ぶぜん》とするのを意に介さず、若者は紙入れと引き換えに水筒を引ったくる。

「あんた、軽業の兄さんだろ。稼ぎ時だってのにそんなシケた顔してるようじゃ、実入りはあんまり良くねぇみたいだな」

「む……」

図星を指され、純三郎は二の句が継げない。

「後でたっぷり振る舞ってやるからよ、俺の言う通りにしておきなって」

調子よく肩を叩き、若者は社の裏に隠れる。拝借した水筒を持ったままだった。

「……」

呆気《あっけ》に取られる純三郎の耳に、新たな足音が聞こえてくる。

「御用だ、御用だっ」

鳥居の下を駆け抜けて迫り来たのは、ひょろりとした三十男。上背《うわぜい》はあっても脚が細く、腰も落ち着かないので貫禄というものがまったく無い。貧相な顔がどことなく鼠《ねずみ》を思わせる男は着流しの裾をはしょり、細い臑《すね》をむき出しにしていた。右手に鉄製の十手《じって》を持ち、左手には束ねた捕縄《とりなわ》を握っている。町奉行所の御用を務める岡っ引きだ。

（やはり盗品か……）

胸の内でつぶやきつつ、純三郎は紙入れを懐の奥深くに押し込む。社の前に立ったまま、おもむろに脇差の鯉口を切る。鞘を引き、刃音を立てて抜き付ける。

「ひっ⁉」

岡っ引きは仰向《あおむ》けにひっくり返った。

正平《しょうへい》、三十二歳。

下っ引きとして長年仕えてきた滝夜叉《たきやしゃ》の佐吉《さきち》から後を任され、根津一帯の縄張りと十手を譲られて今年で三年になるが、未だに手柄らしい手柄を立てたことがないという。

かつての親分と比べれば月とすっぽんもいいところで、界隈の住人たちからは全然頼りにされていないと純三郎も耳にしていた。

手強い相手ならばこちらも覚悟を決めねばなるまいが、この正平を追い返すだけならば腕に物を言わせるまでもない。いきなり同田貫を抜き付けたのも計算ずくのことであった。

「な、何をしやがるんでぇ」

腰を抜かしそうになりながらも、正平は果敢に十手を向けてくる。

思ったよりも肝が据わっていたが、目の前に刃《やいば》を突きつけられては動けない。

純三郎から視線を離さずにいても、細い顔はぶるぶる震えていた。

「心得違いをしないでいただこうか、親分……」

語りかける純三郎は真面目そのもの。

すっと正平の眼前から刃を離し、鞘に納める。

「拙者は稽古をしておっただけだ。おぬしに危害を加えるつもりなど有りはせぬ」

「け、稽古だってぇ？」

「社に参拝する者もおらぬ故《ゆえ》、ちと抜刀の修練をな……」

変わらぬ真剣な面持《おもも》ちで告げながら、再び鯉口を切る。

一尺六寸の刀身が鞘走り、刃音を立てて空を裂く。

たちまち正平の顔が引きつった。

剣術の稽古と言われては、咎《とが》め立《だ》てするわけにもいかなかった。

混み合う雑踏で刃物を振り回していれば放っておけぬが、人気の無い場所で、それも尾羽打ち枯らしたとはいえ士分の者がやっていることに文句は付けられない。

剣術はもとより捕物の腕もまるっきり立たない正平だが、相手が手練《てだれ》かどうかを見抜く目だけは備えていた。

不景気続きの江戸にはこけおどしで刀を抜き、無銭飲食や押し借りを働こうとする浪人が掃いて捨てるほどいる。見かけ倒しの手合いであれば、下っ引きの頃から親分の手を借りるまでもなく追い散らすこともできていた。

しかし、この純三郎は本物だった。軽業の大道芸と立ちん坊を生業にする、食うや食わずの身でありながら、恐るべき剣の腕を隠し持っていたのだ。

それに、純三郎は正平を脅しているわけではない。

無人の小さな社の前に立ち、淡々と脇差を抜き差しするばかり。

左手で握った鞘の角度を調整し、上段、中段、下段と自在に抜き付ける。

いずれも刃筋《はすじ》を立てた、正確にして鋭い抜刀ぶりだった。

「……お、お邪魔をいたしやした」

震える声で告げながら、正平は後ずさる。

逃げ去る様《さま》を目の隅で確かめて、純三郎は鯉口を締めた。

「大したもんだなぁ」

社の後ろから出てきた若者が、感心した口調でつぶやく。

「お前さん、見かけによらず腕が立つんだなぁ」

「何ほどのこともない……」

純三郎は素っ気なく答えながら、赤い鳥居の連なる参道を下っていく。抜刀の技の冴えにおびえてしまった正平は気づかなかったらしいが、粗衣《そい》の懐はふくらんだままだった。

「おいおい！　俺の紙入れをどうしようってんだい!?」

慌てて若者が追いすがってくる。

がに股で駆けてくる様は、色男らしからぬもの。

せっかくの稼ぎを持って行かれてはたまらない。そう思えばこそ、相手が意外な剣の手練と知りながらも必死になっていた。

「安堵《あんど》せい。約定を果たしてもらいし後に返却いたす」

「やくじょうって、どういう意味だい」

「おぬし、好きなだけ飯を振る舞うと言うたであろう……あらかじめ申しておくが、拙者は二日も食っておらぬのでな」

「ちっ、そういうことかい」

「勘定をしかと頼むぞ」

背中越しに答えながら純三郎は微笑んでいた。

長屋の人々にたびたび馳走に与るのは申し訳ないことだが、この見ず知らずの若者にだったら甘えてもいいだろう。

掏摸《すり》の手伝いをしたとなれば少々気も咎めるが、この紙入れの持ち主は日々の食に事欠くことのない立場のはず。飢えを満たさせてもらったところで罰《ばち》は当たるまい。

まだ陽も高かったが、境内に戻るつもりはなかった。

今日は糊口《ここう》を凌《しの》ぐ目途《めど》が立ったとなれば、空腹の身であくせく稼ぐこともない。

思わぬ事態に巻き込まれたことを、今は素直に喜ぶ純三郎であった。

二

その若者の名前は忠吉《ちゆうきち》、二十三歳。

純三郎が察しを付けた通り、生業は掏摸《すり》だった。

人の懐中物《かいちゆうもの》を狙う稼業にも組や縄張りというものがあるらしいが、忠吉は生来の器用さに磨きをかけ、どこの組にも属さずに独り働きの掏摸として世を渡る身。

今日は湯島で稼いだ後、根津まで足を延ばしたところで正平に目を付けられたという。

「あの野郎、でくの坊のくせに執念深くってなぁ……おかげで助かったぜ」

食後の番茶を啜りながらつぶやく忠吉の傍らで、純三郎はまだ箸を動かしている。

「ったく、人の銭だと思って食い過ぎだぜぇ」

忠吉は苦笑しながらも純三郎が平らげた山盛り三杯の飯と汁、そして目刺しの代金を自前の巾着《きんちやく》から払ってくれた。

昼時を過ぎた煮売屋は空いている。

以前から純三郎が一度入ってみたいと思っていた店である。

屋号は大蔵屋《おおくらや》。根津権現の門前町と堀を挟んだ対面に位置する宮永町《みやながちょう》にあり、女将《おかみ》が独りで切り盛りしている。

かつて小町娘として評判だったという女将は品下《しなさ》がったところがない、淑《しと》やかな中年増であった。二十歳を過ぎても独り身を通しているために常連の男連中はしきりに気を引こうとしているらしいが、何も純三郎は彼女に懸想《けそう》したわけではない。

いつも店の前を通るたびに縄暖簾《なわのれん》の向こうから漂ってくる飯と汁のいい匂いを嗅《か》ぎ、笑顔で出てくる客たちを目にしては、いつの日か自分もこの店に入り、腹一杯になるまで食事をしてみたいと思っていたのだ。

根津に居着いて以来の願いが図らずも叶い、純三郎はご機嫌だった。

「馳走になったな……衷心《ちゅうしん》より礼を申す」

「そんな四角四面な口上なんかどうでもいいからさ、そろそろ返してくれよぉ」

縄暖簾を潜《くぐ》りながら忠吉は哀れっぽく告げてくる。色男も形無しであった。

応じて、純三郎は懐の奥から紙入れを取り出す。

堀端にしゃがんで肩を寄せ合い、さりげなく袂《たもと》に落とし込んでやる。

「へへっ、待ちかねたぜ」

しゃがんだまま、忠吉は笑顔で紙入れを開いた。

中身は黄金色《こがねいろ》に輝く小判と板金《いたきん》ばかり。銭はもとより天保通宝《てんぽうつうほう》も混じっていない。

「どうだい、大した稼ぎだろ？」

道行く人から見えぬように袖を拡《ひろ》げて隠しつつ、忠吉は自慢気にうそぶく。

「うむ……」

純三郎は感心した様子でつぶやく。

ずっしりと重みがあるのは預かったときから分かっていたが、まさか金貨ばかり詰まっているとは思ってもみなかった。

この紙入れを、忠吉は大身の旗本らしい武士の懐中から抜き取ったという。

「あれは昌平坂の学問所に通ってる奴だろうぜ」

「まことか？」

何気ないつぶやきを聞き咎め、純三郎は怪訝《けげん》そうに念を押す。

「昌平黌通いの身で、これほどの大金を持ち歩く者などおるまいぞ」

「ほんとだよ」

答える忠吉は真顔だった。純三郎のことを信じ始めていればこそ、愛想とも嘲《あざけ》りとも判じがたい笑みを引っ込めたのだ。

「まぁ、真面目に学問に励んでるって感じじゃなかったけどなぁ……宿酔《ふつかよい》でだらしなくふらついていやがるんで、こういう野郎の懐中物なら頂戴《ちょうだい》しちまっても構わねぇと思ったのさ」

言い訳しながら、忠吉は拡げた手ぬぐいに金貨をまとめてくるむ。

分厚かった紙入れも、たちまち平たくなった。

「持っていくかい？」

「遠慮しておこう……」

空の紙入れを前にして、純三郎は苦笑しながら首を振る。

尾羽打ち枯らした身でありながら、財布だけ立派すぎるものを持っていても意味はない。

「まぁ、そう言うなって。こんだけ上物《じょうもん》なら、福を呼んでくれるかもしれねぇぜ」

「左様か？」

織りも見事な古裂《こぎれ》の紙入れを手渡され、純三郎は何気なく開いてみた。

後の世の財布の原型となった紙入れには現金だけでなく、畳んだ書き付けや印判《いんばん》を入れておくための隠し（ポケット）も付いている。

その隠しに、一枚の不審な書き付けが入っていた。

「これは……何だ」

「質屋の証文じゃねぇのかい。そんなもん、早いとこ捨てちまいなって」

忠吉曰く、現金を抜いた後の懐中物は速やかに処分するに限るという。財布は盗品を専門に扱う泥棒市にでも持っていって売り飛ばせばいいが、書き付けや印判からは持ち主の素性が特定されるため、捨ててしまったほうがいい。下手に金に替えようとして御用になっては、元も子もないからだ。

ところが、その書き付けには見過ごしがたい内容が記されていた。

「……これは由々しき覚え書きだぞ、忠吉」

つぶやく純三郎の顔は強張っていた。黒い瞳に不安の色が差している。

「どういうこったい」

忠吉が怪訝そうに問うてくる。

事の重大さを教えるべく、純三郎は声を低めて答えた。

「御禁制の品々を売り買いせし旨が、しかと書かれておるのだ……」

漢字が読めない忠吉のために、純三郎は小声で書き付けを読み上げる。

それは長崎の出島《でじま》を経由しない限りは持ち込めぬはずのオランダや唐土（中国）の産物の数々が密《ひそ》かに江戸市中で取り引きされ、百両単位の金が動いた事実が読み取れる文面であった。

純三郎は対外貿易の事情について、切れ切れではあるが知識を有している。かつて心ならずも身を置いた相良藩は九州南部の小藩ながら、長崎に近い天草《あまくさ》の支配権を幕府から任されていたからである。

幕府は隠れキリシタンが武装蜂起した天草の乱の再発を防ぐために一帯を天領、すなわち将軍家の直轄領と定め、現地を治める代官を相良藩から派遣させた。

藩主の相良氏は本来ならば直参の旗本が任じられるはずの役目を一任され、抜け荷と呼ばれる密貿易を摘発する使命まで担っていたのだ。

そのため相良の家中には天草と行き来する者が多く、藩の役人だけでなく領民間の交流も盛んだった。養父の土肥安次は城下町の知人や友人から折に触れて情報を仕入れ、たとえ山深い村に住んでいても世間を狭くしてはならないと言って嗣子《しし》の信安だけでなく、純三郎にも話を聞かせてくれたものだった。

安次の持論は日の本が鎖国を続ける限りは抜け荷が根絶されることはなく、相良藩の役目も変わるまい――というものである。

相良藩に疎《うと》まれている土肥家から、天草代官が出たことは一度もない。

藩主の相良氏よりも歴史の古い一族とはいえ今は郷村を治める地頭にすぎず、これまでに安次が任じられた藩の役職は上目付《かみめつけ》に村目付、山留役《やまどめやく》といった、藩士であれば軽輩の徒士《かち》が就くような下級の職ばかり。有り体に言えば、蚊帳《かや》の外に置かれていた。

それでも情報をこまめに集めていれば、自ずと藩の内情にも明るくなろうというもの。

対外貿易は幕府の方針で毎回の取引額が定められ、最低限しか買い付けをしない仕組みになっている。そのため抜け荷と呼ばれる密貿易が後を絶たず、九州各地の大名は海に面した地の利を活かして昔から私腹を肥やしていた。

その点、相良の藩領は山に囲まれているばかりで海が無い。幕府が抜け荷の監視を任せるにはうってつけであり、相良藩としても将軍家とのつながりを強めると同時に、隣国の薩摩を始めとする九州の諸大名から侮《あなど》られぬだけの力が得られるとなれば望ましい役目。裏切り者呼ばわりをされようとも、引き受けるだけの値打ちがある。

かくして幕府と相良藩の利害は一致し、永きに亘って天草代官を勤め上げてきた。

養家の土肥家とは関係のない役目であり、純三郎も知ったことではない。

しかし、不正な取り引きの動かぬ証拠を目の当たりにしては放ってはおけぬ。

「うーむ……」

純三郎は目まいがしてきた。

抜け荷は死に値する重罪である。

その証拠を手に入れたとなれば、何を措《お》いても訴え出なくてはなるまい。

だが、今の純三郎は世間を憚《はばか》る立場。江戸の相良藩邸はもとより公儀に対しても、脱藩に及んだ事実を明かすわけにはいかなかった。

脱藩者は見つかれば死罪となる。

純三郎が逃げ延びているうちはいいが、身柄を取り押さえられてしまったら国許の土肥家も無事では済むまい。

どうあっても身分を公にすることはできかねる。

為すべきことは分かっていても、身動きが取れない。

とはいえ、このままにはしておけない。

思案の末に、忠吉にこう告げたのも当然だろう。

「……悪いことは申さぬ。金子ともども、持ち主に疾《と》く返すが良かろうぞ」

されど、忠吉は聞く耳を持たなかった。

「へっ！　そんなもったいねぇことができるかってんだい」

純三郎から奪い取った書き付けを細く畳み、元結に結びつける。

「いいことを聞かせてくれたなぁ。礼を言うぜ」

「おぬし……」

「さーて、幾らせしめてやるとしようか」

忠吉は意気揚々。この書き付けの持ち主を探し出し、強請《ゆすり》をかけるつもりなのだ。

無謀きわまる企《くわだ》てだった。

たしかに金になるネタには違いないが、相手は旗本。掏摸の腕を活かして紙入れを懐中に戻してやるのならばともかく、強請《ゆす》ろうとして近寄っては無礼討ちにされかねない。

このまま手放すのが惜しい気持ちも分かるが、手に余ることを自ら背負い込むとは愚かなことではないのか。

そんな純三郎の不安を意に介さず、忠吉は腰を上げる。

「じゃあな」

「ま、待て」

慌てて追いすがろうとした刹那、どんと忠吉の背中に突き当たる。

いつの間に現れたのか、怖い顔をした老爺《ろうや》が二人の目の前に立っていた。

「年貢の納め時だなぁ、忠の字……」

語りかけてくる口調は重々しい。見た目もいかつい老爺であった。

黒目がちの双眸《そうぼう》は眼光鋭く、腰が据わっている。

身の丈は五尺一寸（約一五三センチメートル）足らずと小柄であるが、四肢は程よく引き締まっていて腹も出ていない。

腰もしゃんと伸びていて、年寄りながら精悍《せいかん》な印象を与えられる。

均整の取れた短軀《たんく》に着流しをまとい、裾をはしょって股引《ももひき》を覗かせていた。胸元からは腹掛けをした、存外に分厚い胸板がちらりと見える。

その老爺は、根津権現前の辻《つじ》番所に詰めている番人だった。

留蔵《とめぞう》、六十七歳。

言葉を交わしたことはなかったが、いつも戸を開け放った番所の中から表を見張っているのは純三郎も承知の上。

岡っ引きの正平ともども、好んで付き合いたくはない手合いであった。

忠吉には悪いが、ここは三十六計を決め込むに限る。

「されば、御免」

純三郎は何食わぬ態《てい》を装うや、動けずにいる忠吉をそのままにして歩き出そうとする。

刹那、ぐいっと腕をつかまれた。

見れば、忠吉は早々に縄を打たれてしまっている。

「何をするかっ」

「往生際《おうじようぎわ》が悪いぜ。お前さん、こいつの手伝いをしたんだろうが?」

「な、何故《なにゆえ》に存じておるのだ」

「正平が知らせてくれたのよ。裏の長屋に住んでいなさるお前さんが臭《くせ》えとなりゃ、俺が出張《でば》るのは当たり前だろうが?」

「さ、されど御定法《ごじようほう》では……」

「おきやがれ。四の五の言わねぇで大人しくしろい!」

忠吉に搦《から》めた縄の尻をがっちりつかんだまま、留蔵は純三郎に一喝を浴びせる。

掏摸は現行犯でなければ捕らえられない決まりを無視し、居合わせた純三郎までもお縄にするつもりなのだ。

慌てて跳び上がろうとしても無駄だった。

「む!?」

ぴーんと張った縄に引き戻され、純三郎は仰向けにひっくり返る。いつの間にか、手首に捕縄が巻き付いていたのである。

　この老爺、つくづく侮れない。

「せ、拙者はなにもしておらぬ！　は、離せ!!」

「おきやがれ、この野郎っ」

　留蔵は有無《うむ》を言わせず、二人をまとめて連行していく。

　縄に結び目を作らぬ代わりに手首をつかみ、後ろ手にねじり上げている。

　とても七十に近い老爺とは思えぬ、腕っぷしの強さであった。

三

　辻番所は瓦葺《かわらぶ》きの小屋で、正面には三尺（約九〇センチメートル）張り出しの式台《しきだい》が設けられている。

　入口脇には突棒《つくぼう》・刺叉《さすまた》・袖搦《そでがら》みの捕物三つ道具が立て掛けられ、軒先には高張《たかばり》提灯《ちようちん》。

　夜通し灯火を絶やさぬだけでなく、表に面した障子戸も昼夜を問わず開け放たれ、番人が往来を監視していた。

　市中の治安を守るため、通りの角に辻番所が設けられるようになったのは、江戸開府から間もない三代家光公の御世のこと。

当時の江戸は物騒きわまりない街であった。

寛永《かんえい》十五年（一六三八）に鎮圧された島原の乱を最後に合戦が絶え、戦場で手柄を立てて仕官する機会を失った浪人——当時は「牢人」と呼ばれていた無禄の武士が押し込み強盗を働いたり幕府の転覆を図ったりする一方で、血気盛んな若い旗本たちが平和な時代に対する不満の解消と新刀《しんとう》の切れ味試しを兼ねて辻斬りの凶行に及んだり、徒党を組んで喧嘩沙汰を繰り広げていた。

かかる世情を安定させるべく幕府は市中の辻に番所を設置し、大名にも協力を要請して各藩邸の周辺に自費で番小屋を設けさせ、家中で腕自慢の足軽《あしがる》を番人として、いざというときには無頼の徒を叩き伏せる権限を与えることで江戸の安全強化を図ったのである。

そんな不穏きわまる世情も時代が進むにつれて安定し、財政難のため大名家が各自で運営するのが難しくなってきたために、辻番所の管理は町人社会に委《ゆだ》ねられて久しい。寛永の昔のように凶悪な犯罪を引き起こす連中と渡り合う必要もなくなり、番人は各町内で身寄りのない老人が雇われるのが常だった。

しかし、留蔵は形だけ番所に詰めている手合いとは違うらしい。

吹けば飛ぶような老爺のくせに、妙に貫禄がある。

（昔取った杵柄《きねづか》ということか……）

連行されていく純三郎は、留蔵の前歴を以前から聞き知っていた。

長屋の人々によると、若い頃の留蔵は根津界隈で名前の売れた、いい顔の遊び人だったという。

今の身なりからも、かつての威勢の良さが見て取れる。

半ば白くなった髪を、留蔵はたばねに結っていた。

ふつうの町人髷《まげ》よりも後頭部のたぼが大きく、刷毛先《はけさき》をばさりと散らした鯔背《いなせ》な結い方は素人《しろうと》が真似をしても決まらない。

きつめに締めた博多帯《はかたおび》も、安価な模造品とは違う。

独特の独鈷《とっこ》模様も目立つ本場博多の茶献上《ちゃけんじょう》は留蔵が若かりし頃に銭を惜しまず買い求め、大事に使ってきた品であった。

むやみに全身を飾り立てず、部分部分に高級品を選んで身に付けることを心得ているのは世慣れた大人である証拠。

浅ましい生き方で己を甘やかしていれば、こうはなるまい。

髪形や帯ひとつにしても、重ねた年季が物を言う。

留蔵は名の売れた遊び人であると同時に、町の人々から愛される存在でもあった。無頼であっても非道はせずに生きてきたのが幸いし、年老いて辻番所を預けられてからも寄せられる信頼は厚い。

身寄りがない留蔵は職住一致の居場所である番小屋に日がな一日詰めており、表で騒ぎが起きればいつでも飛び出せるようにしている。

今日も掏摸の忠吉が出没したと聞き付けて、速やかに駆けつけたという。

「でくの坊に泣き付かれたのかい、爺《じい》さんよぉ」

「おきやがれ！」

毒づく忠吉の頭を引っぱたき、留蔵は番小屋に引きずり込む。

障子戸の敷居際には膝隠しの衝立《ついたて》が置かれており、その向こうは三畳敷きの畳の間。この三畳間が留蔵の職場と居間を兼ねているらしい。

部屋は整然と片付いていた。

火鉢に掛けられた鉄瓶はぴかぴかに磨き上げられており、小ぶりの鉄鍋と俎板《まないた》、菜箸などの調理道具、そして一人分の箱膳《はこぜん》も、使い込まれてはいるが手入れが行き届いていた。

忠吉と純三郎が正座させられたのはその三畳間の奥にある、同じ間取りの板の間だった。

観念したらしく、忠吉は大人しく膝を揃えたままでいる。

留蔵は三畳間から文机《ふづくえ》を持ってきた。

犯行に及んだ経緯を余さず書き取り、口書《くちがき》を作成するためである。

懐中物を抜き取った相手の名前までは知らなくても、現場とおおまかな人相風体《ふうてい》さえ聞き出せば手がかりとしては事足りる。

「湯島のご聖堂でやりやがったのかい……ったく、罰当たりな真似をするもんじゃねぇぜ」

顔をしかめながらも、慣れた様子で留蔵は筆を走らせる。

運びは早いが、肝心の文字がひどい金釘流《かなくぎりゅう》だった。

これでは町奉行所に提出したところで、とても読めぬと突っ返されるのがオチだろう。

「手前《てめえ》の字が拙《つたな》いのは分かってらぁな。そうじろじろ見なさんな」

「さ、左様か」

じろりとにらみ付けられ、慌てて純三郎は視線を逸らす。

天井の梁《はり》には大きな風呂敷包みがぶら下がっていた。

純三郎は知らないことだが、収納が設けられていない長屋住まいの人々は起床すると寝具をまとめて大ぶりの風呂敷に包み込み、太い縄で梁に吊《つる》す。部屋の隅に畳んで置くと手狭になってしまうため、暮らしの場を少しでも広く使うための生活の知恵であった。

「……まさか落っこちてこねぇだろうな、爺さん?」

供述を終えた忠吉が、心配そうに天井を見上げる。

「寄る年波で腕力《うでぢから》も弱ってんだろ。ほら、あんなに縄がゆるんでるぜぇ」

「おきやがれ。お前なんぞに心配してもらうにゃ及ばねぇぜ……なんなら昔みてぇに拳骨《げんこつ》を食らわせてやろうかね」

すかさず言い返す留蔵の態度は、見知らぬ同士とは思えぬものだった。

「へっ、いつまで経ってもガキ扱いをしやぁがる」

腐る忠吉の袖が、不意にまくり上げられた。

「まだ墨は入《へえ》っちゃいねぇようだな、忠の字……」

留蔵の態度は真剣そのもの。

掏摸の逮捕歴を示す入墨《いれずみ》の有無を確かめたのだ。

「だったらどうだってんだい、じじい!?」

忠吉はたちまち声を荒らげた。布団のことを心配したときとは一変し、とげとげしい態度に戻ってしまっている。

それでも留蔵は引き下がらない。

「悪いこたぁ言わねぇ。今のうちに足を洗いな」

「う、うるせぇや」

歯を剝く忠吉に、留蔵は訥々《とつとつ》と説き聞かせる。

「いつまで悪ぶっていやがるんだい？　墓の下で、おっ父《とう》とおっ母《かあ》が泣いてるぜ」

「へっ、爺さんの知ったことじゃねぇや」

答える忠吉の口調は憎々しい。

対する留蔵は声を荒らげることなく、言葉を続けた。

「おなみ坊の気持ちも、ちったあ考《かんげ》えてやれよ」

「……」

その名前を出されたとたん、忠吉は黙り込む。

端整な横顔に苦い表情が浮かんでいる。どうやら痛いところを突かれたらしい。

「せっかく顔《つら》ぁ出しておいて目も呉れなかったそうじゃねぇか。他人行儀なもんですねって寂しがってたぜ。お前らは幼馴染みだろうが？」

「あー！　うるせぇうるせぇ」

苛立《いらだ》たしげに言い放つや、忠吉は立ち上がる。

後も見ずに飛び出していく後ろ姿を、純三郎は啞然と見送るばかりだった。

「ちっ、言い過ぎちまったらしいぜ」

苦い顔で留蔵はつぶやく。

訳が分からぬまま、純三郎はおずおずと問いかけた。

「おぬし、後を追わぬのか」

「てんで聞く耳を持たねぇんじゃ、しかたあるめぇ」

苦笑しながら、留蔵は純三郎に向き直る。

「もういいぜ……。お前さんも行っちまいな」

「おぬしの独断で解き放っても構わぬのか？」

純三郎は驚かずにはいられなかった。

辻番は木戸番や自身番と同じ、町人の自警組織である。

大名屋敷の最寄りにある辻番所には昔ながらの一手持——各大名家が個々に運営する番所もまだ残っているが、ほとんどは留蔵のように身寄りのない老爺が番人を務めている。

番人といっても昔から逮捕権までは与えられておらず、犯罪者の身柄を拘束したら速やかに町奉行所へ知らせて管轄の廻方同心《まわりかたどうしん》を呼ぶのがきまり。

忠吉と純三郎が縄を打たれても縛られずにいたのは情けをかけられたのではなく、留蔵が正式な役人には非ざる身だからなのである。

ところが、留蔵は二人を勝手に解き放とうとしている。

先に行かせた忠吉に続いて、純三郎まで見逃すつもりなのだ。

一体、何を考えているのだろうか。

（こやつ、気に食わぬな……）

純三郎の表情が険しさを増す。

黒い瞳も苛立つ余りに細くなっていた。

九死に一生を得ていながら、素直になれずにいるのだ。

力有る者から情けをかけられると、反発せずにはいられない。

子どもの頃から直らぬ、悪い癖のひとつであった。

むろん留蔵は一介の辻番にすぎず、役人とも呼べない立場である。

それでも寄る辺を自ら捨ててきた純三郎よりは遥かに強く、江戸に居着いている。

この老爺に負けたまま引き下がりたくはなかった。

力ずくで渡り合えば勝つのは容易《たやす》いだろうが、七十近い老爺を叩き伏せたところで溜飲《りゅういん》が下がるはずもないし、純三郎はそんな真似をして喜ぶ外道《げどう》とは違う。

とはいえ、甘んじて情けを受けるのは悔しすぎる。

下手にかばい立てなどされたくはない。やれるものなら、やってみろ。

生来の負けん気が、純三郎の口を突いて出た。

「後で罪に問われるのは御免だ。役人を呼ぶならば、早く呼べ！」

「突っ張るなよ、若いの」

意を決した一言を、留蔵は軽くいなした。

「それにな、俺ぁお前さんにだけ贔屓《ひいき》をしようってわけじゃねぇのだぜ」

明るい口調で告げながら、文机の調べ書きを取る。

「あ！」

純三郎が驚いた声を上げる。

留蔵は何の躊躇いもなく、手にした調べ書きを破いたのだ。

板の間にちぎれた紙が散らばった。

「気にするねぇ」

絶句したままでいる純三郎に、留蔵はからりと笑みを返す。

「どっちみち、お町《まち》（奉行所）に届けるときにゃ人に頼んで書き直さなくちゃならねぇような代物《しろもん》よ。ひっちゃぶいたところで構いやしねぇさ……後で古紙買いに引き取ってもらえば小銭にはなるしなぁ」

紙片を集めながら微笑む留蔵を前にして、純三郎は二の句が継げない。

ようやく口に上せたのは、我ながら間抜けな質問だった。

「されど、紙入れは何とする……？」

「安心しねぇ。落とし物《もん》ってことにして、俺が届け出ておくさね」

分厚い紙入れには、小判と板金が余さず収められている。

忠吉が持ち去った書き付けを除いては、すべて元の通りになっていた。

「罪を憎んで人を憎まずっていうだろうが？　物事ってぇのはよ、なんでも四角四面に考えちゃいけねぇのさ」

「……」

純三郎は押し黙る。

今は突っ張るべきではない。そう思ったのだ。

希望を抱いて出てきたはずの江戸で食いつめて以来、誰からも武士らしく扱ってもらえぬ純三郎は腹の立てどおしだった。

感情を表に出すのは武士の子として恥ずべきことと心がけ、いつも平静を装ってはいるが内心では怒りを覚えてばかり。

しかし留蔵に対しては、腹を立てたままでいる必要を感じない。

先程まで燃え盛っていた負けん気がなぜか霧散し、素直に耳を傾ける気になっていた。

「お前さん、裏の長屋にずっといなさるのかえ」

「世に出ることが叶うまでは、そうせざるを得まい」

「するってぇと、仕官でも望んでるのかい」

「この江戸に居着き、学問を修めし上で立身したいのだ」

「そんなら昌平坂の学問所に通えばいいじゃねぇか。ぎょうこうもんのにっこうとかってのなら、お前さんみてぇなご浪人でも大丈夫なはずだぜ?」

「……生計《たつき》の目途が未だ立たぬ身とあっては、そうは参らぬ」

心の内でムッとしながらも、純三郎は声を荒らげずにいる。感情がすぐ顔に出てしまう彼にしては、実に珍しいことだった。

最初から仰高門日講など受ける気もないが、はっきり言ってしまえば留蔵は気を悪くするだろう。我が道を突き進まなければ気が済まない性分の純三郎も、せっかくの人の好意を鼻で笑うほどの冷血漢とは違うのだ。

留蔵は、口先だけで気遣ってくれているわけではない。

町奉行所に突き出されても文句が言えぬ立場の純三郎をわざと見逃し、親身になって説教までしてくれている。

なればこそ今は素直に、じっと耳を傾けていたのであった。

「だったら、近所であんまり騒ぎを起こさねぇほうがよかろうぜ。ちょうど長屋の女房連中が井戸端で馬鹿っ話をしていやがる時分だったからいいけどよぉ、次からは気をつけな」

「相済まぬ……」

「分かりゃいいのさ」

留蔵はにっと微笑んだ。いかつい顔が愛らしく見えるほど、気のいい笑顔だった。

「子細は聞かねぇが、ずいぶん苦労をしてるらしいなぁ」

「……存じておるのか」

「長屋のちび共がな、新しいお兄ちゃんが来たって、いつも言ってるのさ」

「天狗とも申しておったであろう」

「知ってんのかい」

「お松と申したか……あの幼子は、拙者のことをそう呼ぶのだ」

「まぁ、あれだけ跳べれば呼びたくもなろうってもんさね」

堀端で逃げようとした一幕を思い出したらしい。

「ちょいと態《なり》は小せぇが、鴉《からす》天狗ぐらいにゃなれるんじゃねぇのかい」

「おぬしに身の丈のことを言われとうはない……」

「まぁ、気にしなさんな。弥十郎も誠四郎も、でかぶつだったからな」

「子どもらに聞いた。辻風殿は六尺余りであったとか」

「二人とも大した奴らだったよ。ま、誠の字にゃあれこれ手間をかけさせられたがな」

懐かしげに目を細める様を、純三郎は無言で見返す。

先程から留蔵は敬語をまったく使っていない。

七千石の旗本である本多誠四郎のことさえも、呼び捨てにしていた。

しかし、不思議と腹は立たない。

毒舌を交えながらも、一言一言に情がこもっているからだ。

「さ、早く行きねぇ」

「うむ……手数をかけた」

言葉少なにうなずき返し、純三郎は腰を上げる。

この情に甘えるのは、恥ではない。先だって長屋の人々に馳走になったときと同じ想いを純三郎は抱いていた。

四

団子坂を純三郎が下っていく。

今日は根津権現の境内には戻らなかった。

立ちん坊をする時分には少々早いが、他の者がいる間は手を出さず、坂を登る荷車を一人きりで後押しできる頃になるまでのんびり待てばいい。

忠吉に心ゆくまで食わせてもらったおかげで、今夜は空腹に苦しむことなく朝まで過ごせそうである。

(さて、今宵も励むといたすか……)

純三郎の気分は上向きだった。

坂道を下っていても、いつもと違って気が滅入ることはない。

何事も気分次第で取り組む姿勢は変わる。

純三郎は千駄木の坂下町《さかしたちょう》まで下りてきた。

町境を流れる堀川に西日がきらめく。

そろそろ七つ半（午後五時）になる頃合いだが、まだ辺りは明るい。

つい先頃までは七つ（午後四時）を過ぎたとたんに暗くなったものだが、春本番を迎えた江戸は陽も長くなりつつあった。

堀端には立ちん坊の男たちがたむろしている。下手に刺激してはうまくない。やりすごすため、純三郎は路地に入ろうとした。

と、そこに黄色い声が聞こえてくる。

「あっ、てんぐのおにいちゃんだ！」

「おにいちゃーん！」

見れば、長屋のちび連が手を振っている。

花見に連れて行ってくれた北斎一家と別れ、子どもたちだけで帰ってきたらしい。

素知らぬ顔で路地に入ろうとした瞬間、純三郎の表情が強張る。

剣呑《けんのん》な音が聞こえてくる。

純三郎は目が利くだけでなく、耳も敏《さと》い。

それは馬蹄《ばてい》の響きだった。

堀川の向こうから迫り来たのは黒鹿毛《くろかげ》の悍馬《かんば》。
四肢を宙に浮かせ、まるで空を駆けているかのようである。
襲歩《しゅうほ》——駈歩《かけあし》を上回る、全速力の状態だった。
後の世の競走馬さながらの全力疾走を、その馬は望んでやっていたわけではない。
鞭《むち》を手にした乗り手に無茶攻めされ、興奮して後先を見失ってしまっているのだ。
このまま暴走させておけば、みんなが巻き添えを食ってしまう。
だっと純三郎は駆け出した。
馬蹄の響きがぐんぐん迫る。
慌てる立ちん坊の男たちには目も呉れず、子どもたちに向かって突っ走る。
「おい、危ねぇぞ！」
「早く逃げろいっ」
男たちが我先に駆け込む先は、堀端に建つ妙蓮寺《みょうれんじ》。
一方のちび連も三太とお梅に連れられて、寺の門内に駆け込んでいく。
一人だけ逃げ遅れたのは竹蔵だった。
馬のいななきにおびえて、足がすくんでしまったのだ。
「竹！」

「竹ちゃんっ」

三太とお梅が飛び出そうとしたが、間に合わない。

刹那、純三郎は地を蹴った。

迫る悍馬を恐れることなく、一気呵成《かせい》に跳躍する。

恐怖で動けなくなった少年を抱えるや、ぶわっと身を翻《ひるがえ》す。

悍馬が駈け抜けた路上に、裂けた着物の糸屑《いとくず》が爆《は》ぜる。

紙一重で馬蹄をかわした純三郎は、すっくと路傍に降り立った。

一瞬でも遅れていれば、竹蔵を抱えたまま吹っ飛ばされていただろう。

立ちん坊とちび連は目を丸くしていた。

「す、すげぇ……」

「まるで天狗だぜ」

常人離れした度胸と跳躍力に、いつも純三郎を目の敵にしている男たちも感心しきり。

「ああ、よかった」

「よかったねぇ！」

子どもたちも、ほっと胸を撫で下ろしていた。

と、一同の笑顔が凍り付く。

若い武士が馬首を巡らせ、怒りの形相《ぎょうそう》で駈け戻ってきたのだ。

夕陽に照らし出された顔はふてぶてしい。

以前に湯島の大成殿前で純三郎と出くわした二千石の跡取り息子、あの瀬崎兵衛であった。

「馬前を汚《けが》す無礼者めが！　手討ちにしてくれるわっ」

「……」

抱えた竹蔵を地に降ろし、純三郎は無言で進み出た。

馬上の兵衛を、じっと見返す。

「ふん、俺に鐙《あぶみ》を外させる気か……」

兵衛の顔がたちまち引きつる。

されど、純三郎は動じない。表情のない顔で、黙って視線を返すばかり。

些《いささ》かもひるまずにいるのは、相手を軽蔑《けいべつ》しきっていればこそ。

純三郎は同じ世代の旗本が大嫌いだった。

父祖が徳川家に仕えていたというだけの理由で何の苦労もせずに禄を食《は》み、大きな屋敷を与えられ、苦労知らずで特権を享受しているのが気に食わない。

食うや食わずの日々を送りながら昌平黌への進学をあきらめずにいる自分とは比べるべくもない、こちらは望むべくもないほどの恵まれた環境で生まれ育っていながら、若い旗本のほとんどは毎日ぶらぶら遊んで過ごしていた。

何と腹立たしいことだろうか。

真摯《しんし》に学問を積んで立身したいと願っていてもままならない不遇な者がいることを奴らは気にも留めず、生まれながらの勝者として、涼しい顔で世間を渡っている。

それが腹立たしいからこそ、敬意を払いたくないのだ。

今、そんな旗本の一人と純三郎は向き合っている。

願ってもないことだった。

この場で打ち倒し、大恥をかかせてやらねばなるまい。

積年の怒りを爆発させる機会を得た純三郎は、後先を考えることを忘れていた。

直参旗本に往来で喧嘩を売り、面目を傷付ければ無事では済まされない。

たとえ相手に非があろうとも問答無用で断罪され、幼い竹蔵まで巻き添えにされかねないのを配慮できずにいるのだ。

幼いながらに、竹蔵は事の重大さに気づいていた。

「おにいちゃん……」

後ろから袖を引っぱり、何とか思いとどまらせようと懸命になっている。

だが、純三郎は意に介さない。

黒い瞳をじっと兵衛に向けたまま、逸らそうとせずにいる。

「面白い、相手になってやろうぞ」

自信たっぷりに告げるや、兵衛はひらりと地に降り立った。

まだ刀に手を掛けてはいない。

両手を体側に下ろした自然体のまま、じりじりと迫り来る。

竹蔵は顔を引きつらせながらも、純三郎の側から離れようとしない。ぎゅっと腰にしがみついたまま、その場から動こうとしなかった。

「その賢《さか》しらげな目……やはり、うぬであったか」

歩を進めながら兵衛が言った。

「うぬ、大成殿の前で俺の行く手を塞《ふさ》ぎおった痴《し》れ者《もの》であろう」

「ならば何とする」

純三郎も兵衛の憎々しげな顔を思い出していた。

湯島で宿酔の隙を突かれ、忠吉に懐中物を抜き取られたという旗本も、恐らくはこの男なのだろうと察しが付いている。

竹蔵を蹴り殺そうとしたことを抜きにしても、天下の直参旗本と敬意を払うには値しない下種《げす》にすぎない。そう見なしていた。

「素浪人如きが、聖堂に何の用がある？　あれは我ら直参の学ぶ場ぞ」

「それがどうした」

嘲《あざけ》られても純三郎は動じない。

黒い瞳を逸らすことなく、じっと兵衛を見据えている。

「拙者は学問吟味に及第するのを望みし身。いずれ学び舎《まなや》となる場に足を運び、拝することの何が悪い？」

「ふっ、まさに痴れ者だの」

兵衛は思いきり失笑した。

「まさか本気で言うておるのか？　そも、浪々の身で吟味を受けるは叶わぬことぞ」

「もとより承知の上だ。今は雌伏《しふく》の時と心得ておる」

「そうか……ならば二度と立ち上がれぬようにしてくれる」

間合いに踏み込みながら、すっと兵衛は両手を挙げる。

応じて、純三郎も脇差に手を伸ばす。

見守る野次馬たちに緊張が走る。

刀は鯉口を切るのと同時に抜くのが基本。

手を掛けたままで威嚇《いかく》するのは芝居の所作《しょさ》にすぎない。

抜いた次の瞬間、いずれかが血を噴き上げて倒れるに違いない——。

そう思わずにはいられぬほど、二人は本気になっていた。

兵衛はもとより、純三郎も頭に血が上《のぼ》っている。

このままの状態で鞘を引いて抜刀すれば、腰にしがみついている竹蔵の頬に鐺《こじり》が当たって怪我をさせてしまうことさえも配慮できずにいた。

「参るぞ」

「応！」

二人の鯉口が同時に切られんとした刹那、ひょろりとした男が割って入る。

「お、お待ちくだせぇ！」

岡っ引きの正平である。

坂下町で騒ぎが起きたことを聞き付けて、遅れ馳せながら駆けつけたのだ。

正平は純三郎の前に立ちはだかった。

小腰をかがめ、兵衛に向かって頭を下げる。

「どうかあっしに免じてご容赦くださいませ、殿様っ」

「ええい、さがりおれ下郎！」

兵衛は苛立った声を上げる。

次の瞬間、正平の肩を猛打が襲った。

無頼の旗本が刀の代わりに抜いたのは、差し添えていた革の鞭。つい先程までは愛馬の尻を散々に引っぱたいていた代物である。

二千石の大身旗本である兵衛から見れば、正平は「下郎」でしかない。

犯罪者を取り締まるのは、たとえ公儀の御用であっても卑《いや》しい役目と見なされる。身分の上では旗本の与力でさえ「不浄役人」呼ばわりされるのが常だった。

まして与力より格下の同心が雇う岡っ引きなど、蚊《か》か蝿《はえ》のようなもの。

鞭が続けざまに唸《うな》りを上げる。

日の本の馬上鞭は丈夫な革を幾重にもより合わせた、頑丈な造り。剣術修行を通じて手の内が錬れており、遠心力を効かせる術《すべ》を心得た者が振るえば凶器となる。

それでも正平は屈しなかった。

一歩も引き下がらず、純三郎と竹蔵をかばい通すつもりなのだ。

「どけ！　どかぬかっ」

兵衛の怒号と骨身を打ちまくる音が交錯《こうさく》する。

よろめきながらも正平は倒れない。

細い脚を踏ん張り、両腕で顔面を守りながら懸命に耐えている。

一方の純三郎も動けなくなっていた。

訳が分からない。

なぜ、この岡っ引きは自分のことをかばうのか。

刃を向けられて追い払われ、捕物の邪魔をしたというのに、どうして体を張って助けようとするのか。

ここまで人のために体を張ったことのない純三郎には、理解のできぬことだった。

「やめて！」

「やめてよぉ」

子どもたちが泣き叫ぶのも意に介さず、兵衛は血走った目で革鞭を振るいまくる。

びし、びしと禍々《まがまが》しい音が打ち続く。

息詰まる時が流れた。

その禍々しい音が止まったとき、兵衛は肩で息をしていた。

「二度とは……許さぬ……」

捨て台詞《ぜりふ》を一つ残し、馬にまたがる。

動きが緩慢なのは腰を入れて鞭を振るい、呼吸を乱していればこそ。

ぼろ切れのように成り果てるほど打ち据えられていながら、正平は倒れなかった。

剛力自慢の兵衛が疲れ切るまで耐え抜き、ついに根負けさせたのだ。

馬蹄の響きが遠ざかっていく。

戻ってこないと察したとたん、立ちん坊の男たちが駆け寄ってくる。

「大丈夫かい、親分っ」

「しっかりしなせぇ！」

荒くれ男たちは慌てて正平の肩を支える。

地面にめり込むほど踏ん張ったまま、気を失っていたのである。

五

宵闇の中、大八車を引いて純三郎は突っ走る。

正平はまだ目を覚まさずにいた。

さらしの包帯を体のあちこちに巻かれた姿が痛々しい。

あれから取り急ぎ妙蓮寺に担ぎ込み、手当てをしたのは純三郎。介抱《かいほう》を手伝ってくれた寺男に聞いたところ、正平は嫁取りせずに独り暮らしをしているとのこと。

父親はまだ健在らしいが、半死半生の有り様で実家に担ぎ込めば仰天させてしまうのは目に見えていた。

となれば、抱え主の同心を頼ったほうがいい。

仮にもあるじならば、何が起きても黙って配下の面倒を看《み》るのが責。

まして世慣れた町方同心であれば、周りの者に余計な心配をさせぬように取り計らうことも心得ているはず。

純三郎はそう判じ、正平を八丁堀《はっちょうぼり》まで運ぼうと決めたのだ。

人の世話を焼くのは苦手だが、恩人となれば話は別。

正平を抱える同心の名前は立花恵吾《たちばなけいご》。

南町奉行所では定廻《じょうまわり》を勤め上げた熟練者のみが任じられる、臨時廻同心の中でも古株である。

そう教えてくれたのは、純三郎を縄張り荒らしと敵視していたはずの立ちん坊の男たち。

親分とは名ばかりの役立たずだと思っていたが見直した、しっかり介抱して差し上げるんだぜと言って正平の身を純三郎に託し、手持ちの乏しい銭を出し合って大八車を借りてきてくれたのも彼らだった。

誰も純三郎を責めなかったのは、兵衛の横暴に腹を立てていればこそ。

幼い竹蔵の命を救った上で直参相手に立ち向かおうとした純三郎のことも、荒くれ男たちはすっかり見直し、今までつまはじきにして悪かった、明日からは仲良く一緒に稼ごうぜとまで言ってくれている。

思わぬことで生計の道が拓《ひら》けたものだが、今は正平の身が案じられる。

大八車が夜の道を走り抜ける。

妙蓮寺で見せてもらった切絵図の道順を頭に叩き込み、夜目を利かせて走りまくる。

団子坂下から下谷《したや》、浅草《あさくさ》、蔵前《くらまえ》、浅草橋《あさくさばし》と来れば日本橋は目と鼻の先。

日本橋の南詰に出た純三郎は高札場《こうさつば》を横目に左へ曲がり、青物町《あおものちょう》を抜けて本材木町《ほんざいもくちょう》の対岸に渡っていく。切絵図によると堀の名前は楓川《もみじがわ》、小さな木橋は海賊橋《かいぞくばし》というらしい。

その昔は石の橋であり、東の橋詰に海賊奉行の向井将監《むかいしょうげん》の屋敷があったという海賊橋をきしませながら、大八車は対岸に出た。

坂本町《さかもとちょう》二丁目の角を曲がり、薬師堂の前を通り抜ける。

神社仏閣の前を通るときにはたとえお参りをする閑はなくても門前で頭だけは下げていくのが作法とされているが、純三郎は気にも留めない。

昔から神仏はもとより、先祖の供養さえ心がけていないのだ。

父の均一郎が命を落とし、真野の姓を名乗れなくなったとき以来、そうする必要はないと思い定めて生きてきた。

どこまでも独りきりで生きていく。

この江戸に居着くことさえ叶えば、どこの家の姓を冠することになったとしても構うまい。

そんなことを考えつつも、今の純三郎は我欲を忘れていた。

身を挺《てい》して救ってくれた恩人を、死なせてはならない。

その一念で突っ走っていた。

坂本町から先の一帯は俗に八丁堀と呼ばれ、南北の町奉行所に勤める与力と同心の組屋敷が建ち並んでいる。

与力の屋敷地は二百坪から三百坪と広く、旗本にしては簡素な冠木門《かぶきもん》の構えだが二百石の禄高に加えて役目に応じた特別手当の御役金を別途支給されており、付き合いのある諸方の商家から折に触れて金品の付け届けがあるので、内証は同じ禄高の旗本よりも段違いに豊かであった。

その与力の配下として働く同心は屋敷地百坪で三十俵二人扶持《ぶち》。古参の者でも三十五俵を超えることはない。

やはり付け届けに事欠かないので暮らし向きは良かったが、一応は直参の御家人とはいえ身分の上では将軍家直属の足軽というだけにすぎず、片開きの小さな木戸門があるだけの、こぢんまりとした組屋敷で暮らしていた。

そんな小さな門の前で、純三郎が訪《おとな》いを入れている。

「御免！　御免！」

門番の小者《こもの》を置いていないらしく、誰も出てくる気配がない。

大八車の上では、正平が気を失ったままでいた。

玄関先まで聞こえるように、純三郎は続けて声を張り上げる。

「正平殿をお届けに参った！　ご開門くだされ!!」

剣術修行で鍛えた声は能《よ》く通る。

すぐに、三十路《みそじ》と思しき武家女が太い体を揺すりながら走り出てきた。ぽっちゃりと肉置《ししお》きが豊かで、頰もまるい。

花江《はなえ》、三十歳。

立花恵吾の一人娘で、昨年の末に婚家から縁を切られて出戻った身。つい先頃まで鉄漿《かね》で黒く染めていた歯も剃《そ》り落とした眉も元に戻し、嫁ぐ以前の身なりに復していた。傍目《はため》には子を孕《はら》んだかのように見えるほど胴回りが太いが、肥えているのは娘時分からのことだった。

「正平さん⁉」

ぐったりして横たわる姿を目にしたとたん、花江は悲鳴を上げる。

門を開けるのももどかしく大八車に駆け寄り、すがりつかんばかりに覗《のぞ》き込む。

「父の捕物もありませぬのに、一体何としたことですかっ」

「……旗本に鞭打たれたのです」

「鞭ですって」

「全身を強う打たれておりますれば、どうかお手を触れられませぬよう」

「大きなお世話です！」

「申し訳ござらぬ……」

いきり立つ花江を前にして、純三郎は平謝りするばかり。

もとより男女の仲には疎い上に関心も薄いが、花江が正平に特別な感情を抱いているらしいのは、すでに察しが付いていた。怪我を負った岡っ引きが屋敷に担ぎ込まれただけのことで、同心の娘がここまで取り乱すはずがあるまい。正平がふだんから大事にされていると思えばこそ罪悪感を募らせずにはいられなかった。

「お許しくだされ。拙者が軽はずみな真似をしたばかりに、怪我をさせてしまいました」

「ならば、あなたさまのせいなのですね？」

花江の目が見る間に吊り上がる。福々しい顔がたちまち般若《はんにゃ》の形相になった。

「は、話をお聞きくだされ」

「ええい、お黙りなされ！」

聞く耳を持たず、花江は手厳しくなじるばかり。

純三郎が察しを付けた通り、出戻ってくる以前から正平のことをずっと憎からず想っていればこその態度であった。

そこに、のんびりした声が聞こえてくる。

「三軒先まで筒抜けだぜぇ、花江」

「父上？」

「見たところ、きっちり手当てをしてもらってるじゃねぇか。生きるか死ぬかの瀬戸際ってほどじゃあるめぇに……お前も八丁堀の娘なんだからよ、どんなときでも取り乱すもんじゃねぇぜ」

「も、申し訳ありませぬ」

たちまち花江は大人しくなった。

仲裁に入ってくれたのは、黄八丈《きはちじょう》の着流しに黒羽織を重ねた初老の同心。

面長で鼻梁《びりょう》が高く、小銀杏髷《こいちょうまげ》に結った髪は黒いものが一本も混じっていない、見事な銀髪であった。

立花恵吾、六十歳。

還暦を迎える歳になっても現役の捕物名人として十手を握り、数寄屋橋《すきやばし》御門内の南町奉行所に毎日出仕している、辣腕《らつわん》の臨時廻同心である。

奉行所での残業を終えて帰宅した恵吾は、思わぬ事態を目の当たりにしてもまったく動じはしなかった。

「とにかく中へ入れてやろうぜ。花冷えで正平に風邪を引かせちまわぁ」

きびきびと黒羽織を脱ぎ、大小の刀とまとめて花江に押し付ける。

「早いとこ布団を敷いてやんな。油紙を敷くのを忘れねぇでな」

「は、はいっ」

花江が玄関に向かって駆けてゆく。

慌てるばかりの娘を尻目に着流しの裾をはしょり、大八車の梶棒《かじぼう》を握る。

経緯はどうあれ、まずは休ませてやるのが先決。

そう思えばこそ無駄口を叩かず、自らてきぱきと動いているのだ。

「お前さん、ご苦労ついでに後押しをしてくんな」

純三郎に向かって呼びかける口調は、町民と親しく付き合う廻方同心ならではの砕けたもの。

責める雰囲気など微塵《みじん》も漂わせてはいなかった。

屋敷内へ運び込まれた正平はすぐに寝かしつけられ、純三郎は近所へ医者を呼びに走った。

立花家の掛かり付けであるという老医師の見立てによれば、止血が的確だったので化膿《かのう》の心配は無く、ひびの入った骨もしっかり固定されていて大事はないという。

一度は目を覚まして痛みに泣きわめいた正平も、痛み止めの煎《せん》じ薬が効いてきたのか今はすやすやと寝息を立てている。

ほっと胸を撫で下ろす一同を前にして、医師の藪庵《やぶあん》は悠々と手をすすぐ。老いても美男の恵吾と違って、藪庵は狸《たぬき》を思わせる面相の小男であった。

黒目がちの小さな目は純三郎に向けられていた。

「とっさの手当てと申されたが、いやはや大したものじゃ。包帯を取り替えて薬を調合しただけとなれば、さすがの儂《わし》も薬礼を吹っかけるわけには参らぬのう」

恵吾の幼馴染みという藪庵は、冗談を前置きにしながら問うてきた。

「土肥殿と申されたか、もしや貴公は山育ちかの」

「お分かりになられますのか、先生」

「打ち身の手当てが行き届いておるからのう。それに、さらしの巻き方にも無駄がない」

「山の暮らしは何であれ貴重にございますれば……有り合わせのものを用いるのには慣れておりまする」

「成る程、それで添え木に卒塔婆《そとば》を拝借したというわけか」

「寺の御坊にお許しを得てのことにございまする。ご容赦くだされ」

「良い良い、何事も功徳《くどく》というものじゃ」

慈姑頭《くわいあたま》に結った銀髪を振り振り、にっと老医師は笑う。気のいい笑顔だった。

「あまり怒ってはなりませぬぞ、花江殿」

「……はい」

藪庵が手を洗った湯桶《ゆおけ》を下げつつ、ぶすっとした顔で花江は答える。

傍らに座った恵吾はおかしそうに微笑んでいた。

六

薬礼を弾んでもらって藪庵が帰った後、純三郎は恵吾の部屋に通された。

花江は奥で正平に付きっきりになっている。

「蓼食《たでく》う虫《むし》も好き好きって言うけどよぉ、結構似合いだろ？」

「はぁ」

「ま、正平は勘弁してくださいって逃げ回ってんだけどなぁ」

苦笑しながら、恵吾は火鉢で燗《かん》を付ける。

こぢんまりとした屋敷内は、どこもきれいに片付いていた。

家事は出戻り娘の花江が一手に担っているのだろうが、あるじの恵吾自身も几《き》帳面《ちょうめん》な質であるらしく、文机の筆硯《ひっけん》から違い棚の書物に至るまで、きちんと並べて置かれていた。茶の道具ともども部屋に備え付けている酒器も同様で、塵《ちり》ひとつかぶっていない。

「肴《さかな》無しの空《から》っ酒ですまねぇが、遠慮しねぇで吞《や》ってってくんな」

「お、恐れ入りまする」

ぬる燗の酒を、純三郎はぎこちなく口に含む。

先程から一言も咎められずにいることを、不思議に思わずにはいられない。しばらくの間とはいえ手下を使い物にならなくされたというのに、恵吾はまったく怒っていなかった。元凶の純三郎に声を荒らげぬばかりか、機嫌のいい笑みまで浮かべている。

「どうしたい？　ちっとも酒が進まねぇみてぇだな」

「い、いえ」

「そんなに気に病むこたぁねぇのだぜ」

手酌で杯《さかずき》を満たしながら、恵吾は言った。

「正平も災難にゃ違いねぇが、俺ぁ嬉しいのさ」

「え？」

「お前さんの生国はどうだか知らねぇが、この江戸じゃ十手を預かる上は弱えもんの味方をするのが心意気なのよ。俺ぁこいつが下っ引きだった頃から、そう教えてきたんだ。だから嬉しいのさ」

「……恐れ入りまする」

純三郎は杯を置いて頭を下げる。

恵吾の人柄に感じ入るのと同時に、素性を問い質されぬことに感謝してもいた。

医師の藪庵も同様である。

山育ちと見抜きはしたが、氏素性についてまで詮索《せんさく》しようとはしないまま、とぼけた顔で帰っていった。

しかし、安心するのは早かった。

純三郎の出自を意に介さぬ代わりに、恵吾は思わぬことを問うてきたのだ。

「それにしてもお前さん、腕が立つらしいな」

美味そうに杯を傾けつつ、恵吾は部屋の隅を見やる。

敷居際に置かれていたのは、純三郎が正平の応急処置をした卒塔婆の切れ端。

担ぎ込んだ先の妙蓮寺でちょうど寺男が仕上げてきたばかりのものを一本拝借し、同田貫で斬り割って添え木代わりに用いたのだ。

その切り口を一目見て恵吾は純三郎の腕前を見抜き、話を振るためにわざわざ部屋にまで持ち込んでいたのである。

なぜ、そんな回りくどい真似をするのか。一体、何を考えているのだろうか。

純三郎の顔は強張り、緊張が黒い瞳を険しくさせていた。

そんな表情の変化を横目に、くいと杯を干して恵吾は言った。

「よほど手の内が定まってなけりゃ、ああもスッパリは斬れめぇ」

「……………」

「そんなに怖い目をしなさんな。お前さんは眼力《めぢから》が強くっていけねぇや」

純三郎に微笑み返し、恵吾は言葉を続ける。

「その妙な目付きさえ控えてくれりゃ、うってつけの仕事があるんだがなぁ」

「仕事？」

「やってみる気はあるのかい」

「お話を伺うてみなくては、お答えはできかねまする……」

「なーに、要は正平の助っ人《すけと》をしてやってもらいてぇのさ」

「助っ人？」

「さむれぇがやることじゃないって思うかもしれねぇがよ、こいつぁお前さんにとっちゃ悪い話じゃねぇはずだぜ」

続けて恵吾が語ったのは、思いがけない話であった。

その気があるならば、当分の間は安静を要する正平の代わりに自分の配下となり、町方の探索御用を手伝ってほしい。そう持ちかけてきたのだ。

浪人ふうの粗末な身なりが板についた純三郎は、同じような浪人が多い江戸では目立たぬ存在。身の丈も平均よりやや高い程度なので、人ごみにまぎれこめば尾行していても気づかれにくい。

しかも剣の腕が立つとなれば、密偵にはうってつけ。

どうやらそういうことらしい。

「まこと、拙者で構わぬのですか……？」

「お前さんだから頼もうって気になったのさ。ひとつ頼むぜ」

世の中は、どう転ぶか分からぬものである。

持ち前の負けん気が災いして正平に怪我をさせてしまったのに、その正平の抱え主である立花恵吾が自分を雇ってくれるという。

我関せずと正平を見捨てることなく、人として誠意を尽くしたことが吉と出たのだ。

「花江のことなら心配はいらねぇよ。小せぇ時分からああいう気性なもんで嫁ぎ先からおん出されちまったんだが、御用のことにゃ口を出さねぇように躾《しつ》けてある……お前さんを俺が抱えるとなりゃ、文句は言うめぇ」

「では、こちらのお屋敷に出入りをさせていただいても構わぬのですか」

「お屋敷ってほどじゃねぇがよろしく頼むぜ。さて、善は急げだ」

言うが早いか、恵吾は文机を運んでくる。

さらさらと一筆認《したた》め、署名に添えて印判を捺《お》す。

「こいつぁ手札《てふだ》って言ってな、お前さんを御用の筋の者《もん》って俺が認めたことの証《あか》しさね」

「十手も持たねばならぬのですか」

「そんなものはいらないさ。ありゃ、俺ら同心の真似をして岡っ引きが自前で購《あがな》ってるだけなんだからな。奉行所から給されたもんじゃねぇから房が無い、つまりは坊主だから陰じゃ坊主十手って言われてるそうだぜ」

「破邪顕正《はじゃけんしょう》の捕具《ほぐ》と聞き及んでおりましたが、さほどの意味はないのですね」

「ま、捕物の役にはそれなりに立つんだけどよ……お前さんに頼むのは探索だけなんだから別に入り用じゃあるめぇ。いざとなったときにゃ、その腰のもんで切り抜けてくんねぇ」

「願わくば、好んで抜きたくはありませぬ」

「そいつぁお前さんに任せるぜ。とにかく一つしかねぇ命だ、無駄に捨てちまうことのねぇようにしてくれよ」

「心得ました」

差し出された手札を押し頂き、純三郎は微笑む。

これは天恵と言うべきだろう。毎日食事をさせてもらえる上に給金までもらえれば有難い限りであるし、もしも恵吾の気に入られれば、養子にしてもらえるかもしれない。

娘の花江がぞっこんであるという正平については、敵視するには及ばなかった。

正平がどうなのかは当人に聞いてみないと分からないが、町方同心の家に入りたいと望む者は皆、金が目当てである。扶持《ふち》は低くても付け届けのおかげで暮らしに不自由をすることはないし、同心株そのものにも何百両もの高い値が付くからだ。

その点、純三郎は最初から金など眼中にない。

自分のことを嫌っているであろう花江に無理に取り入らずとも、軽輩とはいえ幕臣である恵吾と形だけ養子縁組をしてもらえさえすれば、直参の子として学問吟味を受験する資格が得られるし、そのための予備校である昌平黌にも胸を張って入学できる。

ずっと目途《めど》が立たずにいた、江戸に居着くための手段を見出すことが叶うのだ。探索御用などやったことはないが、励むだけの値打ちはある。

「しっかり頼むぜぇ、純三郎さん」

「はい！」

かくして土肥純三郎は立花恵吾の下で、新たなる生業として臨時の密偵を務めることになったのだった。

七

翌日から、根津権現の境内で純三郎の姿を見かけることはなくなった。

「てんぐのおにいちゃん、どうしたのかなぁ」

「いっつも朝早くからおでかけしてるよ。帰りもおそいし……」

「どうしたんだろうねぇ」

お梅に竹蔵、菊次ら長屋のちび連が寂しがっているのをよそに、純三郎は大江戸八百八町を毎日駆けずり回っている。

探索御用は思った以上の重労働だった。

長いこと張り込みをして目星をつけ、恵吾に報告した上で捕らえるのはつまらぬ万引きや博奕《ばくち》の常習犯といった手合いばかり。

放っておいてもいいと思える小悪党を、なぜ苦労して探り出す必要があるのか。

思わず首を傾げたくなるが、正平に怪我をさせた責任は果たさなくてはならないし、恵吾にも気に入られたい。それにとげとげしい花江の給仕とはいえ朝夕に二度、欠かさず食事をさせてもらえるのも有難いことだった。

とはいえ、しんどいのは事実である。

体が疲れる以上に、心が萎えていた。

たしかに、暮らし向きは楽になった。

恵吾が少ないながらも給金を前払いで渡してくれたので長屋の店賃稼ぎに立ちん坊をする必要はなくなり、昼には好きなものを表で食べられるようにもなっていたが、どうにも探索御用に身が入らない。

それでも自分の将来につながると思えば、取り組むしかなかった。

萎える気持ちを奮い立たせ、純三郎は黙々と毎日を過ごしていた。

掏摸の忠吉を見かけたのは、そんなある日の午下がり。二階で夜毎《よごと》に賭場《とば》が立っているという船宿を探るため、鉄砲洲《てっぽうず》まで出向いた折のことだった。

しばらくぶりの忠吉は以前よりもどことなく品下がった、卑《いや》しげな面相になっていた。

せっかくの二枚目顔が、狐のようにも見える。

人が欲に駆られたときになりがちな顔付きである。

（あやつ、留蔵の説教が効いておらぬのか……）

気になって尾《つ》けてみたところ、築地《つきじ》を経て向かった先は芝《しば》の愛宕下。

近くの藪小路には相良藩邸がある。

屋敷の周囲から道が外れていても、どこで顔見知りの者に出くわすか分からない。

自分のことを連れ戻したがっている土肥信安には、誰よりも会いたくなかった。

（とんだ鬼門だな……）

いつも持ち歩いている網代笠で顔を隠し、純三郎は先を急ぐ。

行く手に立派な長屋門の構えが見えてくる。

忠吉は塀の陰に身を隠し、こそこそと様子をうかがっていた。

「久しいの」

気配を殺して歩み寄り、声を掛けたとたんに忠吉は跳び上がった。

「何でぇ、お前さんかい……」

「珍しい処《ところ》で会《お》うたものだな」

「お前さんこそ、軽業はどうしたい？」

「別口の稼ぎが見つかったのだ。今日は近くまで使いを頼まれて、な」

「そうだったのかい。しばらく会わねぇうちに、顔の色つやも良くなったみてぇだな」

すっかり忠吉は警戒心を解いていた。

こちらが町方同心の密偵とは夢にも思っていないらしい。

純三郎は忠吉を誘い、近くの水茶屋に足を向けた。

「過日のお返しだ。団子でも餅でも、遠慮せずに食うてくれ」

「大丈夫かい？　ずいぶんと金回りが良くなったもんだなぁ」

「色つやが良くなるぐらいには、な」

「ははは っ、違いねぇや」

緋毛氈《ひもうせん》が敷かれた床几《しょうぎ》に腰掛け、忠吉は串団子を笑顔でかじる。

こうなれば自ずと口も軽くなるというものである。

「実はな……」

周囲の客が席を立つのを待って、忠吉は話を切り出す。

例の書き付けをネタにして、脅しをかけるつもりであるという。

「されば、あの屋敷は？」

「その通り。瀬崎の兵衛って若殿が、この書き付けの持ち主さね」

自信たっぷりに屋敷の門を見やりながら、忠吉は言葉を続けた。

「うまくいったら、お前さんにも分け前をやるぜ」

「そのような金子を受け取るわけにはいかぬ……」

「遠慮はいらねぇよ。何しろお前さんはこの書き付けのことを留の爺さんに黙っていてくれたんだし、今度も手伝ってもらうんだからな」

「手伝えとな？」

「身軽なとこを活かしてよ、あの屋敷を探ってもらいてぇのさ」

「……」

「こいつぁ五両や十両ってけちな話じゃねぇのだぜ。少なく見積もっても、五百両がとこはせしめられるこったろう。お前さん、二百両もありゃ御家人の株ぐれぇは買えるんじゃねぇのかい」

「株……か」

その一言を告げられたとたん、純三郎の心は揺らいだ。

このまま密偵を続けていたところで確実に立花恵吾の養子にしてもらえるかどうかは定かでないし、役目そのものにも嫌気が差しつつある。

ならば別の手段で直参の身分を獲得し、一日も早く昌平黌に入った上で三年後の学問吟味に向けて勉強に本腰を入れたかった。

立身したいがために出てきた江戸で、いつまでもぐずぐずしてはいられない。

「なぁ、やろうぜ」

忠吉は純三郎の腕をぐいっと引く。

「お前さんさえ手を貸してくれりゃ鬼に金棒よ。一緒にいい夢を見ようぜ。な？」

「……よし！」

悩んだ末に純三郎は決断した。

自分が臨時とはいえ町方同心の密偵であり、たとえ悪人が相手であろうと金を強請るなど許されぬのを承知の上で、忠吉の片棒を担ぐことにしたのだった。

それから数日が過ぎた。

桜の時期が過ぎた根津権現では、名物の躑躅《つつじ》が咲き初《そ》めている。

純三郎はこのところ長屋に戻っていない。

「ねぇおじちゃん、てんぐのおにいちゃんはどこにいったの」

「留のおじさんもしらないのかい？」

ちび連は境内で遊ぶのに退屈すると、門前の辻番所を訪ねてきては留蔵を困らせている。

そんな幼子たちの心配をよそに、純三郎は毎日忙しくしていた。

愛宕下の瀬崎屋敷を探索するのは夜のみと決め、日中は恵吾から命じられた密偵の役目に励んでいたが、ひとたび陽が暮れれば大胆に動く。

夜陰に乗じて幾度も屋敷に潜入し、役人も踏み込めぬ屋敷の土蔵に抜け荷が隠されている事実を調べ上げたのだ。

兵衛は土蔵の奥に専用の刀箪笥《かたなだんす》と鎧櫃《よろいびつ》を幾つも置いている。

わが子可愛さに母親が子どもの頃から買い与えてきたものであるのを、純三郎は床下から忍び聞いた瀬崎夫婦の会話で知った。

将軍のお手つき中﨟を母に持つ兵衛は我《わ》が儘三昧《ままざんまい》で成長し、武芸の腕こそ余人より抜きん出たものの性格は粗暴きわまりなく、上役に怪我をさせて御役御免になったらしい。

　ずっと甘やかしてきた母親もさすがに激怒し、兵衛が十代の頃に中途で投げ出したままになっていた勉学に改めて身を入れさせ、学問吟味で公儀の役職に返り咲くのを望んでいるという。試験に及第すれば箔が付き、かつての不祥事も問題視をされなくなるからだ。

　しかし、兵衛は親の意に沿っていない。

　子が親の思い通りにならぬのは世の常だが、兵衛の場合は度外《どはず》れていた。

　昌平黌に再入学させられた不満から、許しがたい悪事に手を染めたのだ。

　屋敷を抜け出して遊ぶ金欲しさに刀剣や鎧を売り払ってしまい、空になったところに抜け荷の品を隠し持っている。

　禁制品は象牙《ぞうげ》や絨毯《じゅうたん》といった、嵩張《かさば》るものばかりではない。

　そのような品々を隠していればすぐに見つかっていただろうが、兵衛はそこまで馬鹿ではない。小さくても大金になる宝玉《ほうぎょく》を専《もっぱ》ら商う一方で、麻薬の阿芙蓉《あふよう》（アヘン）まで仕入れて売人の一味に流していたのだ。

　手伝っているのは純三郎も湯島の大成殿前で出くわしたことのある、供侍の二人組。

あの瀬崎兵衛と二人組は兵衛の指示を受けて夜間に屋敷を抜け出し、抜け荷の売人たちに商品を渡すと同時に、前の売り上げの回収を行っていた。

大身旗本の瀬崎家の紋が入った提灯さえ持っていれば、夜中に出歩いていても咎められることはないし、まさか抜け荷の売り買いをしているとは役人も疑わない。

彼らと売人の動きについては忠吉に尾行を指示し、すでに調べが付いている。

恵吾が見込んだ通り、純三郎には密偵の才能があった。

しかし、今はその才能を私欲のために用いて憚らずにいる。

されど、これは裏切りではない。

己が有るべき姿に表返るために、必要なことなのだ。

そう割り切って、事を全うする所存の純三郎だった。

最後の役目は調べ上げた一部始終を書面にまとめて、兵衛の許に届けること。

その書状を、純三郎はわざと刀箪笥の一番目立つところに置いてきた。

お前のやっていることはすべてお見通しなのだから下手な真似をせず、大人しく口止め料を出せという意思表示のつもりである。

天下の直参を脅してやれるのは痛快なことであった。

「いい気分だろうが、え？」

「うむ」

すべての段取りが整った夜、忠吉と酌み交わした前祝いの酒に純三郎は心地よく酔う。

己が為しているのも悪事であることに、愚かにも気づいていなかった。

かくして、取り引きの夜が来た。

選んだ場所は江戸湾を間近に望む、洲崎弁財天《すざきべんざいてん》。

日中は参拝の善男善女で賑わい、木場《きば》が近いために人目が絶えない境内も、ひとたび日が暮れれば人気は絶える。

密かな接触にお誂《あつら》え向きの場所は、沖で大船から小船に積み替えた抜け荷が運ばれてくる場所でもある。

わざとこの場所を選んだのは純三郎。

どこまでもお見通しということをしつこく示し、逃げられぬようにするためだ。

忠吉も乗り気十分であった。

「お前さんは隠れててくれ。因縁《いんねん》のある相手と鉢合わせしたとなりゃ、奴《やっこ》さんも面白くねぇだろうからなぁ」

　忠吉からそう言われ、純三郎は陰で護衛をすることにした。

　指示した時間は暮れ四つ半（午後十一時）。

　すでに暮れ四つ（午後十時）には町境の木戸が一斉に閉じられてしまっているが、兵衛は瀬崎家の紋入り提灯さえあれば通行に障りはないはず。

　そして純三郎と忠吉は抜かりなく猪牙舟《ちょきぶね》を用意し、要求した五百両を手にしたら速やかに乗って逃げ出す段取りを付けてある。

　後は満を持して、待ち人の到着を待つのみであった。

　そして、いよいよ刻限になった頃。

　書状で指示した通り、兵衛は一人きりで現れた。

　重そうな革袋を左肩に担ぎ、境内に歩み入ってくる。

　伏せ手の気配は感じられない。

　純三郎の見守る中、忠吉は鳥居の前で兵衛を迎えた。

「ご足労をいただきやしてすみやせんねぇ、若様」

「愛想はいらぬ……まずは、儂の紙入れを返してもらおうか」

「へい」

淡々と告げる兵衛にうなずき、忠吉は懐から例の財布を取り出す。

この紙入れは、純三郎があらかじめ恵吾から預かっておいたもの。

留蔵が恵吾に託したことを知り、取り引きの道具にしようと考えたのだ。

落とし主がさる旗本の若様であり、不注意とはいえ紛失したことが知れれば親に申し訳が立たぬので、密かに受け取ることを望んでいる。そんな作り話を純三郎はでっち上げ、恵吾から紙入れと金子を預かった。

そこまで信用されていながら裏切る真似をして、気が咎めぬと言えば嘘になる。

されど、もはや引き下がれない。

何としても口止め料をふんだくり、分け前で御家人株を買うのだ。

(頼むぞ、忠吉)

期待を込めて純三郎が見守る中、忠吉は余裕たっぷりに振る舞っていた。

「中身は頂戴しましたが、悪く思わないでおくんなさいよ」

無言で見返す兵衛に向かって、にっと笑いかける。

「お届けするための足代ってことで、ひとつご容赦くださいまし」

「足代か……」

ふっと兵衛は微笑んだ。

「ならば、今少し出してつかわそう」

「お気遣いにゃ及びやせんぜ。後は、その革袋さえいただけりゃ十分でさ」

「遠慮をするでない」

兵衛は懐手をすっと解く。

袂を探り、忠吉の足元に銅貨を放り出す。

境内の石畳に散らばった銭が、じゃらんと音を立てた。

「取っておけ」

「え？」

「三途《さんず》の川の渡し賃、たしか六文であったな」

告げると同時に血煙《ちけぶり》が上がる。

兵衛は速攻で鯉口を切り、抜き打ちを浴びせたのだ。

崩れ落ちる忠吉の姿を目にしながら、純三郎は飛び出すことができずにいた。

まさか問答無用で殺してしまうとは、思いもよらなかったのである。

それに、兵衛は思った以上に腕が立つ。

（あの折よりも、手の内が錬られておる……）

団子坂下で対峙したときにはまず五分五分だろうと見なしていたが、忠吉を仕留めた業前《わざまえ》は明らかに自分よりも上。

どれほどの手練であろうと、激昂《げっこう》すれば思うように実力を発揮できなくなるのが常。

しかし、冷静になった兵衛は強かった。

一度は幕府の武官として抜擢され、新番頭の役目に就いたのも、単に母親の威光だけでのことではなかったのだ。

しかも、兵衛は人を殺し慣れている。

一度も生身の人間を斬ったことのない純三郎が、まともに立ち合って勝てるとは思えない。もとより峰打ちで倒せるはずもなかった。

足がすくんで動けずにいる純三郎に気づかぬまま、兵衛は血濡《ちぬ》れた刀を拭《ぬぐ》う。

物言わぬ亡骸《なきがら》と化した忠吉に駆け寄ってきたのは、浜に小船を漕ぎ寄せてきた供侍と抜け荷の売人たち。

「お誂《あつら》え向《む》きでござんしたねぇ、殿様」

揉み手をしながら兵衛に歩み寄るのは、売人たちの頭《かしら》。

でっぷりと肥え太った、卑しい顔付きの男であった。

「この阿呆《あほう》を売人ってことにしておけば、当分は町方の目もごまかせまさぁ。おかげさんで助かりやした。お見事なもんでござんすねぇ」

「愛想は言わずとも良い……」

刀を鞘に納めつつ、兵衛は顎《あご》をしゃくる。

心得た様子で売人頭が取り出したのは、始末料の袱紗《ふくさ》包み。

あらかじめ兵衛と語らい、死んだ忠吉を抜け荷の売人に仕立て上げて町奉行所の探索の目をごまかす段取りを整えていたのだ。

「良きに計らえ」

袱紗包みを懐にした兵衛は、供侍たちを従えて意気揚々と去ってゆく。

人ひとりを殺したことなど、気にも留めてはいなかった。

八

売人たちが亡骸を運び去った先は南町奉行所。

門前に放り捨て、この者は抜け荷の売人なりと但し書きを添えたのだ。

その上で忠吉の住む長屋には動かぬ証拠として、宝玉と阿芙蓉まで置いてこさせるという用意周到ぶりだった。

南町奉行所では忠吉の線から抜け荷の一味を探り出そうとしたが、もともと売人でもない者の交友関係を幾ら洗ったところで真相が明らかになるはずもない。探索は暗礁に乗り上げてしまい、恵吾も無駄足を踏まされただけのこと。純三郎も立ち歩けるようになった正平と共に意味のない調べに従事したが、覚えるのは罪の意識ばかり。恵吾たちへの申し訳なさだけでなく、忠吉を助けられなかった自分の弱さに情けなさを覚えずにはいられなかった。

悩んだ末に純三郎は立ち上がった。

忠吉の無念を晴らすのだ。抜け荷一味を、この手で叩き潰すのだ。

兵衛に勝てる自信は無い。

しかし、逃げるわけにはいかない。

ここで見て見ぬ振りをすれば、一生負い目が残ってしまう。

心置きなく江戸に居着くためにも悔いを残してはなるまい。

頼りとするのは己の腕と、一振りの同田貫のみ。

それでも、やらねばならなかった。

抜け荷の探索が暗礁に乗り上げたまま、探索が打ち切られた日の夜。

「どこへ行こうってんだい、若いの」

　夜が更けるのを待って長屋を抜け出し、根津権現の前に出た純三郎を呼びとめたのは辻番の留蔵だった。

　番小屋の中から声をかけてきたわけではない。明かりを点したままの辻番所を避け、目に止まらぬように忍び歩いていた行く手に立ちはだかったのだ。

「立花の旦那の御用とでも言うつもりかい、え？」

「おぬし……」

「お前さんがお役目を引き受けたことは聞いてるよ。旦那から直々《じきじき》に、な」

「ならば止め立てをせぬことだ……」

　開き直った純三郎は淡々と言葉を返す。

　密偵とはいえ、純三郎は町方の御用に関わる身。

　これから探索に出向くと主張すれば、余計なことなど問うては来るまい。

　容易く言い逃れられるはずと思いきや、留蔵は執拗《しつよう》だった。

「何なら当ててやろうかね」

「え？」

　戸惑う純三郎と目を合わせて、ずばりと告げる。

「忠吉の意趣返し《げえ》……図星だろ」

「……」

呆然とする純三郎の耳朶を、留蔵の淡々とした声が打つ。

「お前さんが妙な動きをしていなすったのは、こちとら承知の上よ。忠吉がどこぞで亡骸《おろく》にされちまった夜にも、猪牙を漕いで出かけただろ」

すべてお見通しであるらしい。

されど、引き下がるわけにはいかなかった。

「意趣返し《がえ》に参ると申さば、何とする」

「引っ込んでな。お前さんにちょろちょろされちゃ、こっちが迷惑するんでなぁ」

「ぶ、無礼者め」

「おきやがれ、若造っ」

留蔵が一喝を浴びせると同時に、背後から殺気が迫った。

「く！」

飛び退《しさ》るより早く、飛来した刃が冷飯草履の踵《かかと》を地面に縫い付ける。

（馬針《ばしん》……か⁉）

それは純三郎も見慣れた飛び道具であった。

馬針とは書いて字の如く、疲弊した馬の脚を瀉血《しやけつ》するために用いる小刀のこと。柄と一体になっている刀身は鍛鉄《たんてつ》製。両刃《もろは》で調子（バランス）が良く、手裏剣《しゆりけん》の代わりに用いるのにも申し分なく、肥後拵や薩摩拵の刀には紙を裂いたり爪を切ったりする役にしか立たぬ小柄《こづか》に替えて、鞘の櫃《ひつ》に馬針を仕込んでおくのが常だった。

しかし、純三郎の櫃に馬針は入っていない。

刀を手放した後で金に詰まったとき、売り払ってしまったのだ。

たとえ手許にあったとしても、反撃するのは至難であったに違いない。

すでに敵は二本目の馬針を構えている。

町中で時折見かける、四十絡《がら》みの浪人者だ。

闇に浮かび上がる孤影は、身の丈こそ並だが均整が取れている。

着流し姿で帯びた脇差は鞘に手を加え、表裏の櫃に一本ずつ馬針を納めることができるようになっていた。

田部《たべ》伊織、四十三歳。

肝胆相照《かんたんあいて》らす仲の留蔵と共に裏稼業を営む身であることを、純三郎は知らない。

分かっていたのは、ただひとつ。

この場を切り抜けなくては、己の意地を通せない。

「俺の邪魔をするな！」

告げると同時に、同田貫の鞘を払う。

応じて伊織も鯉口を切る。

左手に馬針を構えたまま、右手一本で脇差を抜き放ったのだ。

この伊織、得意とするのは手裏剣術だけとは違う。

刀を取っても一流の剣客であり、かつて仕官していた東北《みちのく》の某藩では若くして剣術師範を務めたほどの手練であった。

「む……」

純三郎の顔に冷や汗が浮かぶ。抜刀はしたものの、斬り込む隙が見出せない。

あの瀬崎兵衛にも増して手強い、歯の立たぬ相手と気づいていた。

そこに留蔵が割って入る。

「お待ちなせぇ、伊織さん」

「構わぬのか、おやっさん……」

「ここまで意地を張りやがる理由《わけ》ってやつを聞いてやってからでも、始末を付けるのは遅くはねぇでしょう」

「……承知」

伊織はすっと脇差を引く。

納刀したのに続き、鞘の櫃に馬針を納める。

澱みのない、流れるような所作であった。


純三郎は番小屋に連れ込まれ、奥の板の間に座らされた。

伊織は式台に腰掛けて入口を塞いでいる。もしも純三郎が逃げ出そうとすれば即座に打つつもりでいるらしく、馬針を右の手のひらに忍ばせていた。

軒下に吊された高張提灯が、伊織の端整な横顔を照らし出す。

浪々の身でありながら、髷も着衣も手入れが行き届いていた。

品のいい髭紬《ひげつむぎ》の着流しの帯前に差しているのは、黒鞘の塗りもつややかな天正拵《てんしょうごしらえ》。

表通りの仕舞屋《しもたや》で手習い塾を営む娘婿が弟子子《でしご》の親である豪商から贈られ、自分は差さぬからと譲ってくれた一振りだ。

いつも穏やかな笑みを絶やさぬ伊織が裏の稼業人だとは、娘夫婦はもとより根津の人々は誰も知らない。頑固ながら気っぷのいい老辻番として親しまれる留蔵が裏稼業の束ね役であり、この番小屋が悪を討つ漢《おとこ》たちの集う場所であることにも気づいてはいなかった。

そんな彼らが純三郎に正体を明かしたのは、下手に動かれてしまっては困るため。

瀬崎兵衛は二人の標的なのである。

怖い者知らずの馬鹿殿は権威と腕に物を言わせ、数多《あまた》の人を泣かせてきた。

しかし二千石の旗本であり、母親が将軍のお手つき中臈上がりとあっては、復讐《ふくしゅう》を望んだところでどうにもならない。

他の裏稼業人に頼んだところで、千両積まれても断られることだろう。

されど、留蔵と伊織は違う。

彼らはこれまでにも幾多の悪党を、割に合わない金子を報酬にして仕留めてきた。

二人だけで為したわけではない。

辻風弥十郎、そして本多誠四郎という若き強者たちを助っ人に得て、許し得ぬ外道どもを闇に葬り去ってきたのだ。

留蔵と伊織から見れば、純三郎の行動は目障りでしかない。

邪魔立てをするつもりならば、引導を渡す以外になかった。

「いいかえ、若いの」

淡い灯火の下で、留蔵はじっと純三郎を見返している。

「お前さんがどういうつもりかは知らねぇが、一皮剝《む》けば瀬崎の野郎と同罪なのだぜ」

「な……何故だ」

「へっ、分かりきったことを聞くもんじゃねぇや」

戸惑う純三郎を前にして、留蔵は苦笑する。

「お前さんが手を貸さなけりゃ、忠吉は大それた真似にゃ及ばなかったこったろうよ。違うかい？」

純三郎に返す言葉はない。

たしかに言われた通りであった。

自分が味方に付いたことで、忠吉は大胆になっていた。

その大胆さが油断につながり、命を落とす結果を招いてしまったのだ。

「気がついてるだろうが、俺ぁあいつのことをガキの時分から知ってるんだ」

押し黙った純三郎を前にして、留蔵は遠い目で言葉を続ける。

「忠吉はお前さんが住んでいなさる長屋の生まれでなぁ……小せぇ頃には、三太坊も顔負けの腕白《わんぱく》だったもんさね」

「……」

のさ」

「丁稚《でっち》奉公先でつまらねぇ喧嘩をして、お店《たな》の馬鹿息子に怪我をさせちまったのがケチのつき始めでな……親許にも戻らずに、ずっと道を踏み外したまんまだった
「……親御はどうしたのだ？」

「十年も前に流行《はや》り病《やまい》で死んじまったよ。出て行ったまんま戻らねぇ息子に、一目《めえ》だけでも会いてぇって言いながら、な」

「左様であったのか……」

純三郎はまた黙り込む。

こちらは逆に親から取り残されたほうだが、いつも明るかった忠吉が抱えていたであろう虚無と孤独を思えば胸が詰まった。

「お前さん、親兄弟はいるのかい」

「……おらぬ」

淡々と問うた留蔵に、純三郎はぼそりと答える。

「父と兄は誰とも分からぬ輩《やから》に斬られ、母は心労の果てに身罷《みまか》った」

「さむれぇなら、仇討《あだう》ちができるはずだぜ？」

「わが家名は断絶された。土肥というのは肥後にて拙者を養《やしの》うてくれた、恩人の

姓だ……廃された家の者に、仇討免状など与えられはせぬ……」

「そいつぁ悪いことを聞いちまったなぁ」

留蔵は気まずい表情になった。

いかつい顔をしかめつつ、純三郎を見返す。

「で、どうしてお前さんは江戸に来なすったんだい」

「先だっても申したであろう。己の歩むべき道に立ち戻り、剣ではなく学問で世に出るためだ」

「そいつが一番の望みなのかい」

「……」

「そうかぁ」

黙ってうなずく純三郎に、ふっと留蔵は微笑んだ。

「そんなら、その道とやらを真面目に歩くがよかろうぜ。金輪際《こんりんざい》、妙な料簡《りようけん》を起こさねぇで……な」

「何と申す？」

「お前さんは手を引くんだ。後は俺らに任せておきねぇ」

それは純三郎のみならず、伊織にとっても思わぬ答えだった。

伊織はすっと腰を上げた。

三畳間を通り抜け、板の間に入ってくる。

端整な横顔に険しい色が差していた。

「おやっさん……」

「いいじゃありやせんか、伊織さん」

制する留蔵の声は穏やかそのもの。

「勝手を言ってすまねぇが、ここはあっしの望む通りにさせてやってくだせぇ」

「されど、この者では……」

「何も仲間に引き入れようとは思っちゃいやせんよ。大人しくしていてもらうだけでさ」

「馬鹿を申すな。こやつが口外いたさば、おやっさんとて無事では済まぬのだぞ?」

「そうなりそうになったときにゃ、あっしが決着《けり》を付けまさぁ」

「おやっさん」

「聞けばこいつも肥後くんだりから江戸に出てきたって言うじゃねぇですか。一人も身寄りのいねぇとこで一からやっていこうってときにゃ魔が差して、悪い道に入り込みそうになることだってありまさぁ……。伊織さんもあっしも、似たようなもんだったじゃありやせんか」

「うーむ……」

「頼みやすよ、ね？」

純三郎をよそに、二人は熱っぽく語り合う。

その語り合いを遮ったのは、苛立った純三郎の一声だった。

「訳の分からぬことを言うでない！」

勝手に処遇を決められてはたまらない。

生来の負けん気が、またしても頭をもたげていた。

「そも、おぬしらは何故《なにゆえ》に拙者の邪魔をする⁉」

留蔵と伊織を前にして、純三郎は黒い瞳に力を込める。

持ち前の眼力の強さを思いきり発揮し、二人に負けじと問いかける。

「まさか、瀬崎兵衛を討つ所存ではあるまいな」

「だったらどうするってんだい、若いの」

臆《おく》することなく答えたのは留蔵だった。

「図星を指されちゃしようがねぇ。つまりはそういうことよ」

「馬鹿を申すな……」

純三郎は思わず苦笑した。

「おぬしが忠吉と昔馴染みと申すは分かるが、ただそれだけのことで意趣返しに及ぼうとは考えられぬことぞ」

「そいつぁ頼まれたからさ」

「頼まれた？」

「こいつが恨みの銭さ。見てみねぇ」

留蔵が腹掛けの丼《どんぶり》から取り出したのは、漉《す》き返《かえ》し（再生紙）の包みだった。

伊織も無言で紙包みを取り出す。

いずれもくるんであるのは銅銭ばかり。

板金はむろんのこと天保通宝も混じっておらず、ざっと目で数えただけで端金《はしたがね》と分かる。

「これぱかりの金子で事を為す……だと？」

「多い少ないじゃねぇんだよ、若いの」

留蔵は熱っぽく言葉を続ける。

「この番所にはな、市中のあちこちからいろんなお人が寄って来なさるんだ。どうにか恨みを晴らすことができねぇかって話を持ちかけに、な」

「恨み……」

「俺が裏の稼業人だってのを承知の上でお出でなさる手合いは滅多にいねぇ。愚痴半分に話をしていくだけなんだが、帰りしなには幾らか置いていくのさ。誰にも言えねぇぼやきを聞いてくれたお礼にってな」

「されば、この銭は」

「そう。一人二人から頂戴したもんじゃねぇのさ。そうさなぁ……十人がところは名指しをしていきなすったよ。揃いも揃って瀬崎兵衛の名前を……な」

「深い恨みを背負うておるのだな、あやつは……」

「分かってくれたかい、若いの」

留蔵は静かに微笑んだ。

「俺たちだって好きで人を殺そうってんじゃねぇが、このまんま瀬崎の野郎を放しにしといちゃ泣きを見るお人が増えるばっかりよ。ご直参の皮ぁかぶった獣《けだもの》一匹を潰すことで少しは世間の風通しが良くなるってんなら、こいつぁ仕掛ける値打ちもあろうってもんじゃねぇか？」

「………」

何もかも、純三郎には予期せぬことばかりだった。

留蔵はもとより伊織も、傍目には裏の稼業を営む身とは見えまい。

しかし、冗談を言っているとは思えない。

純三郎を逃がすにせよ口を封じるにせよ、作り話を聞かせる必要もないはずだ。

しかも、語る口調は真剣そのもの。

脅しをかけて黙らせるつもりであれば四の五の言わず、伊織に刃を向けさせればいいだけのことだった。

純三郎も歯が立たぬ手練であるのは、先程の対決で承知の上のはず。

なぜ、敢えて自分の信条を語るのか。

理由は当人の口から明かされた。

「こいつぁ俺らの道なんだよ、若いの」

「道……」

「どんな道でも歩くかどうかはそいつ次第さね。俺も伊織さんも得心した上でこういうことをやっているのさ。そこんとこを飲み込んで、黙っててくんねぇか」

「おぬし……」

「お前さんはお前さんで、手前《てめえ》の行きてぇ道を行くがいいさね」

留蔵の口調はさばさばしていた。

「お前さんを殺しちまったら、ちびどもが寂しがるこったろう……今夜だけは見逃してやるから、早いとこ長屋に戻って寝ちまいな」

伊織も余計な口を挟まない。

無言のまま、じっと純三郎を見やる視線は穏やかだった。

揃って逃がしてくれる気になったとあれば、長居は無用。

速やかに退散し、すべてを忘れてしまおう。

今までの純三郎ならば、そう考えたはずである。

だが、腰を上げようとはしない。

黒い瞳をきらめかせ、口に上せたのは意を決した一言であった。

「そうは参らぬ……」

「え!?」

「拙者も一枚嚙ませてもらおうか」

「ばば、馬鹿を言うねぇ」

留蔵は狼狽《ろうばい》した声を上げる。

「お前さんは立花の旦那に雇われてる身なんだろう？　裏の稼業と承知の上で手を

出すたぁ、一体どういう料簡だいっ」

「手を貸すのではない……わが志に背かぬためだ」

「志とな」

絶句した留蔵に代わって問うたのは伊織。

「おぬしの志とは、学問を積みて世に出ることではないのか」

「それは拙者の尽きせぬ欲だ……されど、欲だけで人は生きられまい」

「……」

「この江戸の治安を脅かし、罪なき者を陥れる外道を放ってはおけぬ……瀬崎兵衛は拙者に討たせてくれ」

「だったら、お町（奉行所）のために働いてりゃいいだろう」

留蔵は気を取り直して言い放つ。

「表は表、裏は裏だ。お前さんは表で働くがよかろうぜ」

もっともな言い分だった。

一介の浪人にすぎない伊織はもとより、辻番の留蔵も持ち場を徘徊《はいかい》する小悪党を捕らえることぐらいしか許されていない。

表向きは悪党に裁きを下す権限など持っていないのだ。

その点は純三郎も同様だが、町方同心の手先を勤めていれば悪しき者どもと対決し、裁きを受ける場に送り込む手伝いをすることができる。

ならば裏の稼業になど足を踏み入れず、立花恵吾の下で励めばいいではないか。

しかし、純三郎は引き下がらない。

「道理が通らねばこそ、裏で事を為すのだ」

「だけどよぉ、お前……」

「拙者は江戸に生きる身だ！　なればこそ、楽土であってほしいのだっ」

「らくどって、何のこったい」

「苦しみのない、明るく楽しい地のことだ」

「そいつぁお門違いってもんだろうぜ、若いの」

熱くなった純三郎に水を差すかの如く、留蔵は苦笑する。

「俺ぁ江戸に居着いて五十年がとこになるけどよぉ、らくどだなんて思ったことなんざ一遍もありゃしねぇ……上様《うえさま》のお膝元ってだけで、俺ら下々《しもじも》の者にとっちゃ辛えばかりのところさね。そんなことはお前さんにも分かってんだろう」

「なればこそ良くしたいのだ。拙者がこのまま居着きたいと思えるように、な……」

「……」

留蔵と伊織は押し黙った。

並外れた理想と言うしかない。

純三郎は大江戸八百八町の現状を知っている。

最初は大道芸の真似事を生業とし、次いで町方同心の密偵となったことで、政道の腐敗に起因する民の困窮ぶりをつぶさに見てきたはずだった。

にも拘わらず、理想を捨てきれない。

この若者にとって、江戸は唯一無二の行き所。

なればこそ執着せずにはいられぬのだ。

かつての留蔵もそうだったように、多くの者は諦《あきら》めの感情を抱いて江戸に居着く。離れた郷里のほうがまだ良かったと思えることがあっても、今さら戻れはしないからだ。

しかし、純三郎は違う。

己の理想の地にするために、江戸を乱す悪党どもと戦うことを宣言したのだ。

死なせてしまった忠吉への謝罪の念もあるのだろうが、瀬崎兵衛一味の悪行に対する怒りのほうが勝っている。

危うい考えだった。

仲間に加えるのは危険と見なすべきだった。

されど、純三郎は聞く耳を持たない。

「おぬしらと共に事は為すが、金子は要らぬ」

一言告げるや、すっくと立ち上がる。

留蔵はもとより伊織のことも恐れていない。

俺は俺の道を行く。

無言の内に、そう背中で語っていた。

九

二日後の夜、純三郎は洲崎弁財天の境内に身を潜めていた。

気候は日を重ねるごとに暖かさを増しており、絶えず吹き寄せる潮風にも冷たさはない。

南国育ちの身にとっては有難いことだった。

体が冷えてしまっていては、思うようには動けない。

また、冷静になることも必要と心得ていた。

怒りに我を忘れれば、真の力を発揮できなくなってしまう。

立ち合い稽古であれば、敗れたところで命までは失わない。

されど、真剣勝負での敗北は死につながる。

武士と武士の尋常な立ち合いならば、上意討ちと仇討ちを除いては、とどめまで刺されることはないだろう。

だが、瀬崎兵衛は甘い手合いとは違う。

純三郎が手傷を負って動けなくなれば、ここぞとばかりにいたぶるはずだ。

挑む以上、待つのは生か死のみである。

勝たなくてはならぬのだ。

勝負を制し、引導を渡してやらなくてはならぬのだ。

今宵も兵衛が自ら出張ってくることとは、留蔵と伊織が調べ済み。

配下の供侍たちに任せきりにしないのは、疑《うたぐ》り深い性分ゆえのこと。

露見すれば命取りになると分かっていればこそ、用心を怠らぬのだという。

(最初から手を出さねばよいものを……愚か者め)

しかし、純三郎は兵衛を笑えない。

悪事の片棒を担ごうとして、忠吉を死に追いやってしまったからだ。

この責任は取らなくてはなるまい。

そう思えばこそ、純三郎は恨みの銭を受け取らなかった。

本音を言えば、喉から手が出るほど欲しい。

御家人株を買う夢が消えたからには地道にやっていくしかあるまい。

立花恵吾に養子にしてもらうという選択肢も残っているが確実ではない以上、たとえ一文でも多くの金子を、将来のために蓄えておく必要がある。

されど、金ずくでやってはなるまいという想いも強かった。

長屋の人々を別にすれば、忠吉は江戸で初めて知り合った友である。

荒っぽく礼儀知らずではあったが、気のいい男だった。

その忠吉を兵衛は虫けらのように殺したばかりか、町奉行所の探索の目を逸らすための囮《おとり》に仕立て上げたのだ。

捜査が暗礁に乗り上げ、抜け荷の件は保留にされたままである。

立花恵吾もこれ以上は動けず、他の事件の担当に替わるという。

表で事が為せぬとなれば、裏で決着を付けるより他にあるまい。

（瀬崎兵衛、許さぬぞ……）

決意も固く、すっと純三郎は視線を上げる。

浜に漕ぎ寄せる船の櫓《ろ》音を聞き付けたのだ。

今宵の敵は兵衛だけではない。

以前に湯島の大成殿前で純三郎を嘲った供侍たち、そして忠吉を生《い》け贄《にえ》にして町奉行所の目をくらませた売人一味もいるのである。

田部伊織と二人きりで襲うとなれば、不安は否めない。

されど、引き返すわけにはいかない。

すでに賽《さい》は投げられたのだ。

純三郎は自らの意志で、外道どもを討つと決めたのだ。

辻番所を離れられない留蔵を根津に残してきた今は、伊織と共に事を為すのみ。

戦いの火蓋《ひぶた》が切られたのは、抜け荷を積んだ小船が浜に乗り上げ、買い手の兵衛一味が集まってきた瞬間のことだった。

「う⁉」

馬針を食らった船頭が、もんどり打って水面に落ちる。

「何奴《なにやつ》!」

兵衛が怒声を張り上げ、供侍の二人が佩刀《はいとう》の鞘を払う。

売人どもも懐に呑んだ短刀を引っこ抜き、落ち着かなげに周囲を見回す。

売人頭は用心棒の浪人を引き連れていた。

「頼みますぜ、先生っ」

「任せておけ……」

黒羽二重を着流しにした細身の浪人は、落とし差しにした刀をすらりと抜いた。

刹那、居並ぶ面々の耳朶を静かな声が打つ。

「今宵の海は凪《な》いでおる……冥土《めいど》へ旅立つには良き晩であろう」

現れたのは田部伊織。

墨染の着物に同色の袴を穿き、大小の刀を帯びている。

「何者じゃ、うぬ？」

「町方の手の者かっ」

誰何《すいか》したのは供侍の二人組。共に肩を怒らせ、手にした刀を上段に振りかぶっている。

対する伊織は無表情。

淡々と告げたのは死の宣告だった。

「あるじの先触れ、しかと務めるがよかろう」

「吐《ぬ》かせ、素浪人っ」

「冥土へ参るは、うぬのほうじゃ！」

供侍たちは怒号を上げて殺到する。

共に本身の扱いには慣れているが、踏み込みが甘い。

無抵抗の町人ならば斬れるだろうが、百戦錬磨の伊織には通じなかった。

「う！」

軽やかな金属音に続き、くぐもった悲鳴が闇の中に響き渡る。

伊織は抜き上げた刀で一人目の凶刃《きょうじん》を受け流し、返す刃で袈裟に斬り倒したのだ。

相棒の供侍も逃げられない。

斬りかかる余裕を与えることなく、伊織は馬針を投じたのだ。

「ぐ……」

喉笛を貫いた黒い刃を、伊織は無言で抜き取る。

そこに剣戟の響きが聞こえてきた。

売人どもの直中《ただなか》に純三郎が殴り込んだのだ。

無謀きわまる真似であった。

伊織がわざと敵の前に身を晒《さら》したのは、境内に誘い入れて殲滅《せんめつ》するためだった。そのために待機させておいたというのに、純三郎は自ら撃って出たのだ。

「愚かな……」

思わず舌打ちを漏らしつつ、伊織は走る。

砂を蹴散らし、純三郎は激しく暴れ回っていた。

短刀を片手に突きかかる売人どもを、続けざまに蹴り倒す。

炸裂《さくれつ》する蹴撃は重たい上に、常人離れした跳躍力まで伴っている。

先だって土肥信安を襲った刺客たちを一蹴したときは、懸命ながらも加減をしていた。

しかし、今は違う。

「わっ⁉」

「ぐえっ」

蹴りを食らった売人どもは、一撃の下に悶死《もんし》していく。

最初から殺すつもりで仕掛けているのだ。

解き放たれた獣の如く突っ走り、縦横無尽に暴れ回る。

「あやつ……」

砂浜で足を止めたまま、伊織は驚きの表情を浮かべずにはいられない。

外見からは想像もできない、純三郎の激しさに息を呑んでいる。

たちまち売人どもは全滅した。

「せ、先生っ」

売人頭がおびえた声を上げる。

用心棒は無言で前に進み出た。

八双《はっそう》の構えを取り、純三郎の間合いに踏み入る。

応じて、同田貫が横一文字に鞘走る。

重たい金属音が上がった刹那、用心棒の定寸刀《じょうすんとう》が砕け散った。

「うぬっ」

とっさに用心棒は脇差を抜く。

長さこそ純三郎とほぼ同じだが、身幅が薄い。

肉薄の刀身は軽くて振るいやすく、鋭利な切れ味を発揮するのには申し分ない反面、剛剣とまともに刃を合わせては太刀打ちできまい。まして乱世の武用刀の極め付けと言うべき同田貫が相手では、最初から勝負になるはずもないだろう。

しかし、用心棒も凡百の剣客ではなかった。

しゃっと走った剃刀刃《かみそりば》が、純三郎の左頬を切り裂く。

飛びかかったのをかわされた瞬間にやられたのだ。

「く!」

裂けた頬から血を滴《したた》らせつつ、純三郎は用心棒を見返す。

黒い瞳をぎらつかせ、白目を血走らせている。

焦って斬りかかっても無駄だった。

軽やかな足さばきで斬り付けをかわし、純三郎を疲れさせるばかり。

用心棒は雪駄《せった》を脱いで素足になっていた。

もともと足袋《たび》は履いていない。

あらかじめ砂浜で斬り合うのを想定し、敵が現れればすぐに応じられるように、小洒落た身なりをしていながら備えを怠らずにいたのだ。

「次は耳を落とす……用心せい」

うそぶく浪人は脇差を片手中段に構えていた。

純三郎の動きに合わせ、常に切っ先を喉元に向けている。

構えも腰高の立ち姿も、道場剣術に実戦で磨きをかけた、隙のない所作であった。

思わぬ強敵ぶりに、純三郎は焦りを募らせずにいられない。

このままでは、憎い瀬崎兵衛を仕留められぬまま無駄死にしてしまう羽目になる。

目指す兵衛は、伊織と激しく渡り合っていた。

兵衛は抜き打ちが速いだけでなく、正面切っての立ち合いも強かった。

さしもの伊織も苦戦を強いられている。

左右から斬り立ててくるのを続けざまに受け流し、何とか刃を受けずにいたが、なかなか攻めに転じられずにいた。

それでも冷静に立ち回っていられるのは、揺るぎない平常心を備えていればこそ。

裏の稼業人として仕掛ける以上はあらゆる敵と渡り合い、勝たねばならない。

強い敵は幾らでもいる。

大名家の剣術師範を務めた伊織でさえ正面切っては勝てぬ相手が、時として殺しの標的になることもあるのだ。

瀬崎兵衛も、そんな強敵の一人であった。

明らかに実力の差があるにも拘わらず、伊織は焦りを見せていない。

焦りを見せたときが負け。

そう思えばこそ、冷静に粘り続けている。

たとえ自分より強い相手とぶつかっても、勝機をつかむまでは冷静で有り続ける。

そんな伊織の戦いぶりを目にした瞬間、純三郎は悟った。

「……」

無言のまま、同田貫を鞘に納める。

流れる血で頬が濡れるに任せ、じっと用心棒を見返している。

あれほど血走らせていた目も鎮まりつつある。

斬り合おうと焦るほどに隙が生じ、不意を突かれると気づいたのだ。

どんなに刃を合わせようとしても、敵は打ち合おうとしない。

大刀を砕かれたとたんに純三郎は力押しが得手と見抜き、ならば折られぬようにして立ち回ればいいと発想を切り替えたのである。

脆《もろ》いと承知で剃刀刃の差料《さしりよう》を帯びているのは、もともと刃を合わせずに斬るのが得意だと見なしていい。

ならば、刀を持たずに迎え撃てば良い。

自ら無刀となり、敵を増長させるのだ。

危険な賭けであった。機を逸すれば、こちらが斬られてしまうだけである。

それでも、賭けねばならない。

瀬崎兵衛は自分が斬る。

そのためには、どうあっても目の前の敵を倒さなければならぬのだ。
落ち着きを取り戻した純三郎の耳朶を、売人頭のだみ声が打つ。
「一気に畳んじまいなせぇ、先生！」
「おぬしに言われるまでもない……」
うるさそうに答えながら用心棒はじりっと一歩、前に出る。
己の腕前に自信がある者ほど、指示をされるのも気遣われるのも好まない。
この用心棒もそういう手合いの一人であるらしい。
純三郎が無刀になったことで、油断もしているようだった。
当人は平常心を保っているつもりでいても、手の内には甘さが生じるはず。
次に仕掛けてきたときが勝負だった。
純三郎は動かない。
左頰を血で塗らしたまま、両の手を体側に下ろした自然体で立つ。
用心棒の刃が走る。
同時に、純三郎の脚が唸りを上げた。
浜に打ち寄せる波音の狭間《はざま》で、肋骨《ろっこつ》の砕ける音が響き渡った。
「馬鹿……な……」

血反吐《ちへど》を吐いて用心棒が崩れ落ちる。

得物に頼らずタイ捨流の蹴撃《しゅうげき》を決めた純三郎は袴をざっくりと裂かれていた。

脚も浅く切られているが、骨身に達するほどではない。厚い上に洗い晒して固くなった木綿の生地に守られたおかげだった。

「わっ、わっ」

慌てて逃げ出そうとする売人頭を跳び蹴りが襲う。

首を折られて倒れ込むのを見届けて、純三郎は砂浜に降り立つ。

残る敵はただ一人、伊織と斬り合う瀬崎兵衛のみ。

「舐めるでないわ、下郎ども！」

大喝《だいかつ》するや、兵衛は伊織の刀を打っ外す。

さっと身を翻したのは、逃げるためではない。

繋《つな》いでいた馬に飛び乗り、二人を一気に押しつぶすためだった。

大名も旗本も夜間の外出を禁じられている。

徒歩で忍び歩くぐらいのことは大目にも見られようが、馬を走らせるなど以《もっ》ての外《ほか》である。

しかし、将軍の愛妾だった女を母に持つ身に不可能はない。

町奉行所はもとより、旗本の犯罪を摘発する評定所さえ容易には詮議《せんぎ》はできないからである。

とはいえ、抜け荷に手を染めていたと露見すれば話は違う。

この場には動かぬ証拠が揃いすぎていた。

沖から運ばれてきた荷。

亡骸と化した売人どもと用心棒。

そして二人の供侍。

供侍の線から瀬崎家の屋敷に調べが入るのは必定であり、蔵の刀簞笥と鎧櫃に隠してある抜け荷が見つかれば、兵衛はすべての責任を取らされることになる。

証拠を隠滅するためにはまず、この場を切り抜けなくてはならぬ。

兵衛が最初に狙ってきたのは純三郎。

「うぬが手引きをしおったのであろう！　ふざけおって‼」

怒号を上げながら右手で刀を振りかざし、左手一本で手綱《たづな》を操っている。

純三郎は臆することなく待ち受ける。

砂を撥《は》ね飛ばしながら突進してくる奔馬と強者を、黒い瞳で見返している。

足元を蹴って大飛翔したのは、馬蹄が目前まで迫り来た刹那。

次の瞬間、どっと鮮血が噴き上がる。

跳躍しざまに振り抜いた同田貫が、兵衛の首筋を裂いたのだ。

肉厚の刃物が付ける傷は深い。遠心力を効かせた斬撃となれば尚のこと、一撃の下《もと》に致命傷を与えることができるのだ。

力を失った巨体が馬上から転がり落ちる。

その様《さま》を見届けながら納刀する純三郎は、両の手を震わせていた。手にしているのが大刀ならば鞘引きができず、鯉口をくるむようにして握った左の手のひらを傷付けてしまっていただろう。

ぶるぶる震えるばかりでなく、息も荒い。

呼吸を乱しているだけとは違う。

またしても目を血走らせ、顔じゅうに脂汗を浮かべていた。

ただならぬ有り様を目にしたとたん、伊織は気づいた。

（こやつ、初めてだったのか……）

そうとは思えぬ鮮やかさであったが、この動揺ぶりを見れば分かる。

真剣勝負を制した後に押し寄せる嫌悪感は計り知れない。他ならぬ伊織自身にも、覚えのあることだった。

「大事ないか、そなた」

呼びかける伊織に答えることなく、純三郎はよろめきながら去っていく。

駆け込んだ先は洲崎弁財天の境内である。

伊織は無言で歩き出す。

無人の社で純三郎が何をするつもりなのかは、すでに察しが付いていた。

闇に浮かぶ鳥居に背を向けて、足早に境内から遠ざかっていく。

そこに留蔵が駆けつけてきた。

こちらも純三郎に劣らず、息が荒い。

はだけた胸元から短刀の白柄《しらつか》を覗かせている。

自分だけ残りはしたものの、居ても立ってもいられなくなったのだろう。

「純の字のことが気になりやしてねぇ……留守番を頼んで参《めえ》りやした」

「もう済んだ……夜が明ければ町方が動く故、後は任せよう」

「そいつぁご苦労さんでしたが、純の字の奴ぁどうしたんですかい？」

「放っておいてやれ……。武士の情けぞ」

留蔵の肩をひとつ叩き、伊織は再び歩き出す。

戸惑いながらも追いすがる留蔵の耳に、微かな呻《うめ》き声が聞こえてくる。

切れ切れに聞こえる声を耳にして、留蔵は痛ましげに首を振る。
今は何もしてやれない。そう思えばこそ、伊織と共に去り行く足を止めなかった。
初めての殺しは苦いもの。
裂かれた頰と脚の痛みにも増して、止まらぬ嗚咽《おえつ》と嘔吐《おうと》が辛い純三郎であった。

赤き血潮

一

長屋の路地に明るい朝日が射《さ》している。

天保六年（一八三五）の三月末は、陽暦ならば四月の下旬。

後の世であれば大型連休をそろそろ迎えようかという頃だが、天保の世に生きる人々には決まった休みが無い。商家に奉公していれば年に二度、正月と盆に藪入《やぶい》りと称する休暇を与えられるが、町方同心の手先には望むべくもないことである。

そんな日常を純三郎は堅実にこなしており、早起きするのも苦にならない。

張り切って毎日を送ることができるのは、しかるべき見返りがあればこそ。

抱え主の立花恵吾の勤務時間は朝五つ（午前八時）から昼七つ（午後四時）。純三郎は共に独り身の正平と八丁堀の組屋敷を毎朝訪ね、出仕前の恵吾に挨拶をした上で朝餉《あさげ》の相伴《しょうばん》に与っている。給金が少々安くても、朝夕の食事を欠かさず振る舞ってもらえるとなれば働き甲斐もあるというものだった。

今朝も速やかに夜具を片付け、手ぬぐいをぶら提げて路地へ出る。

目覚ましの代わりにさせてもらっているのは、一足早く出かける三太とお梅の足音。三太は本郷の蝋店横町への通い奉公、お梅は葛飾北斎の手伝いのためにいつも夜明け前に起きて身支度をし、朝六つ（午前六時）に長屋の木戸が開くと同時に飛び出していく。

他の家々の女房連中も同じ頃に起き出して米を研ぎ、朝餉の支度に取りかかっていた。

炊飯の煙が漂う路地を通り抜け、木綿物の着流し姿で純三郎が向かう先は共用の井戸である。

「お早うございやす、土肥様」

「うむ」

場所を空けてくれた音松にうなずき返し、純三郎は備え付けの桶に水を汲《く》む。井戸端には古びた手桶と欠け茶碗が置かれており、長屋のみんなで使い廻《まわ》していた。

ざあっと桶に注いだ水が朝日にきらめく。

朝の洗顔と歯磨きには、汲みたての井戸水が断然気分もいい。

純三郎は房楊枝《ふさようじ》を用いずに、いつも指で歯を磨く。

磨き粉を買うのを惜しみ、いつも粗塩をほんの少し指先に付けるだけにとどめていた。

「お先に失礼しやす」

そんな様を気にも留めず、音松は房楊枝を片手に自分の棟へ引き上げていく。

徹底した吝嗇漢《りんしょくかん》ならば磨き粉などは人に借りて済ませるはずだが、純三郎は何であれ隣近所で融通してもらうことを避けている。どのみち返さなくてはならない恩であれば、最初から受けぬほうがいいからだ。そんな純三郎に気を遣い、同じ長屋の大人たちは世話を焼きすぎないように心がけていた。

純三郎のことを、異様に意固地《いこじ》と見なしていたわけではない。

どこの町の裏長屋でも貧乏暮らしの浪人には生硬《せいこう》な者が多く、尾羽打ち枯らしていても素町人の情けなど受けぬと肩肘を張っている。

そんな浪人たちと比べれば、純三郎は素直な質《たち》。子どもらを構ってもらっている礼として夕餉を馳走になったときのように、施しを受けるのでなければ人の好意に甘んじることを恥とは思わない。

直参となって学問吟味に及第し、江戸に居着くのを悲願としていながらも、自分が武士であるのを鼻に掛けているわけでもなかった。

日の本一の大都会と信じる江戸に憧れ、武士として一家を成した上で立身出世がしたいというのは、あくまで己自身のこだわり。十分であるのを余人に対して誇るべきではないと考えて、地道に毎日を生きている。大道芸を廃業して町方同心の密偵になってからも、謙虚で堅実な生き方は以前のままだった。

そんな純三郎のことを、長屋のちび連は変わることなく慕っていた。

いつも朝早くに出かけて夜遅くまで戻らない純三郎に会いたくて、以前は寝坊ぎみだったのに最近は頑張って早起きを心がけている。

今朝《けさ》も純三郎が井戸端に立つと同時に、わらわらと路地へ走り出てくる。

「おにいちゃん、おはよう！」

元気一杯のお松に黙ってうなずき、純三郎は空いた左手で傍《かたわ》らの塩壺をひょいと取ってやる。以前から食事代わりの芋を食べるときの味付けに使っていた、家庭用の大ぶりのものだった。

「ありがとう、おにいちゃん」

「ありがとう!」

お松を皮切りに竹蔵と菊次、その他の子らも嬉々として塩壺に指を突っ込む。

長屋のちび連は歯を磨くのに房楊枝も磨き粉も使わず、今までは親が小皿に盛ってくれた塩を井戸端にめいめい持参して歯を磨いていたものだが、純三郎と慣れ親しむようになってからは同じ壺の塩を使っている。

いつの世も、子どもは好きな大人の真似をするのを喜ぶものである。

それに純三郎の塩はいつもさらさらしていて、歯を磨くのにも気持ちがいい。

ちび連の親たちが小皿につまんで盛ってくれるのは湿りを帯びてしまっているが、純三郎はしけるたびに鉄鍋で軽く炒《い》る手間を惜しまぬからだ。

今日も子どもたちは元気よく、まるっこい指で歯を磨く。

「あ!」

口をゆすいでいた純三郎の傍らで、菊次がびっくりした声を上げる。

以前からぐらぐらしていた下の歯が一本、ぽろりと転げ落ちたのだ。

「だいじょうぶかい?」

すかさず竹蔵が欠け茶碗に水を汲み、うがいをさせてやる。

お松はちいさな体をかがめ、板張りの流し場に落ちた歯を目敏《めざと》く拾い上げた。

「はい、きくじちゃん」

「ありがと……」

抜けた穴を舌先で舐《な》めながら、菊次は恥ずかしげに受け取った。

他の子どもたちも歯を磨き終えていた。

「きくじちゃん、あれをやらなきゃ！」

「そうだよ、おに、おに！」

「うん」

ちび連仲間の声を受け、菊次は長屋の屋根を目がけて歯を放る。

「おにのはにかーわれ！」

「かーわれ！」

黄色い声が朝の路地に響き渡った。

上の歯が抜けたときは縁の下に、下の歯のときは屋根の上に放って「鬼の歯に替われ」と唱えれば丈夫な永久歯が生えるというまじないである。

きらめく陽光の下、ちいさな歯はゆるゆると放物線を描いて飛ぶ。

しかし、小指の先より小さい乳歯は思うように飛びはしない。

菊次のまるい顔が悔しげに歪む。

と、見開いた目に安堵の色が差す。

さっと腕を伸ばし、庇《ひさし》に届かず落ちてきた歯を受け止めたのは純三郎。

手にした塩壺を竹蔵に預け、口元を拭《ふ》いた手ぬぐいを着流しの右腰に提げる。

菊次に歯を返したかと思いきや、体ごと抱え上げる。

「おにいちゃん？」

「今一度やってみるがいい……」

耳元で告げると同時に、純三郎はぶわっと飛翔した。

子ども一人を抱えたまま、その場跳びで高々と宙に舞い上がったのだ。

「てんぐさんだ！」

「すごい、すごーい！」

歓声が上がる中、菊次は夢中で歯を放る。

丸顔を引き締めての一投は狙い違《たが》わず、ちいさな歯は屋根の真上に載っかる。

「おにのはにかーわれ‼」

喜色満面で声を張り上げる幼子たちは、純三郎の常人離れした力の源を知らない。

実は江戸詰の相良藩士の子であり、亡き父親から受け継いだ剣術と格闘の才能に
タイ捨流の激烈な修行で磨きをかけて鍛え上げられた身であるとは誰一人、夢想だ

にしていなかった。

それは純三郎の望まぬ力だった。

温厚ながら一徹なところのあった父の手ほどきも、家族を失って江戸から肥後へ移された後に課せられた修行も当人の意志に関わりなく、すべて周囲の大人たちが押し付けたこと。

天狗さながらの身軽さも、頑健な体軀《たいく》も、自ら望んで得たものとは違う。

純三郎は学問で立身したいのだ。

武士でなければ出世が叶わぬ仕組みであればこそ袴を常着とし、いつも脇差を帯びることで士分であることを周囲に示してはいるが、世の中が変われば刀などいつ捨ててしまっても構わないと思っている。

学問で身を立てたい。

幼い頃から望んでいた通り、刀ではなく書を友として、この江戸に居着いて一家を為したいのだ。

今は日々の糧を得るために仕方なく回り道をしているが、初志を貫徹せんとする決意は固い。

昨夜も探索御用で疲れきって長屋に帰り着き、汗を流すのもそこそこに夜中まで灯火の下で書見に励んだ。生前には学問好きだったという立花恵吾の父親の蔵書を毎晩借り出し、寸暇を惜しんで夜毎《よごと》の独習に取り組んでいるのだ。

恵吾から月々受け取る給金は、店賃と灯油代にほとんど消えている。

今のままの暮らしぶりでは夏用の着物はもとより、質入れをしたまま受け出せずに流してしまった刀の替えを購《あがな》うことも難しい。

しかし、これでいいと純三郎は思っている。

裏長屋での暮らしは貧しくとも楽しかった。

いずれ望み通りに直参となり、昌平黌の学問吟味を受験する資格を得たら出て行くことになるだろうが、それまでは毎日を楽しく過ごしていたい。

長屋の子どもたちとの交流は、今や純三郎の心の癒しになっていた。

望まずして身に付けた力を披露するのを、ちび連は無邪気に喜んでくれている。以前のように根津権現の境内で軽業を見せてやれなくなったが、図らずも菊次のために歯のまじないを手伝ってやれたのは幸いなこと。

肥後で望まぬ暮らしを送っていた頃には年少の者はもとより、養家の土肥父子にさえ心を開かずにいた純三郎が、このところ急に優しくなっていた。

それは、胸の内に抱える不安から逃れたい一念の為せる業であった。

洲崎の浜での暗闘は、純三郎にとっては初めての人斬り。

思い出したくもない、苦い経験だった。

生身の相手を骨まで斬り割る感触も、浴びた返り血の生々しい臭《にお》いも、そして胃の腑《ふ》が空になっても続いた嘔吐の苦しさも、ようやく記憶から薄れつつある。

留蔵とも、田部伊織とも今後は関わりを持つまい。

そう心に決めていればこそ、辻番所には足を向けずにいる。

あれは一夜の激情の為せる業。二度と人を斬りたくはない。

「どうしたの、おにいちゃん？」

菊次が怪訝そうに問うてくる。

抱っこをされたまま、ちんまりした目で純三郎をじっと見返していた。

「何でもないよ」

言葉少なにうなずき返し、まるい頭を撫でてやる。

胸の内の不安を覗かれたくはない。

長屋のちび連はみんな可愛い。

しかし、もしも純三郎がやったことを知れば態度は変わるだろう。

人斬りと好んで付き合いたがる子どもはいない。いつも孤独を癒してくれる無垢《むく》な幼子たちに、この手を血で汚したと知られてはならぬのだ。

いつか別れの日が来るまでは、無愛想ながらも付き合いのいい「てんぐのおにいちゃん」で有り続けたい。

それは江戸に居着きたいという悲願にも等しい、純三郎の切なる願いであった。

「さ、みんな早《はよ》う戻って朝餉にせい」

「はーい！」

一斉に声を上げ、子どもたちはばたばたと駆け出していく。

見送る純三郎の目は優しい光を帯びている。

気が安らかになっていれば、自ずと勘働きも鈍るもの。

物陰から井戸端の様子を窺《うかが》う者の存在に、純三郎は迂闊《うかつ》にも気づいていなかった。

傍目《はため》には早朝から長屋を廻って商いをする、納豆売りにすぎない。

たとえ住人たちから見咎《みとが》められても、とぼけた顔で言い逃れができることだろう。

しかし、先程から長屋の人々は誰も気づかぬままだった。

純三郎でさえ察知できぬほど完璧な隠形《おんぎよう》の術を用い、気配を殺していたのである。

何食わぬ顔で男は歩き出す。

身支度をしに戻った純三郎が再び出てくる前に、そそくさと木戸を潜る。

「おや、お前さん見かけない顔だねぇ」

木戸番の親爺が不思議そうに男を見返す。

「いつの間に路地に入り込んでいなすったんだい？　ずっと俺ぁここに居たんだが
……」

「断りもせずに申し訳ありやせん。ご挨拶代わりに、どうぞおひとつ」

問いかけをさりげなく遮るや、男は肩に提げた籠から納豆の藁苞《わらづと》を出して寄越す。

ぼろ着の袖から覗く腕は太い。がっちりした四肢と据わった腰は純三郎と同様に
剣術修行によって鍛え込まれたものと見受けられた。

しかし、木戸番の親爺は相手の正体に気づいていない。

「いいのかい？　悪いねぇ」

「今後ともご贔屓《ひいき》にお願いいたしやす」

思いがけず朝餉のおかずが増えて喜ぶ木戸番に会釈《えしゃく》をし、男は表通りに出て行く。

頬被《ほおかぶ》りの下では、引き締まった口元に笑みを浮かべていた。

「……聞きしに勝る体《たい》さばき、さすがは真野均一郎が忘れ形見だのう」

木戸番と話したときとは一変し、つぶやく声は嗄《しわが》れている。

背筋がしゃんと伸びていても、実は結構年配であるらしい。

純三郎の素性と亡き父親の名を知るこの男、一体何者なのだろうか——。

二

朝のうちは過ごしやすくても、正午になれば初夏を思わせるほど陽射しもきつい。

西日の射す裏門坂を、正平と純三郎が下っていく。

あれから八丁堀の立花家で朝餉を馳走になった後、数寄屋橋の南町奉行所へ出仕する恵吾を見送った足で日本橋界隈をずっと歩き回っていたのである。

二人揃って汗まみれになり、木綿物の袷《あわせ》が背中にべったり張り付いている。

「今日も暑いなぁ、純三郎さん……」

「うむ。そろそろ衣替えをしなくてはなるまいが……古着も高直《こうじき》だからの」

「その袷の裏地を外しちまえば済むこったろう。涼しくなったら、また張り直せばいい」

「されど、洗い張りを頼むにも少なからず銭が要るのだぞ」

「懐が乏しいのは相変わらずかい？」

「左様……油代が嵩《かさ》んでな」

「純三郎さんは学問熱心だからなぁ……しょうがねぇ、ちょいと用立てようか」

「気持ちだけで十分だ。人の施しは受けぬ」

「誰も銭を廻すつもりはねぇよ。夏物を手に入れてやろうかって言ってんのさ」

「構わぬのか？」

「親父《おやじ》の将棋仲間に古着屋のとっつぁんがいるんだよ。今度会ったら、単衣物《ひとえもん》と薄地の袴を頼んでおこう。袴は細いやつがいいんだろ」

「かたじけない」

汗を拭き拭き交わす会話は打ち解けたものだった。

日照り続きの江戸はどこに行っても埃だらけ。もちろん根津も例外ではない。

純三郎も正平も汗が染みたところに埃をかぶり、着衣のあちこちがまだらな模様になっていた。

「大事ないのか？　無理をしては体に障るぞ」

「心配するにゃ及ばねぇやな。さ、早いとこ境内を見廻って昼飯にしようぜ」

純三郎の先に立ち、正平は潑剌《はつらつ》と歩を進める。

旗本の瀬崎兵衛に痛め付けられた傷は癒え、日がな一日動き回るのに支障はない。

純三郎の応急処置が良かったこともあり、ひびの入った骨も無事につながっていた。

「こうして立っていられるのもお前さんのおかげさね。改めて礼を言わせてもらうよ」

「いや、正平殿に救うてもろうたのは拙者のほうだ」

「そう思っててくれるんなら、これからは無茶をしねぇでいてくれよ。あのときはほんとに気が気じゃなかったからなぁ」

「その節は相済まぬ……」

答える口調は相変わらず無愛想だったが、純三郎はいつも正平にそれなりの敬意を表していた。

名前を呼び捨てにせず「殿」と付けるのも、正平がひ弱そうな外見であっても芯が強く、男として認めるにふさわしいと思えばこそ。

直参となって江戸に居着くことを変わらず目標としていながらも、純三郎には士分以外の者を軽んじるという発想がない。

願わくば旗本に、それが無理なら御家人になりたいと願って止まずにいるのは、昌平黌で学問吟味を受験する資格として、直参の立場が必要であるにすぎないからだ。

本音を言えば旗本も御家人も好きではなく、とりわけ同じ世代の大身旗本のことは反吐《へど》が出るほどに嫌い抜いていた。

むろん、そんな本音を正平に明かしはしない。

裏の稼業に手を染めたことも、ずっと伏せたままでいた。

幸いにも兵衛殺しは露見せず、一夜明けた浜辺で発見された亡骸《なきがら》はすぐさま愛宕下の瀬崎屋敷に引き取られていったという。

抜け荷一味と兵衛の関わりはことごとく否定され、死因は酒癖《しゅへき》が災いしての卒中と公儀に届け出があった。御上《おかみ》（将軍）の格別の慈悲により取り潰しを免れた瀬崎家では兵衛の父が再び当主となって復職し、江戸城に出仕している。息子の死に落胆しきりの妻をよそに生き生きと務めに励み、城中での評判も上々らしいと純三郎は恵吾から伝え聞いていた。

死して罪を逃れた兵衛以外の亡骸は動かぬ証拠の荷が積まれた小船ともども北町奉行所に押収され、江戸湾の沖に停泊していた抜け荷船も摘発された。

かくして阿芙蓉を含む禁制品の販売網は壊滅し、黒幕が瀬崎兵衛だった事実のみ闇に葬られたものの、抜け荷の一件は落着したのである。

純三郎にとっては万事好都合だが、正平は未だに残念がっている。

こうして座頭殺しの探索で共に走り回っていても、折に触れて愚痴《ぐち》って止まない。

「何とか俺らの手でお縄にしたかったもんだよなぁ、純三郎さん……」

「もう過ぎたことだ。悔いても仕方あるまいぞ……」

なだめながらも純三郎は気が気ではない。

正平にとっても瀬崎兵衛は因縁の相手である。

往来で散々に鞭打たれ、しばらく動けぬほど痛め付けられたのだから許せぬ気持ちが強いのも当然だろうが、純三郎としては一日も早く忘れてもらいたかった。

それでも、受け答えをせずにいるわけにはいかない。

「あーあ、どうして上つ方ってぇのは、いつも御定法の裁きを逃れちまうんだろうなぁ」

「言うまでもあるまい……理不尽なことなれど、あやつらには思い上がれるだけの力があるからだ」

答える純三郎の口調は苦々しい。

認めるのも腹立たしいが、これが現実。

なればこそ裏の稼業人と手を組み、闇で決着を付けたのだ。

とはいえ、二度と手を血に染めるつもりはなかった。

あれから留蔵とは一言も口を利いていない。

今朝も辻番所に寄ったときの対応は正平に任せ、ずっと横を向いていた。町中で田部伊織とすれ違っても、目さえ合わせぬようにして避けている。留蔵と伊織もあちらから声をかけては来ず、仲間に引き入れるつもりもなさそうだった。

これでいいのだと純三郎は思う。

裏の稼業人というのがどれほどの頻度で悪党退治を為しているのかは定かでないが、手駒《てごま》として期待をされても困る。

兵衛を斬ったのは、あくまで一時の激情の為せる業。

辻番所であの二人を前にして切った啖呵《たんか》も、興奮の余りに出た言葉でしかない。

ずっと焦がれて止まずにいた江戸に夢を抱いて出てきたものの上手《うま》く行かず、汚い部分をいろいろと見てしまったことの反動が、思わず口を突いて出てしまったのだ。

結果として悪は滅び、忠吉の恨みを晴らすと同時に正平の意趣返しもすることができたが二度と人斬りはやりたくないし、留蔵にもあの一件は蒸し返さないでもらいたい。

もしも手を下したのが自分と伊織だったと露見して御用鞭（逮捕）になれば、正平はもとより立花恵吾にも迷惑がかかる。

万が一にも留蔵と伊織がこちらを売ろうとすれば、只《ただ》では済まさぬ。

二人が裏の稼業人だと明かさずにいるのは、一度きりとはいえ共に事を為した義理があるからではなく、我とわが身を守るため。

江戸に居着くことが叶ったところで、罪に問われてしまっては意味がない。

いずれ恵吾と正平から離れるときが来るとしても、兵衛と抜け荷の一味を手にかけた事実を知られるわけにはいかなかった。

願わくば知らぬ同士を装い続け、ほとぼりを冷ましたいものである。

(あやつらから事を仕掛けて来なければ良いのだが、な)

そんな純三郎の胸中を知らぬまま、正平は裏門坂を下りながらぼやいていた。

「あーあ、どこのどいつがお節介な真似をしやがったのかはしらねぇが、あの旗本には評定所で裁きを受けさせてやりたかったよなぁ……」

「え」

思わぬ一言に純三郎は唖然《あぜん》とする。

これまでに聞かされた愚痴には無い言葉だった。

「されば正平殿、おぬしは奴が裁かれることを望んでおったと申すのか」

「当たり前だろうが。俺らはそのために町方の御用のお手伝いをしてるんだぜ」

驚きの余りに立ち止まった純三郎を、正平は怪訝そうに見返した。

「悪いことをしたら報いを受けるってぇのが世の道理よ。その道理からはたとえ御直参でも逃れられねぇって世間に知らしめるのが、俺らの役目だ……違うかい？」

「それは、そうだが」

「まぁ母親が上様のお手つき中臈あがりじゃ、お町（奉行所）から評定所に引き渡したって腹まで切らされはしなかっただろうけどよ、それなりにきついお裁きが下ったはずさ。その御沙汰が前例になりゃ、世間で好き勝手をしていやがる他の旗本連中も少しは大人しくなったことだろう……せっかくの折だったってのに、殺されちまっちゃ何にもなりゃしねぇ。俺ぁそいつが悔しくてたまらねぇのさ」

「左様であったのか……」

たしかに正平の言う通りだった。

本来ならば瀬崎兵衛と抜け荷の売人ども、そして荷を運んできた船頭はあの場で生かしたまま捕らえ、町奉行所に委《ゆだ》ねるべきだったのだ。

結果として北町奉行所に手柄を立てさせてしまったが、北か南かはどうでもいい。

御定法の裁きの下に為されるべき仕置《しおき》を勝手に行い、斬り捨てたのが問題なのだ。

殺しの的にした連中は、純三郎の仇《かたき》でも何でもない。

友情を結んだ忠吉を殺害されたからといって肉親に非《あら》ざる者が仇討ちを、しかも大身旗本を相手取るなど、表立っては許され得ぬ話である。

今にして思えば生かしたまま捕らえ、直参の罪を裁く評定所へ身柄を送致されるように持っていくことを考えるべきだったのだろう。

しかし、あのとき純三郎は我を忘れていた。

かねてより抱いていた、生まれながらの特権のおかげで楽に世間を渡っている者すべてに対する怒りを、瀬崎兵衛と抜け荷の一味に爆発させてしまった。

胸を張って正平に反論できるほどの信念の下に、兵衛を斬ったわけではなかった。

なればこそ一言も返せずに黙っているしかないのだ。

純三郎の煩悶《はんもん》に正平は気づいていなかった。

「道理を通すのが難しい世の中だってぇのは百も承知の上だけどよぉ、こうしてお町の御用を務めさせていただくからにゃ一つずつ、俺らにできることからやっていくしかあるめぇ」

告げる口調はあくまで明るい。

「さ、行こうぜ」

純三郎の肩を叩き、先に立って根津権現の裏門を潜っていく。

正平は善くも悪くも前向きな男。そんな性分だからこそ、純三郎も素直になれるのだ。

今の関係を壊してはなるまい。

裏の稼業に手を染めたことは、やはり黙っていたほうがいい。

（二度とやるまいぞ……）

心の中で誓いつつ、純三郎は正平の後に続くのだった。

三

目下、正平と純三郎は一つの事件を追っている。

去る三月三日、桃の節句の夜に二人組の浪人が座頭《ざとう》を斬り殺した。

慮外者《りよがいもの》の一人である古田佐次右衛門《ふるたさじえもん》は七日後に自害して果てていたのを発見されたが、片割れの鈴木彦三郎《すずきひこさぶろう》は未だに逃亡中。江戸市中には手配書が出回り、南北の町奉行所では探索に全力を尽くしていたが、月末近くになっても捕まる気配は一向にない。

古田と鈴木は共に小普請組《こぶしんぐみ》の御家人くずれ。

直参の身分のままでは手を出せないが、御家人株を手放した浪々の身とあれば町奉行にも裁きを下すことができる。

鈴木の足取りを追う立花恵吾を手伝って、正平と純三郎も探索に日々奔走していた。

事件から二十日余りが過ぎても、鈴木彦三郎の潜伏先は不明のまま。

とはいえ、まだ御府外に逃亡していないことは確実だった。

江戸市中から各街道に通じる宿場町には非常線が敷かれ、人検《ひとあらた》めが徹底されている。

ちなみに鈴木の人相風体は、

せい（背）中より大　色浅黒く　目細く口大躰《たいてい》

刀二尺五寸位　脇差二尺位

着衣は絹黒色

と手配書に記されている。

刀を捨てて変装しても身長と顔形までは変えられないし、たとえ町人に化けていても身のこなしを見れば武士と分かる。御府外への逃亡を阻止することは宿場役人に任せ、町奉行所は市中の探索に注力していた。

とはいえ、同心だけで広い江戸をくまなく調べ回るのは無理な話。

町奉行所で犯罪捜査に専従する同心は定町廻と臨時廻が六名ずつの十二名、南北合わせて二十四名しかいない。

自分たちでは限りのある捜査を補うために同心はそれぞれ岡っ引きを召し抱え、その岡っ引きが子分として下っ引きを抱えている。

その上で各町内の自身番と木戸番に協力させていれば水も漏らさぬはずだったが、未だに鈴木彦三郎の潜伏先は不明。天に昇ったか地に潜ったか、行方は杳《よう》として知れぬまま。

むろん探索に手抜かりがあったわけではなく、本来ならば表立っては踏み込めない寺社や武家屋敷にまで捜査の手は及んでいた。

賭博の場所代を古くから寺銭と呼ぶ通り、天保六年の江戸市中でも密かに賭場が開かれる寺社は数多い。武家屋敷の場合も同様で、抱えの中間《ちゆうげん》に屋敷内で開帳させた上がりの一部を徴収し、苦しい家計を補っている。

そこで博奕《ばくち》好きの客になりすませば、寺社も武家屋敷も探るのは容易《たやす》い。賭場そのものが立っていなくては入り込むのもままならないが、住職や当主が賭博を助長して稼ぐことを嫌う清廉潔白の士ならば罪人など匿《かくま》うはずもなく、捜査の対象から外しても障りはなかった。

立花恵吾が受け持つ根津から本郷にかけての一帯には寺社も武家屋敷も多いため、純三郎は諸方で催される賭場を巡り、怪しいと見なせば小用に立つ振りをして奥深くにまで探りを入れたものだがすべて空振りに終わってしまい、捜査は暗礁に乗り上げていた。

かくして振り出しに戻った調べを仕切り直すべく、恵吾は純三郎に正平と組んで行動することを命じた。

一人きりで探索したときには見落とした手がかりも、二人でいれば発見できるのでは——という判断である。

とはいえ今日は恵吾が他の役目で南町奉行所に詰めっきりのため、正平は抱え主の持ち場である根津一帯の見廻りもしなくてはならない。座頭殺しにかかりきりになっていて、肝心の持ち場で何か起きては困るからだ。

どうせならばそれも付き合おうと純三郎は自分から提案し、午前中の日本橋界隈《かいわい》での聞き込みに続いて、共に根津まで戻ってきたのである。

二人は乙女稲荷神社を横目に境内へ入り、混み合う中を抜けていく。

この境内は正平自身の持ち場でもあり、今日のように抱え主の立花恵吾が多忙で同行していないときには以前から一人で見廻りをしていた。

思えば、初めて純三郎と出くわしたときもそうだった。

あのときも初対面の純三郎に追い払われた正平だが、未だに腕が立たぬ悲しさで掏摸《すり》やかっぱらいから小馬鹿にされており、跳梁《ちょうりょう》を許してしまっている。

折しも商家のあるじと思しき、品のいい中年男が境内で窃盗《せっとう》の被害に見舞われたところだった。

気づかぬうちに盗られたわけではない。

出会い頭《がしら》に殴りつけられて、手にした信玄袋《しんげんぶくろ》を奪い取られたのだ。

「だ、誰か捕まえておくれ！」

鼻血を出して悲鳴を上げる男の視線の先には、着流し姿の無頼漢。

この辺りでは見かけない顔である。混み合う境内に紛れ込んで荒稼ぎをしようと目論《もくろ》んだ流れ者の掏摸だった。

奪った信玄袋を引っ提げて、掏摸は大股で駆け出す。

「待ちやがれ、御用だっ」

すかさず正平が後ろ腰から十手を抜いたが、威嚇の一声は無視された。

こうなれば純三郎が行くしかない。

だっと石畳を蹴って跳ぼうとした刹那、不意に男は素っ転ぶ。

「うわっ」

足払いを食らわせたのは男臭い、精悍《せいかん》な雰囲気を持つ男。

小粋な細縞《ほそじま》の着流しが、引き締まった体軀に映えていた。

帯前で黒い光を放っているのは、雁首《がんくび》と吸口をつなぐ羅宇《ラウ》だけで一尺（約三〇センチメートル）ほどもある鉄製の煙管《キセル》。

血の気の多い無頼漢が短刀代わりに持ち歩くことから、俗に喧嘩煙管と呼ばれる代物だ。

これから買い物に出向くところらしく、空の籠を提げている。この使い込まれた買い物籠を持っていなければ無頼の博徒にしか見えぬであろう、強面《こわもて》の男だった。

佐吉《さきち》、三十八歳。

かつて正平が下っ引きとして仕えていた当時に「滝夜叉《たきやしや》の佐吉」と二つ名を取り、縄張りの根津界隈のみならず江戸じゅうの悪党を震え上がらせた、凄腕《すごうで》の元岡っ引き。現役の頃には狙った悪《わる》を決して逃さず、手練の武士を相手取っても十手と喧嘩煙管の二刀流で叩き伏せる強者であった。

「待ってました、滝夜叉の親分！」

「やっちまっておくんなさい！」

境内のあちこちで歓声が上がる。

駆けつけた香具師《やし》たちも無言で見守っていた。

掏摸であれ置き引きであれ、自分たちの稼ぎ場である境内を荒らした者は捕まえて私刑に処するのが彼らの仁義。この若い男も制裁しなくてはならなかったが、他ならぬ佐吉が来合わせたとなれば手は出せない。

後を継いだ正平は頼りない限りだが、佐吉は違う。今もかつての抱え主である立花恵吾とつながりを持っており、下手に逆らうわけにはいかぬ。この場は大人しく任せるのが賢明というものだった。

町方同心との密接な関係を抜きにしても、強面の香具師たちを黙らせて余りあるだけの貫禄が佐吉には備わっている。

肝心の捕物の腕も未だに衰えてはいなかった。

「畜生っ」

逆上した掏摸が短刀で突きかかるのを軽くかわし、手にした籠で頭をはたく。再びつんのめったところで腕をねじり上げて短刀を奪い、背中に膝を押し付けて身動きを封じる手際も鮮やかそのもの。帯前に差した喧嘩煙管を抜くまでもない。

「やった、やった！」

「さすがは滝夜叉の親分だぜ！」

どっと沸き返る境内の人混みを掻き分けて、正平と純三郎は前に出た。

「すみやせん、親分」

「馬鹿野郎。親分はお前《めえ》だって、いつも言ってるだろうが……」

深々と頭を下げる正平に苦笑を返しながら、佐吉は純三郎に視線を向けていた。

いつまでもこちらに任せておかず、早く引き取れ。

口には出さず、そう急《せ》かしているのだ。

純三郎は黙って歩み寄り、掏摸の身柄を受け取る。

逃げ出す隙を与えることなく、ねじり上げた腕の関節をがっちりと極《き》める。

そんな純三郎の手際を見守りながら、佐吉が淡々と問うてきた。

「お前さんかい、立花の旦那が召し抱えなすったご浪人ってのは」

「土肥純三郎と申す……骨を折らせたな」

どことなく値踏みするような視線を感じつつ、純三郎は臆せずに答える。

「なーに、どうってこたぁねぇさ」

そんな純三郎を見返し、佐吉は素っ気なく言葉を続けた。

「その野郎の始末が付いたらよ、うちの店で飯を食っていきねぇ」

「店？」

「門前町で『あがりや』って言えばすぐに分かるさ」

「馳走をしてくれるのか」

「どうせ賄《まかな》い飯さね。あまり期待はしねぇでくんな」

「………」

「じゃあな」

気色《けしき》ばむ純三郎に背中を向けて、佐吉は正平に語りかける。

「お前も一緒に来な。積もる話もいろいろ聞きてぇからなぁ」

純三郎に対するときとは打って変わって、優しげな口調だった。

「よろしいんですかい、親分」

「だから親分はお前だって言ってるだろうが？　しっかりしろい」

「す、すみやせん」

呆れる佐吉を前にして、正平は恥ずかしそうに頭を掻《か》く。

根津の縄張りを引き継いで三年目になるというのに、佐吉の前に出ると自然に「親分」と呼んでしまうのだ。

傍《はた》から見ればお笑いぐさだが、それだけ二人の絆《きずな》は強いということなのだろう。どことなく挑発ぎみの態度なのは気に食わないが、正平にとっては好もしい存在となれば無下《むげ》にもできまい。

「それじゃ親分、後でお目にかかりやす」

「じゃあな」

正平に見送られ、佐吉は裏門に向かって歩き去る。

野次馬も香具師たちに鎮められ、根津権現の境内は落ち着きを取り戻していた。

「すまねぇな純三郎さん。自身番のとこまでよろしく頼むぜ」

掏摸を連行する純三郎を労《ねぎら》いながら、正平は被害に遭った男を連れて歩き出す。

向かう先は最寄りの自身番所。

留蔵が預かる辻番所と違って複数の番人が詰めており、屋根には火の見櫓《やぐら》まで付いていて火事の番を怠らずにいる。同心や岡っ引きが怪しい者を捕らえたときには番所を尋問《じんもん》の場として提供し、この掏摸のような現行犯であれば町奉行所に引き渡すまで一時留置する役目も担っていた。

隙あらば逃げようとする掏摸を引っ立て、純三郎は正平と並んで歩く。

正平は張り切っていた。

「おらっ、キリキリ歩きやがれ！」

往生際の悪い掏摸が立ち止まろうとするたびに叱りつける声も力強い。

いつも頼りないのに、あの佐吉に発破《はっぱ》を掛けられたことで気分が高揚しているらしい。

（立花の旦那《だんな》といい、良き先達《せんだつ》に恵まれておるのだな……）

少しだけ正平のことが羨《うらや》ましく思えてきた純三郎だった。

四

掏摸の身柄を自身番に引き渡すと、正平と純三郎は門前町に取って返した。

佐吉が営む店は、台所を別にして五坪ばかりの小さな居酒屋。

日中は商いをしていないらしく、まだ暖簾《のれん》は出ていなかった。

狭いながらも土間には飯台が並び、腰掛け代わりの空《あ》き樽《だる》が置かれていた。いずれも雑巾《ぞうきん》がけが行き届いており、足元には塵《ちり》ひとつ落ちていない。

隅の台所では、艶《つや》っぽい女将《おかみ》が仕込みの真っ最中。

かまどの火加減を見ながら、まな板に向かって菜をトントンと刻んでいる。

「しばらくだったねぇ、正ちゃん」

まな板から顔を上げ、女将は明るい笑みで迎えてくれた。

目鼻立ちがくっきりとしていて鼻梁《びりょう》が高い、派手な顔の造りが婀娜《あだ》っぽい。

肉置《ししお》きが豊かで伸びやかな肢体に、派手な棒縞柄の着物が映えている。一歩間違えば下品に見えてしまう柄物《がらもの》をさらりと着こなす、粋な年増ぶりだった。

峰《みね》、三十七歳。

道すがら正平に聞いたところによると以前から女手ひとつでこの店を切り盛りしており、幼馴染みの佐吉が十手を捨てたのを機に所帯を持って今年で三年目。お互いに浮気心など微塵《みじん》も抱かぬ夫婦仲の良さは界隈でも評判になっているという。

「土肥様でございますね。お初にお目にかかります」

手を拭きながら出てきたお峰は、純三郎に向かって恭《うやうや》しく頭を下げる。

襟足の白さが目にまぶしい。

「こ、こちらこそ、お招きに与りて恐縮にござる」

思わず顔を赧《あか》らめる純三郎をよそに、お峰は正平の世話を焼きにかかっていた。

「おやおや、鼻の穴まで真っ黒けじゃないか。そんな様《ざま》だから、いつまで経っても

お嫁さんの来てがないんだよっ」

「すみやせん、姐《あね》さん」

「ったく、正ちゃんは幾つになっても変わらないねぇ……」

濡らしてきた手ぬぐいで顔を拭いてやりながら、お峰は苦笑する。夫婦二人して

正平を可愛がっていればこそ、何でも言いたいことをぽんぽん言えるのだ。

「ところで姐さん、親分……いや、佐吉兄いはまだお戻りじゃねぇんですかい？」

「じきに戻るよ。先に腹ごしらえをしておきな」

そう言って供してくれたのは、炊きたての飯と芥子菜《からしな》の漬け物。

「あたしらの賄いとおんなじもので申し訳ありませんけど、どうぞご遠慮なく召し

上がってくださいましね」

「かたじけない……」

飯台に置かれた皿を前にして、純三郎は懐かしげな笑みを浮かべていた。

一年のうちで春にしか味わえない芥子菜は、肥後にいた頃からの好物のひとつ。

収穫する時季を逸すると固くなってしまうばかりか苦みも増して食えたものでは

ないが、お峰の供してくれた芥子菜は見るからに柔らかそうで、天窓越しの陽光に青々していた。

「ちょいと待っててくんなさいましね」

食べやすい大きさに刻んだ菜の上にお峰は削りたての鰹節《かつおぶし》を散らし、生醤油《きじようゆ》をかけ回してくれる。削り節の香ばしい匂いに醬油の芳香が加わり、何ともたまらない。

「さ、どうぞ召し上がれ」

「ご馳走になりやす、姐さん」

「いただきます」

心尽くしの昼餉に合掌し、正平と純三郎は箸を取った。

いつも朝と夜の食事は八丁堀の立花家で振る舞ってもらえるが、昼だけは自腹で済ませることになっている。恵吾の一人娘である花江が日中は茶道と華道の稽古に出かけ、組屋敷を留守にしているからだ。

味噌汁が付かない一菜のみでも、おかずが芥子菜の漬け物ならば何杯でもお代わりできるものである。おひつはたちまち底を突き、二人分の芥子菜を盛った皿も舐めたようにきれいになった。

「ううん、もう食えねぇ……」

「当たり前だろ。男が三十過ぎてそんなにがっつくもんじゃないよ」

苦しげに腹をさすっている正平に毒舌を叩きつつ、お峰はにこにこしながら食後の焙《ほう》じ茶を淹《い》れてくれた。

湯気の立つ碗を手にして、正平と純三郎はほっと一息つく。

「正平殿は常日頃より、こちらにて昼餉を馳走になっておるのか？」

「いや……さっきも親分が言っていなすった通り、ちょいと無沙汰をしていてな」

羨望《せんぼう》の念を孕んだ純三郎の問いかけに答える口調は、どことなく恥ずかしげにも聞こえる。

「ご覧の通り、俺ぁ親分……いや、佐吉兄いと姐さんにゃ世話になりっぱなしでな。こんな様《ざま》は、できればお前さんに見せたくなかったよ」

「佐吉殿に会うたが百年目、ということか……」

純三郎はふっと笑う。

「良いではないか。何も恥じることはあるまい」

「え？」

「どのような道であれ、先達がいてくれればこそ安堵して歩むことができるものぞ。おぬしにとって佐吉殿は頼れる兄いなのであろう。ならば甘えることに障りなどあるまい」

「だけどなぁ、俺ぁ十手を握って三年にもなるんだぜ」

「他人が何と言おうと気にしてはなるまいぞ。三年が五年になろうとも、おぬしが歩む道なのだからな」

突き放したような言い方でありながら、純三郎の言葉には真実味が籠《こ》もっていた。

純三郎自身、信じた道を歩む身だからだ。

遠い肥後から江戸に出てきて浪々の身から直参に成り上がり、昌平黌に入って学問吟味での及第を目指すなど、まともに考えれば正気の沙汰ではあるまい。

それでも純三郎はあきらめようとはしない。

三年後に次の学問吟味が催されるまでに、何としても必要な資格を得る。直参でなければ受験することさえ許されぬのならば、旗本になるのは無理でも御家人の株を得てみせる。

とても常識では考えられないことだとしても、望ましい立場となって江戸に居着くために成し遂げなくてはならぬのだ。

思えば正平も自分と似たようなものだった。

子どもの頃からの捕物好きが高じて佐吉の許《もと》に押しかけ、下っ引きとして修行を積んだ上で岡っ引きにはなったものの、未だに親分として独り立ちができずにいる。

傍から見れば情けない限りであろうし、当の正平も己自身の有り様《よう》を不甲斐なく思っている。

されど、正平は立ち止まってなどいない。

町の人々から背ばかり高くて役立たずの「でくの棒」呼ばわりされても、めげることなく立花恵吾の下で、捕物と探索の御用に日々励んでいるのだ。

あの瀬川兵衛のように恵まれた家に生まれていながら何の努力もせず、あろうことか悪事に手を染めて恥じずにいた手合いに比べれば、たとえ不器用であっても努力を怠らない正平のほうが何百倍もましであろう。

正平に立ち止まってほしくはない。

純三郎は心から、そう願っている。

捕物に学問と歩む道は違っていても、自分と同じく望ましい立場になるために邁《まい》進《しん》する者が身近にいてくれるのは心強い。

なればこそ、励まさずにはいられないのだ。

「そも、立花の旦那の下《もと》でおぬしは拙者の先達であろう。もっと偉そうにしてくれ」

「ほんとにそう思ってくれているのかい、純三郎さん？」

「当たり前だ。おかげで今日は結構な昼餉にありつけたしな……」

「ははっ、違いねぇや」

正平は照れくさそうに頰を緩める。

と、そこに佐吉が帰ってきた。

先程まで空だった買い物籠が、仕入れてきた食材でまるくふくらんでいる。

「飯は済ませたのかい、お二人さん」

「お先に頂戴いたした……貴公の戻りを待たずに申し訳ない」

「そんな武張《ぶば》った物言いをするにゃ及ばねぇよ。楽にしてくんな」

重そうな籠を軽々と片手に提げたまま、佐吉は純三郎をじっと見返す。

先程と違って微笑んでいるが、切れ長の目は笑っていない。

正平には気づかれぬようにして、こちらの態度を見ているのだ。

純三郎は無言のまま、静かに視線を返すばかり。

気分を害するとすぐ顔に出てしまう悪い癖を自覚していればこそ、不快の念を露わにしてはなるまいと自分に言い聞かせていた。

そんな純三郎の態度を意に介さず、佐吉は正平に微笑みかけた。

「ちょいと本郷の蜊店横町まで足を延ばしてきたのさ。そろそろ浅蜊《あさり》も孕み時で、秋までお預けになっちまうからなぁ」

「蜊店と申さば、三太が働いておるところか」

正平が相槌《あいづち》を打つより早く、口を挟んだのは純三郎。

「おや、三太坊を知ってるのかい」

佐吉は意外そうな声を上げながら目を向けた。

「お前さん、長屋じゃ近所付き合いってもんをろくすっぽしちゃいねぇって聞いてたんだがなぁ」

「それは拙者の勝手であろう……」

一瞬ムッとした表情を浮かべながらも、純三郎は冷静に言葉を返す。

「長屋の子どもらならば、よく存じておる。こちらの境内で軽業を生業《なりわい》にしておった折には毎日見物に来てくれていたのでな」

「そうだったのかい。あのちびどもに気に入られるたぁ大《てえ》したもんだ」

「子どもだましにすぎぬよ」

「謙遜《けんそん》するにゃ及ばねぇやな。ぜひ俺も一遍拝見してぇもんだぜ」

おだてるように話を締めくくり、佐吉は台所に入っていった。

土間でくつろぐ正平と純三郎に背を向けたまま、お峰に小声で告げる。

「後の仕込みは俺がやっとくから、お前も先に飯を済ませちまいな」

「だったら一緒に食べようじゃないか、ねえ」

「いいから任せておきねぇ」

戸惑うお峰を奥の部屋に行かせて、佐吉は着流しの袖をたくし上げる。

慣れた手付きで襷《たすき》がけをし、仕入れてきた殻付きの浅蜊を大きな盥《たらい》にそっと移す。甕《かめ》の水を注ぎ、粗塩をひとつまみ溶かした上で用意の古釘を水底に沈める。上から麻袋をかぶせておくのは、吹いた潮が飛び散るのを防ぐためだった。

慣れた手付きで仕込みをしながらも、土間での会話から耳を離さずにいる。

去り際にお峰が入れ替えてくれた茶を啜りながら、二人は明るく語り合っていた。

「お前さんは何事も飲み込みが早いからなぁ、立花の旦那も感心していなすったよ」

「まことか？　ならば給金をもう少し増やしてもらいたいものだな」

「へっ、贅沢《ぜいたく》を言うもんじゃねぇや」

冗談めかした純三郎の一言に、正平はにっと微笑む。

そんな若い二人のやり取りを、佐吉は黙って聞いていた。

軽業のことで純三郎をからかったのは、何も小馬鹿にしてのことではない。かつての辻風弥十郎、そして本多誠四郎のことを知る佐吉は、この若者が只者ではないとかねてより目を付けていたのである。

この佐吉、岡っ引きになるまでは荒《すさ》んだ毎日を送っており、まだ現役の遊び人として根津で幅を利かせていた留蔵を兄貴と仰いだこともある。

その留蔵が殺しの裏稼業を営んでいると察知し、一時はお縄にしようと執拗に付け狙ったものだが、捕物御用から手を引いて久しい今は含むところなど何も無い。

表立って協力することをしない代わりに、留蔵と田部伊織を告発せずにいた。

先だって洲崎の浜で抜け荷の一味が殲滅《せんめつ》された件も十中八九、辻番所一党の為したことに違いあるまいと察しを付けてはいたが、敢《あ》えて追及せずにいる。

それでいて、土肥純三郎が根津に居着いたことはずっと気にかかっていた。

この若者はどこか危うい。

まだ二十歳そこそこの若さでありながら、焦りに衝《つ》き動かされている節がある。

そのうちに、大事をしでかしそうな気がしてならなかった。

図らずも根津権現の境内にて当人に出くわす以前から、立花恵吾が土肥純三郎という密偵を抱えたことは耳にしていた。

恵吾は佐吉にとって信頼の置ける人物であり、むろん正平のことも信じている。他ならぬ二人が太鼓判を押したのだから、詮索は控えるべきなのかもしれない。

しかし、純三郎は危うい雰囲気を漂わせている。

今し方、境内で掏摸と相まみえたときもそうだった。

来合わせた佐吉がいち早く取り押さえていなければ、飛びかかりざまに鉄拳か蹴りを浴びせて怪我を負わせていただろうし、軽く挑発する態度を取っただけで憤りを面《おもて》に示した。

冷静なようでいて、一度カッとなると手を付けられない。

そんな危うさを孕んでいるのだ。

もしも留蔵と伊織が手を組み、かつての弥十郎や誠四郎のように裏稼業の仲間にしたのであれば、早いうちに止めさせたほうがいいのではないだろうか――。

そんなことを考えていた矢先に、思いがけず当人と出会ったのだ。

麻袋をかぶせた盥の前に、佐吉はじっとしゃがんでいる。

その耳朶を、正平の怪訝そうな声が打つ。

「兄い……兄い！」

いつの間にか、二人の会話から気を逸《そ》らしていたらしい。

「うん？　どうしたい」

さりげなく腰を上げた佐吉に向かって、正平は面目無さそうに告げてきた。

「お恥ずかしいこってすが、どうか知恵を貸しておくんなさい」

「拙者からもお頼み申す……」

正平に倣い、純三郎も頭を下げていた。

佐吉は黙ったまま台所を出て、飯台の二人に歩み寄った。

「何をどうするための知恵を貸せってんだい、え？」

「去る三日に出来《しゅったい》せし座頭殺しの一件にござる……」

純三郎は淡々と話を切り出した。

「貴公もご承知の通り、逐電せし鈴木彦三郎の行方は杳として知れぬ……我らも探索に日々足を棒にしておるのだがな、一向に埒《らち》が明かぬのだ」

「成る程、そいつぁお困りでござんすね」

「拙者は真面目に頼んでおるのだ、佐吉殿」

「その通りなんでさ、親分」

思わずムッとした純三郎を取りなすように、正平が口を挟んだ。

「あっしも純三郎さんも、手なんぞ抜いちゃおりやせん。今日みてぇに立花の旦那が奉行所を離れられねぇ日だって同じでさ。縄張り内の見廻りも済んだことですし、これから本郷のお屋敷を順繰《じゅんぐ》りに当たってみるつもりでさ」

「大名屋敷の中間部屋で立ってる賭場に、またぞろ潜り込もうってのかい」

「へい。あっしは面が割れておりますんで、この純三郎さんに任せやすが……」

「止《よ》せ止せ。そいつぁ無駄足ってもんだろうぜ」

「なぜ、そう申すのだ？」

一笑に付されたとたん、純三郎の目が険しくなった。

黒い瞳が怒りの色を帯びている。

「無駄足と申すのならば、違う道を教えてもらおうぞ」

「お前さん、それが人にものを尋ねる態度かね」

応じる佐吉の目もたちまち細くなった。

共に声を低めているので、奥で昼餉を摂《と》っているお峰は土間の異変に気づいていない。

しかし、このままでは一触即発。

先に態度を改めたのは純三郎であった。

「すまぬ……されど、貴公こそ少々権高《けんだか》に過ぎるではないか」

「そうかね」

素っ気ない佐吉の反応にめげることなく、純三郎は折り目正しく言葉を続ける。

「新参の拙者のことが気に食わぬとあれば構わぬ。されど正平殿には今少し、先達らしゅう振る舞《も》うていただこうか」

「先達？」

「貴公が店に戻る前に話しておったのだ。佐吉殿という先達がおられればこそ、険しき道であろうとも正平殿は安堵して歩むことができるのだと……な。そんな貴公らのことを、実は拙者は羨ましゅう思うてもいるのだ」

「羨ましいって、どういうこったい」

「拙者の歩む道には先達などおらぬからな」

「道って、お前さんは何がしたいんだい？」

「拙者が望みは昌平黌の学問吟味に及第し、江戸に居着くことなのだ」

「学問吟味っていや、ご直参のためのもんだろう」

面食らいながらも佐吉は真面目な顔で問い返す。

「失礼ながらご浪人のお前さんじゃ、受けることもできねぇはずだぜ」

「もとより承知の上だ。旗本は難しくとも、せめて御家人の株を得た上でなくてはなるまい」

「へっ、そんなの最初《はな》っから無理な相談だろうよ」

佐吉は一転してせせら笑わずにいられなかった。

それでも純三郎は黙らない。

「重々分かっておる。されど、そうせねば拙者は生きておる甲斐が無いのだ」

「命懸けだってのかい？」

「左様。元はと申せば拙者は藩邸の御長屋生まれ。愚かな父と兄が不慮の死を遂げたが災いして家名断絶の憂き目にさえ遭わなくば家督を継いで江戸に終生居着くことも叶い、山深い国許に永らく留め置かれる羽目もならなんだであろう。その遅れを取り戻すため一命を賭して脱藩したのだ。藩士に非ざる身で脱藩と申すもおかしな話だが、な」

「純三郎さん……」

思わぬ告白に正平も面食らっていた。

「心得違いをしないでいただこうか、正平殿」

そんな相棒に、ふっと純三郎は微笑み返す。

「実を申さば、立花の旦那の養子にしていただければ幸いとも思うておった。されれど、今はさもしき考えなど抱いておらぬぞ。花江殿に悪いからな」

「えっ」

「あの御方は正平殿に心底より想うておられる。婿に入るのはおぬしこそがふさわしかろう」

「ば、馬鹿も休み休みにしてくれよ」

正平は狼狽《ろうばい》した声を上げた。

「立花の旦那にゃ申し訳ねぇこったが、俺ぁ花江さんのことなんぞ昔っから何とも思っちゃいないんだ。どうか勘弁してくんな」

「そう申すなよ。男は惚れられるうちが花なのであろう？　拙者は頂戴する給金の分だけ役に立てれば十分なのだ。遠慮をするでない」

対する純三郎は真面目そのもの。話の成り行きとはいえ、胸の内を明かしたことで気が楽になってもいた。

置いてきぼりにされた佐吉は拍子抜けしていた。

この土肥純三郎という若者には裏が無い。名前の通り、呆れるほどに純で一途《いちず》なのだ。

詳しい経緯《いきさつ》までは分かりかねたが、浪々の身から直参になりたい理由は単純に成り上がるためではなく、言葉通りに江戸に居着くのが目的らしい。

なぜ江戸に執着するのかは定かでないが、純三郎の口調は真剣そのもの。

危うくても揺るぎない信念を抱いているのは認めてやってもいいし、密偵の立場を私欲のために利用するつもりがないのも良く分かった。

個人としての大望はどうあれ、この若者は信用できる。公私を混同することなく密偵の役目を果たさんとし、未だ独り身の正平の将来まで考えてくれているのだ。

そう悟ったとき、佐吉はおもむろに口を挟んでいた。

「なぁ、お二人さん。先のことは後回しにしといたほうがよかろうぜ」

「すみやせん、親分……」

「相済まぬ」

揃って頭を下げる二人に、佐吉は続けて問いかける。

「時にお前さん方、うね市と鈴木彦三郎の関わりは詳しく調べたのかい？」

うね市とは斬殺《ざんさつ》された座頭の名前である。

座頭は鍼灸《しんきゆう》と揉み療治を生業とする一方、金貸しを副業として高利を得ている。

盲人には検校《けんぎよう》、別当、勾当《こうとう》、座頭、衆分《しゆぶん》と五階の官位があり、位が上がれば上がるほど数々の特権が与えられるが、授与されるためには京の都に上って最高権威者の総検校に高額の金を納めなければならなかった。その官金と称する上納金を得るために検校以下の盲人たちが高利貸しを営むことを公儀は認めており、取り締まることができずにいた。

死んだうね市も特権の下に座頭金《がね》と呼ばれる金貸しを営んでおり、手を下した元御家人の古田佐次右衛門と鈴木彦三郎は彼から借金を重ねていたのだ。

むろん、正平と純三郎も承知の上のことである。

「そこんとこでしたら、もう調べは付いておりやす」

佐吉に説明を始めたのは正平だった。

「家捜《やさが》しをしたところ、うね市の手許に借用証文はございやせんでした」

「古田と鈴木の屋敷にも無かったのか」

「へい。二人揃ってうね市から借銭をしていたってのは、御家人仲間のお歴々からも口裏が取れておりやす。その証文がどこにも無いとなりゃ、どうかしちまった後と見なすより他にねぇこってござんしょう」

「立花の旦那も、同じお考えなのかい」

「証文が出てくるまでは何とも言えぬが、恐らく焼き捨てたのではないかとの仰せでさ」

「まぁ、そう判じなさるのも無理はあるめぇよ……」

正平の話を聞き終え、佐吉は淡々とつぶやく。

「だけどなぁ、お二人さん。借用証文ってのは一人歩きをするものなのだぜ」

「一人……歩き？」

「他の金貸しか、それとも死んだうね市の金主《きんしゅ》なのかは定かじゃねぇが、修羅場のどさくさまぎれに証文を持ち逃げした奴がいるとは考えられねぇかい」

「それは……」

「有り得ることぞ」

言葉に詰まった正平に代わり、口を開いたのは純三郎。

「佐吉殿がそこまで申されるは、死んだうね市に芳《かんば》しからざる評判が無いからであろう」

「お前さん、承知だったのかい」

「仲間の者たちに話を聞いた。見上げた御仁《ごじん》であったらしいの」

「御仁って……お前さんみてぇなお武家から見りゃ、取るに足えねぇ座頭なんじゃねぇのかい」

「職分に貴賤《きせん》はあるまい。人の値打ちを決めるは、行いの善し悪しであろうぞ」

答える純三郎の口調に気負いはない。

正平のために独りで調べを進めてくれていた佐吉の意気に感じ入ればこそ、思うがままを口にしていた。

「そうかい……」

ふっと佐吉は微笑んだ。

「お前さん、ずいぶんとさむれぇらしくねぇお人なんだなぁ」

「何と申すか、おぬし」

純三郎は思わず気色ばむ。

武士であることを誇りはしないが、貶《おとし》められては腹も立つ。

しかし、佐吉は純三郎を馬鹿にしていたわけではなかった。

「いや、別に難癖を付けようってんじゃねぇさ……俺ぁな、お前さんみてぇなさむれぇを他にも知ってるんだよ」

「拙者のような……とは？」

「そこの長屋に年明けまで住み着いてた、本多誠四郎って野郎さ」

「おぬし、誠四郎殿を存じておるのか⁉」

「俺も知ってるよ、純三郎さん」

横から正平も口を挟んでくる。

「とんでもねぇ若様でなぁ、あれこれと手を焼かされたもんさね……」

何やら思い出しながら浮かべる苦笑は、どこか懐かしげでもあった。

「……」

純三郎は黙っていた。

あの誠四郎が自分に似ているとは、とても思えない。

純三郎の知っている誠四郎は、完璧な武士であった。

直参として申し分ない名家に生まれ育ち、無頼を気取っていても人品は卑しからず、文武の両道に秀でている。

後になって知ったことだが、誠四郎は永らく遠ざかっていた昌平黌に戻って早々に二月の学問吟味で及第し、江戸城に出仕しているという。

一体どこが似ているのか。

進みたいと願う道に踏み出すこともままならず、日々の糧を得るのに汲々《きゅうきゅう》とするばかりの自分——土肥純三郎とは、何の共通項も無い。

強いて言えば、同じ新陰流に連なる剣を修めていることぐらいだろう。

されど、突き詰めれば比べるべくもない。

誠四郎の柳生新陰流は押しも押されもせぬ征夷大将軍、徳川家代々の御流儀。

しかるに純三郎のタイ捨流は肥後国の小大名、相良氏のお抱え流派にすぎない。

どちらが秀でているのかは、火を見るよりも明らかだろう。

苦笑したいのはこちらのほうである。

からかっているのなら、いいかげんに止めてほしい。

しかし、佐吉と正平は真面目だった。

「曲がったことが嫌ぇなところなんざそっくりでござんすねぇ、親分」

「ほんとだな。意固地なところも似てるんじゃねぇか？」

「埒もないことを申すでない……」

口の端を歪めながらも、純三郎はどこか愉快な気分になっていた。

天下の大身旗本と、寄る辺なき身の自分が似ている。

お世辞半分だとしても嬉しいことだった。

五

「馳走になったな」

「また参りやす。姐さんによろしく伝えておくんなさいまし」

口々に佐吉へ礼を告げて、純三郎と正平は『あがりや』を後にした。

昼下がりの陽射しがまぶしい。

「さーて、もう一頑張りしようかい」

「うむ」

明るく呼びかける正平にうなずき返し、純三郎は歩き出す。

佐吉を交えたやり取りの余韻で気分も明るい。

それでも辻番所の前に差しかかったときは表情が強張ったが、留蔵は用足しに出たらしく姿が見えない。障子戸が開け放たれたままの番小屋の中には、留守番を頼まれたらしい白髪頭《しらがあたま》の老爺がのんびりと日なたぼっこをしているばかり。

「留の爺さん、蜊店横町まで買い物に出かけたらしいや」

「買い物?」

「夕めしの菜《さい》の材料さ。爺さんは手前でご飯拵えをしてるんでな」

「左様であったのか……」

先だって番小屋で見かけた鍋や箱膳を思い出しつつ、純三郎はつぶやく。

「あの辻番にはまことに一人も身寄りがないのか、正平殿」

「どうしてそんなことを聞くんだい、純三郎さん？」

「いや、江戸に居着いて五十年になると以前に申しておったのでな……ならば所帯を持ったこともあるだろうと思うたのだ」

「そうだなぁ。俺の親父の言うところじゃ、若い頃にはあっちこっちでモテていたそうだけど……女房子どもがいたって話はねぇなあ」

「……そういうものか。ならば、自炊をせざるを得まいの」

さりげなく答えながらも、純三郎の黒い瞳は翳《かげ》りを帯びていた。

自分はどうなのだろうかと、ふと不安を覚えたのである。

焦がれて止まなかった江戸に居着くという志こそ揺るぎない純三郎だが、一家を成すことについては深く考えぬまま脱藩して今に至っている。

数え年の二十一歳といえば後の世では結婚など考えるには早すぎる年齢だが、天保の世の武家においては家督を継いで妻女《めと》を娶り、子どもを儲けていてもおかしくない。

果たして、自分はどうなるのか。

後継ぎを残し、血を絶やさぬようにするのは武士に限らず男子の務め。たとえ家名を断絶された身であろうと、本来ならば先祖の供養もしなくてはならなかった。

（馬鹿な。何を惑うておるのだ……）

正平の後ろを歩きながら、純三郎は頭を振る。

午下がりの陽光がやけにまぶしい。

今の純三郎にとっては明るすぎる陽射しであった。

黒い瞳が揺れている。

（この江戸に居着くため、俺は何もかも捨てたのだ。肥後の地にも二度と戻るまい……）

もとより純三郎は自ら望んで肥後に居たわけではない。

江戸詰だった父と兄が不慮の死を遂げ、母まで病に倒れて亡くなったがために否《いや》応《おう》なしに幼い身を国許へ引き取られただけのこと。

血のつながった祖父には好きな学問もさせてもらえず手酷《てひど》い虐待を受けるばかりで気も狂わんばかりであったし、見かねた土肥家に引き取られて育ててもらった恩は感謝して止まないが、願わくば江戸にずっと居たかった。

単純に、田舎暮らしに嫌気が差して飛び出してきたわけではない。

この江戸にはすべてが揃っている。

文化は京の都、金の動きは大坂に劣るかもしれないが、将軍の膝元と呼ぶにふさわしいだけの大都会であり、諸国から人と物とが集まってくる。

万が一にも幕府が瓦解《がかい》し、薩摩なり長州なりが天下を取ったとしても、この地は日の本の中心で有り続けるはず。

時代が変わり、どのような派閥が頂点に立ったとしても、開府から二百年余の間に築き上げられた町そのものは不変のはず。なればこそ、居着きたい。

それに江戸は純三郎が生まれた地。

本来ならば代々の江戸詰の藩士の子として根を張り、好きな学問を修めて出世をすることもできたはず。

それが突然の父の死で環境は一変し、都会っ子でありたかったのに行きたいとも思わぬ田舎で暮らせと強いられた。

祖父の虐待から救ってくれた土肥家の人々には尽きぬ感謝の念があるし、期待を裏切って申し訳ないとも思っている。

だが、もはや戻るつもりはない。

たとえ首に縄をかけられようとも切り裂いて逃げる所存だった。

「どうしたい純三郎さん？　さっきから黙っちまってよぉ」

「いや、何でもない……」

振り向いた正平をごまかして、純三郎は額の汗を拭く。

と、そこに思わぬ声が聞こえてくる。

「見つけた、見つけたたい！」

通りの向こうから嬉々として駆け寄ってきたのは土肥信安。純三郎が肥後で世話になっていた養家の若殿様である。

午下がりの往来は人通りも多い。

肥後のお国言葉まるだしで大声を上げていれば、目に付くのは当然至極。

「参ろうぞ、正平殿」

「え？」

訳が分からぬ正平の腕を取り、だっと純三郎は走り出した。

「どぎゃんしたとね純三郎？　おいどんじゃ、信安じゃ！」

戸惑いながらも信安は負けじと追ってくる。

山育ちで鍛えられた足は速い。

追い付かれそうになった刹那、純三郎は正平を背中に担ぎ上げた。

「おい、どうしたってんだい⁉　あのおさむれぇ、お前さんの名前を……」

「聞いてくれるな」

背中で暴れる正平に一言告げるや、猛然と疾駆する。

たちまち信安は引き離された。

「純三郎－!!」

声を限りに叫んでも、駆け去る背中は答えない。

信安は埃の舞い立つ路上に立ち尽くし、いかつい顔に困惑の色を浮かべるばかりだった。


それから三日の間、純三郎は長屋には戻らなかった。

信安に見つかりたくなかったのも理由の一つだが、座頭殺しの探索に忙殺されていて寸暇が惜しまれたのも事実である。

あれは心当たりのない相手、きっと人違いだろうと正平をごまかした上で探索に走り回り、夜は泊めてもらって共に過ごした。

三月もいよいよ押し詰まり、四月は目前である。

暮れ六つ（午後六時）を過ぎた頃、正平と連れ立った純三郎は久しぶりに八丁堀の立花家を訪れていた。

寸暇を惜しんで探索に奔走し、いつも明け方になってから軽く仮眠を取るばかりの毎日を送ってきた二人は揃って疲れきっており、とりわけ純三郎には疲労の色が濃い。

「大丈夫ですか、土肥様？」

いつもとげとげしい花江が思わず案じるほどだったが、純三郎の食欲は変わらず旺盛である。

「大事はござらぬ故、もう一膳よろしいですかな」

「ふん、三杯目にはそっと出しと言うのをご存じありませぬのか！」

心配しただけ損をしたとばかりに碗を引ったくり、花江は乱暴に飯を盛りつける。

かくして久方ぶりに夕餉を馳走になった後、純三郎は食休みもそこそこに恵吾の文机を借りて筆を執った。

聞き込んだ情報を紙に書き起こすのはかねてよりの習慣である。

口頭で報告するだけと違って探索の進展ぶりを恵吾に一目で理解してもらえるし、純三郎自身も頭の中をあらかじめ整理した上で話ができるので一石二鳥というものだった。

今宵は正平も交えて机に向かい、話し合いながらまとめ上げる。

正式な報告書として改まった文章を作るのではなく、ざっと箇条書きにするだけなので時はそれほどかからない。

「居《い》催促をしていやがったってことも書いといたほうがいいんじゃないか、純三郎さん」

「うむ……ならば、前日の強《こわ》催促の件も記しておこう。あれで古田は面目を潰され、怒りを募らせたのであろうからな……」

純三郎はもとより正平も、備忘録の類《たぐい》は持っていない。

聞き込みに廻った先々で耳にしたことが、すべて頭に入っているからだ。

他の同心ならば捕物控と称する分厚い帳面を岡っ引きに持ち歩かせ、聞き込んだことをあれこれと控えさせるのが常だが、恵吾は一切強要しない。

純三郎も正平も記憶力が優れており、何事も出先でしっかり頭に叩き込んでくるのを知っていればこそのことだった。

完成した報告書を手に、二人は廊下を伝って恵吾の座敷に移動する。

恵吾は晩酌を傾けることもせず、書見台を前にして二人が来るのを待っていた。

「失礼しやす」

「よぉ、ご苦労さん」

脇息《きょうそく》を後ろに押しやり、恵吾は二人と向き合った。

まずは一通り、報告書に目を通す。

何枚も紙を費やすことなく、小さめの几帳面な字で一枚物にまとめられている。

「成る程、座頭金ってのは奥が深いもんだなぁ……」

感心した様子でつぶやきながら、恵吾は報告書に見入る。

こうして紙にまとめた形で報告を受けるのは、彼にとっても効率がいい。

これまでは頭の回転こそ早いものの口下手な正平といちいち問答をして話を聞き出すのに骨を折ったものだが、筆まめな純三郎が来てくれてからは楽になり、正平の長所である記憶力の良さを引き出すことにもつながったので、まさに一石二鳥であった。

報告書から顔を上げ、恵吾は質問を始めた。

「この居催促と強催促ってのは二人がやられたことなのかい、純三郎さん？」

「左様にござる。昼日中より徒党を組みて屋敷内に乗り込み、玄関の真ん中に居座りて声高《こわだか》に口上を述べ、体面を損なわしめる手と聞き及びまする」

「聞き及びまするって、お前さんは見たことがねぇのかい」

「国許では考えられぬことにございますれば……」

「そうかい、お前さんの生国《しょうごく》はのんびりしたところらしいなぁ。いいことだぜ」

恵吾は羨ましげにつぶやいた。

「幸い俺ぁやられたことはねぇが、江戸じゃ珍しいこっちゃないのさ」

「正平殿に聞きました。無体《むたい》な催促なれど、これは古田と鈴木の両名に限った話には非《あら》ざることであると……されど、如何《いか》に珍しくもなき仕儀であろうとも、招きし結果は受け手次第でありましょう」

「他の連中は辛抱したが、古田と鈴木にゃ我慢ができなかったってわけかい」

「左様にござる……」

「そりゃ、俺もここまでやられた日にはとさかに血が上っちまうだろうよ。死んだかかぁや花江がよぉ、もしも同じ目に遭わされちまったら……な」

溜め息を吐《つ》く恵吾を、正平と純三郎は黙って見返す。

経緯を知らぬ者が事件の話を聞けば、古田佐次右衛門も鈴木彦三郎も短慮なことをしでかしたと言わざるを得まい。

どれほど返済を強硬に迫られたからといって弱者の盲人を斬り殺すとは武士、しかも軽輩の御家人とはいえ天下の直参だった者にあるまじき所業だからだ。

ましては古田も鈴木も御家人仲間の間では腕が立つと評判だった男たち。剣を学ぶ者としての心得ができていたはずの彼らが二人がかりで、しかも弱者の座頭を斬殺するとは考えがたい。

ところが、うね市殺しにはしかるべき動機があった。

凶行に及んだ古田と鈴木は御家人株ばかりか妻女まで、返済しきれぬ借金の穴埋めに取り上げられてしまっていたのだ。

子がいない身とはいえ武家の女人を、しかも直参の奥方を無理無体に売り飛ばすとは有り得ぬことと思われたが、古田と鈴木の妻が吉原遊廓に望まぬ身売りをさせられた事実は正平と純三郎の再調査によって明らかにされていた。

「取り返しのつかねぇことと分かっていても、意趣返しをせずにはいられなかったんだろうよ……。それにしても、早まったもんだなぁ」

つぶやく恵吾の口調は切ない。

「肝心の証文が消えちまったんじゃ何とも言えねぇが、談判する余地はあったはずだぜ……相手が誰であろうと、な」

報告書から顔を上げて、恵吾は言葉を続ける。

「こいつぁ座頭金に限った話じゃねぇが、借銭ってのは期日までに返せねぇときは証文を書き替えることができる。もちろん利息は増えるが返済を待ってもらえりゃ一時はしのげるし、いよいよとなりゃ他所《よそ》から借りて返すって手もあるだろう」

「されど、その手を封じられておったとなれば、やむを得ますまい」

「封じられた？　どういうこったい純三郎さん」

「初めに証文を認めし折に、書き替えはいたさぬと約定《やくじょう》を交わした由《よし》にござる」

「お前さん、死んだうね市にそう聞いたのかえ」

「仲間の座頭たちが申しておりました。何事も、金主からの指図《さしず》であると……」

「よく口を割らせたもんだなぁ」

「難しゅうございました故、床下に忍び入《い》りて耳にいたしました」

「そうだったのかい……ご苦労だったな」

純三郎を労うと、恵吾は続けて問うた。

「ところでお前さん、うね市がぶった斬られたのは自業自得と思うかね」

「……御用を離れた唯一人《ただいちにん》として申さば、その通りかと」

「そういうこった。もしも俺が町方でなけりゃ、同じことをするだろうよ。女房や娘を売り飛ばすみてぇな真似をしやがったら誰であれ……な」

つぶやく恵吾に、純三郎は無言でうなずき返す。

先程から報告をしながらも、不安を募らせずにはいられなかった。

抱え主の恵吾に対してだけではない。

直参の底辺に位置する御家人たちすべての懐具合が危ういことを、こたびの事件を追う過程で思い知っていたのである。

立花家は三十俵二人扶持とはいえ町奉行所の廻方同心という恵まれた立場であり、余禄も多いので幕府が瓦解でもしない限りは逼迫《ひっぱく》することなど有り得まい。

しかし、大多数の御家人は日々の暮らしにさえ事欠いている。

旗本も御家人も代々の禄は江戸開府の昔から変わらず一定であり、どれほど世間の物価が上がろうと増えることがない。

諸色《しょしき》の値段が高直《こうじき》になれば暮らし向きが悪くなるのも当然のことなのに公儀は直参の家禄を底上げする抜本策を採ろうとせず、幕政を改革するたびに鎌倉の世の徳政令と変わり映えのしない棄捐令《きそんれい》を強行し、借金を棒引きにさせるのが関の山。

これでは江戸じゅうの金貸しの不満を買い、次に借金をしようとしても貸し渋りをされるのも当たり前だった。

せめて役目に就いていれば家禄に加えて多少の役高も付くが、自害した古田佐次右衛門も逃亡中の鈴木彦三郎も、御家人とは名ばかりで無役に等しい小普請組。

乏しい禄だけで生活できずに座頭金を頼ったのも、やむを得ぬことだった。

そんな苦境に付け込み、百両単位で売り買いできる御家人株を取り上げたばかりか妻女の身まで売り飛ばすとは、うね市の所業は非道にすぎる。

将軍家の直参とはいえ、後の世のように更生を促すための法によって保護されていたわけではない。ひとたび御家人株を手放して浪人に成り果てれば家屋敷からも追い出されるのが決まりであった。

貸した金を取り立てる側からすれば知ったことではないのだろうが、代々の直参としての面目を丸潰しにされて、古田と鈴木が激怒したのも無理はあるまい。

ところが、当のうね市の評判は決して悪くなかった。

取り立てる相手が武士であれ町人であれ一度も無体をしたことがなく、まして身売りまで強要するとは考えられぬと、誰もが口を揃えて言っている。

「それじゃ、居催促や強催促はうね市の仕業じゃなかったってのかい」

「左様……金主の手の者どもが及びし所業にござる」

「金主？」

「御免」

恵吾の前ににじり寄り、純三郎は借り物の筆を手にする。

穂先を舐めて湿りを加え、報告書に書き加えたのは丸に金の一文字。

「丸金ってのは、どういう意味だい」

「この一文字を冠する検校殿と申さば、お分かりでありましょう」

「まさか……大名小路《でえみよう》の金井《かない》検校、かい？」

面長の恵吾の顔が緊張を孕んだ。

事件の背後にはうね市に資金を提供していた、大物の検校が存在したのである。

古田と鈴木に限らず、江戸では数多《あまた》の御家人が暮らしに困って座頭金に手を出し、返済が滞って破産していた。

彼らの大半は、丸金の異名を取る金井検校が率いる座頭たちの客だったのだ。

検校は盲人社会の権威者である。官位を発給する最高位の総検校と違って数こそ多いが、誰もがなれるわけではない。

芝の一等地である大名小路に広大な屋敷を構えていることから「大名小路の丸金」と異名を取る金井検校は当年五十歳。海坊主の如き色ボケの巨漢だが、元は歴《れつき》とした旗本。本名は金井総左衛門《そうざえもん》という。

突然の病のために視力を失ったと申し出て職を辞し、直後に京の都へ赴いて総検校に大枚を積み、今の地位を手に入れたのは十年も前のこと。

かつて関八州の各地で代官を歴任して稼いだ賄賂《わいろ》を資本にし、検校となってのし上がった金井検校は配下の座頭たちにふんだんに元手を廻して、返せるはずもない高利で散々苦しめた末に、数多の御家人から株と妻女を取り上げている。

純三郎のように御家人株を欲しがる者は幾らでもいるし、武家の女は吉原でも岡場所でも高い値が付く。金井検校は御家人の一家を次々に破滅させ、大いに儲けまくっているのだ。

純三郎と正平は連夜の探索の末、かかる事実を突き止めた。

金井検校の悪名は江戸じゅうに鳴り響いていたが、誰もが好人物だったと認めるうね市とつながっているとは誰しも思ってもいない。

事実を知るのは座頭仲間のみであり、正面から聞き出そうとしてもとぼけられるばかりであったため、純三郎は床下に忍んで探り出したのだ。

むろん、盗聴をしたところで後の世のような録音機器が無くては裁判の証拠には成り得ない。

純三郎は金井検校の屋敷に忍び込み、しかるべき証拠を入手していた。

「こちらをご覧くだされ」

そう言って恵吾に差し出したのは上納金の帳簿を破り取ったもの。

うね市の名前は末尾に記されており、納めた額も座頭たちの中で最下位だった。

「よく持ち出せたもんだなぁ。お前さん、国許じゃ忍びの修練でも積んでいたのかい？」

「いえ……隠形の法を少々心得ているだけにござる」

感心しきりの恵吾に淡々と答え、純三郎は続けて言った。

「時に立花様、何故《なにゆえ》にうね市が空《むな》しゅうされたかお分かりになりますか」

「どういうこったい」

「もとより金貸しは逆恨みが付き物にござれば、身辺に気を配るは当然至極。盲人の身となれば尚のこと、守りを堅くするはずでありましょう。金井の屋敷にも多勢の用心棒が詰めており、抱えの座頭たちの警固役も交代で見張りをしております。されど、稼ぎの悪いうね市には一人の用心棒も付いてはおりませなんだ」

「つまり、放っておかれてたってことかい」

「はい」

純三郎は確信を込めてうなずいた。

「言葉は悪うございますが、お荷物なればこそ見殺しにされたのではないかと」

「古田と鈴木に狙われてるって承知の上で、金井検校は助けなかった。お前さん、そう言いてぇのかい？」

「左様に考えれば、腑に落ちまする」

「まぁ、この稼ぎじゃな……考えられるこってすぜ、旦那」

恵吾が手にした帳簿の切れ端を覗き見ながら、正平も同意を示した。

どの業種でも成績の良くない者が雇い主から冷遇されるのは世の常だが、金井検校のやり方は徹底していた。

ただでさえ危険と隣り合わせの稼業を配下の座頭たちに営ませておきながら、稼ぎの悪いうね市については身辺の警護をしてやらずにいたのである。

それでいて取り立てには用心棒とは別に抱えている無頼漢どもを差し向け、うね市の使いと称させて強引な催促をやらせていたのだから始末が悪い。

かくして、うね市は金を貸した相手に恨みを買いまくっていながら守ってもらえぬまま、哀れにも見殺しにされてしまったのだ。

「真《まこと》の悪は大名小路の丸金……かい」

恵吾は淡々とつぶやいた。

正体が見えたとはいえ、敵は余りにも強大だった。

金井検校は盲人社会での権威に加えて、幕府にも顔が利く。

配下の座頭たちの金主となって操るだけでなく自らも多額の資金を運用し、幕閣の老中や若年寄にまで金を貸し付けているからだ。

古田佐次右衛門と鈴木彦三郎の追捕に町奉行所が動員されたのも、元はと言えば幕閣から命じられてのことである。

老中も若年寄も金井検校の機嫌を損ねるのを恐れ、古田が自害した上は残る鈴木を一日も早く生け捕りにし、極刑に処することを望んでいる。武士らしく自ら腹を切らせてやることなど最初から考えてもいないのだ。

一番悪いのは金井検校ですと訴え出たところで相手にされず、下手をすれば恵吾はもとより南町奉行の筒井伊賀守政憲《つついいがのかみまさのり》まで首が飛ぶだろう。

しかし、このまま引っ込むわけにはいかなかった。

町方同心とはいえ、恵吾も御家人である。

追われる身となった末に自害した古田佐次右衛門に対しては憐憫《れんびん》の情を覚えずにいられないし、逃げ続けている鈴木彦三郎のことも、どのみち捕らえなくてはならないにせよ、無下には扱いたくないのが本音だった。

そんな恵吾の気持ちを感じ取っていればこそ、正平も黙ってはいられない。

「こいつぁ手証《てしょう》にゃならねぇんですかい、旦那」

「相手がもうちっと小物なら吟味の場で突きつけてやることもできるだろうが、な……」

「じゃ、丸金には通じねぇと!?」

「間違いなく、俺ぁその場で手討ちにされるだろうよ。証拠の品なんぞは最初《はな》から無かったってことにされた上でな」

「そんな……」

恵吾のつぶやきに、正平はがっくりとうなだれる。

「しっかりせい」

落ち込むのを励ましつつ、純三郎は恵吾に訴えかける。

「されば立花殿、月明け早々に目安箱に投じられてはいかがでありましょう?」

「無理だろうさ。若年寄の肥後守《ひごのかみ》様にも、御側衆《おそばしゅう》の美濃守《みののかみ》様にも、丸金の息はかかってるんだからな……」

答える恵吾の口調も打ち沈んでいた。

名君と謳われた八代将軍の吉宗公が享保六年（一七二一）閏《うるう》七月、江戸城辰《たつ》ノ口《くち》の評定所に設置させた目安箱は庶民の声を広く集め、将軍が自ら内容を改めるのが主旨。しかし実際は将軍の側近である御側御用取次《ごようとりつぎ》があらかじめ選別を行い、不都合な訴えは握りつぶされるのが常だった。当代の家斉公の側に仕える水野美濃守忠篤《ただあつ》も例外ではなく、金井検校に買収されているので話にならない。

天下人たる家斉自身も嫡男の家慶《いえよし》が四十を過ぎていながら将軍職を譲ろうとせず、還暦を迎えた後も変わらぬ酒食遊興に耽《ふけ》るばかり。幕閣唯一の正義派で清廉潔白な本丸老中の水野越前守忠邦が諫言《かんげん》しても聞く耳など持たず、御側御用取次あがりの寵臣《ちょうしん》で若年寄の林《はやし》肥後守忠英《ただふさ》に幕政を仕切らせて顧みずにいる。

この林も金井検校に鼻毛を抜かれた一人であり、逃亡中の鈴木彦三郎を捕らえし上は公正な吟味を行って経緯を明らかにすべしと主張する水野の意見を完全に無視し、速やかに死を与える方針を打ち出していた。

いずれにせよ、鈴木が救われる可能性は皆無なのだ。

春の夜が更けゆく中、座敷は重たい沈黙に包まれる。

夜風が庭木の若葉をそよがせる音がする。

いつもは心地よく感じる音が、今は純三郎の焦燥の念を掻き立てるばかり。

「……どうあっても打つ手はござらぬのか、立花殿」

「裏の稼業人でも動いてくれねぇ限り、どうにもならねぇよ」

答える恵吾の表情は暗い。

己の無力を嚙み締める老同心を、純三郎は黙って見返すばかりであった。

六

宵闇の中、純三郎が裏門坂を下っていく。

根津の長屋に着いたのは夜五つ半（午後九時）。

すでに路地は静まり返り、どの棟も明かりが消えていた。

長屋の人々はみんな早寝早起き。

いつも六つ半（午後七時）には家族揃って夕餉を済ませ、純三郎が帰ってくる頃には灯火を消して床に就いているのが常だった。

半刻（約一時間）後の四つ（午後十時）になれば、町境の木戸が締まる。表通りから長屋のある路地に入る木戸も同様で、番人の親爺は戸締めの刻限を待ちながら、しきりに欠伸《あくび》を嚙み殺していた。

「おやおや、土肥様じゃありやせんか」

純三郎の姿を見るなり、木戸番は慌てて駆け寄ってくる。

「三日もお戻りになられねぇから、長屋のちびどもが案じておりやしたぜ」

「左様であったか……」

答える純三郎は黒い瞳を翳らせたままでいた。

座頭殺しの真相に迫るのは至難と明らかになったことで、気分は打ち沈んでいる。

子どもたちが自分を心配していてくれるのは嬉しいが、今は微笑を浮かべる余裕など有りはしない。何のために探索に走り回り、苦心して検校の屋敷の奥深くまで忍び込んだのかと虚しい想いを嚙み締めるばかりであった。

「そうだ、忘れておりやした」

重たい足取りで木戸を潜った純三郎に、木戸番の親爺が思わぬことを告げてきた。

「土肥様ん棟《とこ》にお客さんが来ておいでですぜ」

「客……？」

「どこのご家中のお方かは存じやせんがね、いかついご面相の浅黄裏でさ。夕時にお出《い》でになりなすってから、ずっと帰《けえ》らずに粘っておられやす。梃子《てこ》でも動きやしねぇって手合いでござんしょう」

「……」

純三郎は絶句した。

聞いた内容から察するに、土肥信安と見なして間違いない。

ついに長屋を突き止めて乗り込んできたのだ。

最悪の気分のときに会いたくはない相手だが、放っておくわけにもいかなかった。相良藩邸の門限はとっくに過ぎており、一般の藩士ならば厳罰ものの時間だった。信安の場合は藩主の相良氏よりも歴史の古い一族だけに大目に見られてはいるはずだが、さすがに夜が明けるまでに帰さねばまずい。速やかに話を付け、引き取ってもらわねばなるまい。

「雑作《ぞうさ》をかけたな。されば、御免」

平静を装って木戸番を労《ねぎら》い、純三郎は足早に路地を通り抜けてゆく。

腰高障子の向こうに淡く明かりが点っている。

古畳にあぐらをかいた信安は買い置きの灯油に手を付けず、持参の蠟燭《ろうそく》を用いていた。

「今日《きゆう》は会えたなぁ、純三郎……」

腕を組んでじろりと見返しながらも、信安の口調は穏やかであった。

手土産は蠟燭だけではない。

「おまいは俺の義弟《おとうと》たい。ふさわしか身なりばせんね」

拡げた風呂敷の中には夏用の羽織と袴。

添えられた錦袋からは、肥後拵の一振りが姿を見せた。

「おまいの脇差と同じ、正国《まさくに》ん作じゃ！」

にっと頬を緩めるや、信安は誇らしげに鞘を払う。

淡い灯火の下に、肉厚の刀身が露わになった。

定寸よりもやや短い、戦国の世に鍛えられた打刀《うちがたな》ならではの二尺二寸（約六六センチメートル）物。打つ刀と書いての通り、合戦場の白兵戦で抜くのと斬るのを一挙動で行いやすく造られた一振りは、見紛うことなき同田貫正国――兄の清国《きよくに》ともども加藤清正の御抱鍛冶を勤め上げ、同田貫一門の存在を世に知らしめた名工の作であった。

「あがとしゃぎもした（有難う申し上げました）、若檀那さぁ（様）……」

「若じゃなかとよ」

球磨弁で礼を告げる純三郎に、信安は照れくさそうに言い添えた。

「俺《おい》は家督ば継いだとよ。父《とと》しゃんは隠居しんさったとたい」

「まことですか？」

「暮れのこったい。御上にお許しば頂戴し、肥後に帰っとったとよ」

「おめでとうございまする」

純三郎は改めて、深々と頭を下げた。

信安は無理無体に連れて帰ることだけを考えて待っていたわけではない。着替えばかりか刀まで揃え、土肥の当主でありながら従者も連れずに自らの手で純三郎のために持ってきてくれたのだ。

ここは潔く観念し、同道するべきだろう。

信安も純三郎が当然従ってくれると思えばこそ、怒りを抑えているのだ。あくまで仮に土肥の姓を与えられたにすぎぬ、系図の上では弟でも何でもない赤の他人のためにここまでしてくれる者などいまい。

身に余る好意であった。

受け入れて当然のことであった。

しかし、どうしても首を縦には振れない。

「どぎゃしたとぉ？　何事も、ひみゃいらんとぞ（訳のないことだぞ）……」

黙ったままでいる純三郎に、信安は嬉々として語り続けた。

月が明けて四月になれば藩主の相良壱岐守頼之は参勤明けとなり、江戸から肥後の人吉へ向けて出立する。その前に信安は純三郎を伴って直に頼之へ詫びを入れ、脱藩の罪を免じてもらうつもりであるという。

昨年の暮れに土肥家の当主となったことで、信安は自信を深めているらしい。

これまでは老いた父の安次に代わって城下町の人吉まで出仕し、相良の家中でも軽輩並みの御用を務めてきただけにすぎないが、家督を継いだ上は遠慮無用。相良氏より先に肥後国に根付いた一族の当主として揺るぎない自負の下に、堂々と談判をする気になっていた。

そこまで言ってくれる気持ちは有難いが、純三郎は答えられずにいる。

相良氏の威光に屈することなく意地を押し通すのは、土肥家を始めとする五木村の地頭衆の昔からの誇り。信安が強気なのも、先祖代々の気質の為せる業と言っていい。

とはいえ、自分一人のために無茶をさせたくはなかった。

もしも心の底から肥後に戻りたい、再び五木村で土肥家の庇護の下に暮らしたいと願っていれば助けを乞うてもいいだろう。信安は純三郎を実の弟のように想っており、面倒を看たくてしかたがないからだ。

しかし、当の純三郎は帰参など望んでいない。

今さら国許に戻りたくはないし、信安の世話にもなりたくはなかった。

愛着深い江戸にとどまることだけが、唯一の望みなのだ。

障子の隙間から吹き込む風が、蠟燭の炎を揺らしている。

「若……檀那さぁ」

純三郎はおずおずと口を開いた。

「俺は人吉《ひてえしい》にゃ行かん……うっちぇて（放っておいて）くだはんもし」

非礼を承知の一言だった。

後には引けない決意を込めての反抗であった。

「何をあらんこと（埒もないこと）言うやる！」

たちまち信安の目が吊り上がる。

「こン異風者《いひゅごろ》が！」

純三郎が浴びせられたのは「へそ曲がり」を意味する一言。人吉でも五木村でもみんなにそう呼ばれていたが、信安だけは口にせずにいてくれたものである。

だが、今や気遣いは失《う》せていた。

「おどりゃア、何ば異風《いふ》くれとっとや（意地を張っているのか）！　きっとごえちゃなん（ふざけるな）!!」

「ご勘弁くだされっ」

どれほど叱りつけられても、純三郎は抗《あらが》うばかり。

信安に合わせた球磨弁を口にするのも止《や》めていた。

「拙者はこの江戸で生きたいのです！　何卒《なにとぞ》、お見逃しくだされっ」

しかし、信安は聞く耳を持たない。

「もうくさ（ええい）、こンよくたれ（出来損ない）！」

騒ぎを聞き付けて起きてきた隣近所の人々など意に介さず、純三郎の首根っこを引っつかんで路地へ連れ出す。

「無茶は止めておくんなさいまし、お武家さまぁ」

皆を代表して、差配（管理人）が仲裁に入ろうとしても無駄なこと。

「うなァ、わがのー」

じろりと見返しざまに信安が放ったのは、地元の城下町で「やっしゃもん（やくざ者）」が喧嘩の相手を威嚇する一言。

名家の当主らしからぬ脅し文句が口を突いて出たのも飼い犬に手を噛まれた怒りの余りであったが、巻き添えを食らった差配はいい迷惑だった。

「ひっ⁉」

声を低めた威嚇におびえ、よろめき倒れて尻餅をつく。

江戸で生まれ育った長屋の衆にとって、お国言葉は外国語のようなもの。

とりわけ球磨弁は単語の一つ一つが独特なので訳が分からずにいたが、信安が頭から湯気を立てるほど激怒しているのと、どうあっても純三郎を連れ帰るつもりであるのは見れば分かる。

長屋の人々は一斉に退《しりぞ》いた。

しかし、収まらないのは子どもたち。

「やめて！」

「やめてよぉ」

路地を去り行く二人の背中に、竹蔵と菊次が哀願の声を張り上げる。

お松は駆け出そうとしたものの、後ろからお梅に抱き止められていて動けない。

「はなしてよぉ、おねぇちゃん」

「静かにしな！　あの人はこわいおさむらいさんなんだよっ」

まるい顔を強張らせながら、お梅は懸命に説き聞かせる。

どれほどせがまれようとも、純三郎の許に駆け寄らせるわけにはいかなかった。

年下の幼子たちには分からずとも、見るからに短気で融通の利きそうにない信安に食ってかかれば無事では済まぬと察しは付く。

一方の三太は両腕を拡げて立ちはだかり、他のちび連を遮っていた。

「おにいちゃんをたすけてあげてよぉ、三ちゃん」

「三ちゃーん！」

悲鳴のような声を浴びせられても、三太は動こうとせずにいる。

誰もが田部伊織、そして辻風弥十郎や本多誠四郎のように優しい武士ばかりではないことを、身を以《もっ》て知っているからだ。

可愛い弟分や妹分たちを危ない目に遭わせてはなるまい。

がき大将の責任を自覚しての行動は、子どもの限界でもあった。

逞しい純三郎も逆らえぬほどの威厳を、あのいかつい武士――土肥信安は備えている。

とても自分たちが歯の立つ相手ではないのだ。

信安はひと睨《にら》みで木戸番を退かせ、純三郎を連れて姿を消した。

（助けてあげてくれよぉ、誠の字の兄ちゃん……）

夜空の下で悔し涙を流しつつ、三太はそう願わずにはいられなかった。

七

純三郎が連れて行かれたのは目と鼻の先の門前町だった。

「若檀那さぁ……」

「若じゃなか！　俺は土肥の二十八代目、十郎左衛門信安じゃ!!」

何事かと驚く遊客たちの目など、最初から気にも留めていない。

純三郎を改心させることしか、今は頭に無いのだ。

本来の純三郎は球磨弁で言うところの「おしょもん（利口者）」であり、土肥家を支える上で側にいてほしい存在だった。

それが一体どうしたことか、江戸にかぶれて執着している。

国許こそ最高と思う信安にとっては理解できぬことだった。

そんなに江戸が好きならば、どんなに汚いところなのかを見せてやる。可愛さ故に、目を覚まさせてやらずにはいられなかった。

夜の訪れと共に門前町は岡場所に一変し、紅灯《こうとう》に彩られていた。

吉原遊廓に比べれば簡素ではあるが、紅殻《べんがら》格子の向こうには美々《びび》しく着飾った女郎がずらりと並んで客の目を惹いている。

そんな女たちに信安は憐れみの目を、そして行き交う遊客の中に目立って多い着流し姿の武士たちには蔑《さげす》みの眼差《まなざ》しを向けていた。

国許の女子《おなご》がここまで身を落とすことはない。人吉の城下はもとより土肥家が治める五木村も決して豊かとは言いがたいが、村人たちは娘に口減らしの子守り奉公をさせはしても、女衒《ぜげん》にまで売ったりはしない。土肥家でも子守りを抱えているが無体は強いず、成長すれば嫁入り先の世話もしてやっている。

しかし、江戸はどうであろうか。

町人の娘ばかりか昨今は御家人の妻女までが吉原や岡場所に身を沈めたり、夜鷹《よたか》と称する街娼を密かに営む始末。とても将軍のお膝元とは思えぬ、呆れた体たらくではないか。

この哀れな女たちを、純三郎がなりたいと願っている直参の男どもは平気な顔で買い、色事ばかりか歌舞音曲にも現《うつつ》を抜かしている。遊興をせずに剣術の修行や学問に励む真面目な者は堅物呼ばわりされ、馬鹿にされるばかりなのが現実だった。

「拙者は違いまする！　余人になど左右されず、わが道を一途に貫く所存にございまするっ」

「こん馬鹿たれ!!」

辺りを憚らず、信安は純三郎を叱りつけた。

本当に、そんな連中の仲間になりたいのか。

将軍のお膝元でありながら江戸は武士が武士らしくしていられぬ地であり、執着する値打ちなど皆無のはず。いい加減に目を覚ませ。

「俺の言うことは間違っちょるか、純三郎？」

「……」

純三郎が答えられずにいると、そこに思いがけない声が割って入った。

「間違い放題だぜ、あんた」

野太い声と共に、ぬうっと腕が伸びてきた。

無造作に信安の手首をつかみ、純三郎を解き放つ。

「さっきから黙って聞いてりゃ、言いたい放題に言ってくれるじゃねーか。え？」

現れたのは緋色《ひいろ》の長襦袢《ながじゅばん》を羽織った大男。

もともと高い身の丈が、店の物と思しき下駄を突っかけているので軽く六尺を超えていた。

見下ろされる格好になった信安にしてみれば、当然ながら面白くない。

「うなーわがの、何者じゃ！」

じろりと見返して威嚇しながら、信安は手首をさすっている。

呆れるほどの剛力に内心では舌を巻いていたが、刀に懸けて引き下がるわけにはいかなかった。

対する男は余裕綽々《しやくしやく》であった。

「俺かい？　通りすがりの閑人《ひまじん》だよ」

「そん閑人が、なぜ邪魔立てすっとね」

負けじと問う信安に向かって、にっと微笑みかける態度も余裕に満ちている。

「俺ぁ、こちらの純三郎さんの友達《だち》なんでな……往来で恥をかかされてんのを見過ごすわけにはいかねぇだろ」

「うなぁ……」

信安は不覚にも気圧《けお》されていた。

だらしない態《なり》をしていても、髷を見れば相手の立場は自ずと分かる。

二十代の半ばと思しき男は、黒々とした髪をきっちりと本多髷に結っている。

主持《しゆうも》ちの武士、それも直参旗本に多い髪形である。

身分だけでなく、力も相手のほうが上だった。

薄い襦袢の生地越しに、細身ながら鍛えられた体付きが見て取れる。

鞭を束ねたかのような、しなやかな腕をしている。

はだけた裾から覗く腿《もも》も、筋肉の張りが頼もしい。

顔付きも精悍そのものだった。

紅灯の明かりが彫りの深い顔を照らしている。

髪だけでなく、眉も黒々としていて太い。

がっちりとした顎の張りは持ち前の意志の強さを感じさせて止まず、目も鼻も口も大きく精悍そのもの。

何よりも、目付きが鋭い。

微笑んでいても、大きな両の目には絶えず気迫が満ちている。

殊更に信安を威嚇するまでもなく、自然にたじろがせて余りある迫力をこの男は備えている。勝負を挑まれれば行住坐臥《ぎょうじゅうざが》、即座に応じられるだけの場数を、若いながらも踏んできているのだ。

信安とて腕に覚えのある身。

面と向き合えば、相手の力量は見て取れる。

この男は強い。

堕落しきった直参の典型と思いきや、鍛え抜かれた武芸者だったのである。

思わず後ずさる信安に向かって、男はにやりと口元を緩めてみせた。

「信安さんとやら、人を物扱いするんじゃねーよ」

「何っ」

「純三郎さんは手前《てめえ》の料簡でこの江戸にいたいって、さっきから言ってんだろ？　義理の兄《あに》さんだか殿様だか知らねぇが、男がこれと決めてやってることに余計な口を挟むのは野暮天ってもんだぜ」

「む……」

凄みを利かせる男に、信安は押し黙る。

右の手首がしびれたままでいた。

どれほど左手で鞘引きを効かせたところで、今の状態では抜き打つ前に押さえ込まれるのが目に見えている。

襦袢一枚の男は、刀はもとより脇差さえも帯びていない。

しかし、丸腰でありながら信安を圧倒して止《や》まずにいる。

持ち前の迫力だけの為せる業とは違う。

この男には、無刀で戦えるだけの腕がある。どのような技を身に付けているのかまでは定かでないが間違いなく、純三郎にも勝る技倆を備えているのだ。

信安は無言で踵を返した。

成り行きを呆然と見守っていた純三郎とすれ違いざま、顔を見ずに語りかける。

「羽織も刀も、好きに使うたらよか」

「檀那さぁ……」

信安は答えない。

肩を落とし、紅灯瞬《またた》く門前町から黙って遠ざかるばかりであった。

気まずい面持《おもも》ちのまま、純三郎は反対側に歩き出す。

窮地を救ってくれた男には、礼も告げない。

当の男は飄然《ひょうぜん》と路上に立ち、去り行く二人の背中を交互に見送っていた。

「余計な世話を焼いちまったかなぁ」

苦笑しながら頭を掻き掻き、下駄を鳴らして女郎屋に戻っていく。

男の名は本多誠四郎、二十六歳。

かつて辻番所一党に加わり、裏の稼業に豪腕を振るっていた若き手練であった。

八

いよいよ三月も残すところ二日となった。

午前の陽射しの下を歩きながら、純三郎はまだ気まずい思いを抱えている。

月が明ければ早々に、相良藩主一行は帰国の途《と》に就くことになる。

信安の好意を踏みにじってまで我を通すのは不敬の極み。

すぐにでも会って詫びを入れるべきなのだろう。

だが、こうして芝まで来ていても、藩邸のある藪小路には足を向けられずにいる。

純三郎は鈴木彦三郎の行方を追う正平と別行動を取り、丸金こと金井検校の周囲に張り込んでいた。

本来ならば二人揃って鈴木の追跡に注力しなければならぬはずなのに、正平は純三郎に検校屋敷を任せたいと言ってきたのだ。

どうにもならないのかもしれないが、このままじっとしてはいられない。

今一度、鈍重《どんじゅう》な自分にはできない探索に挑んでほしい。

そんな正平の気持ちを汲んだ純三郎は、抱え主の立花恵吾に迷惑をかけぬようにして金井検校の身辺を洗い直し、更なる証拠を手に入れるつもりであった。

目安箱が当てにならぬのならば、幕閣唯一の正義派である水野忠邦の屋敷へ証拠の品々を密かに置いてくればいい。

忍びの者さながらに動ける純三郎には、そうすることができる。

上手く行くかどうかは忠邦の裁量次第だが、やってみなくては何も始まるまい。

かくして純三郎は一人で芝に赴いたのだ。

門付《かどづけ》の浪人を装い、日除けの網代笠で顔を隠しながら屋敷の周囲を歩き回る。

さすがに昼日中から塀を乗り越えて忍び込むわけにもいかない。

初夏を思わせる陽気の中、純三郎は黙然と歩を進める。

行く手から豪奢《ごうしゃ》な乗物がやって来た。

純三郎はすっと道の脇に寄る。

と、黒い瞳が強張った。

側面に見えるのは立《た》ち葵《あおい》——本多の家紋。

そして、おもむろに停《と》まった乗物から降り立ったのは裃姿の誠四郎。

夜勤が明けて下城するところと見受けられた。

「よぉ、また会ったな」

「貴公……」

「あのおいどん、今日は一緒じゃないのかい？」

「口を慎んでいただこう……」

さすがに純三郎はムッとしていた。

対応に困っているとはいえ信安は養家の嫡男であり、今や当主の身。

世話になってきた身としては、軽くあしらわれては腹も立つ。

しかし、誠四郎は涼しい顔のままでいた。

「そんなに睨みなさんな。お前さんの目付きはどうにもきつくていけねぇ……それじゃ女にモテやしねぇぜ」

「知ったことではあるまい……こちらには貴公のように女色に現を抜かしておる閑などないのだ」

乗物脇に控えた供侍たちが目を剝くのを恐れることなく、純三郎は言い返す。

「まぁ、そう怒るなって」

肩をぽんと叩き、誠四郎は続けて言った。

「ちょいと俺んとこに寄っていきなよ。手間ぁ取らせねぇから」

「え？」

「ほら、付いてきな」

戸惑う純三郎に微笑み返し、誠四郎は再び駕籠《かご》に乗り込む。

訳が分からぬまま、純三郎は乗物に従って歩き出す。

程なく大きな屋敷が見えてきた。

堂々たる長屋門は、さすが七千石ならではの門構え。

「ほら、突っ立っていねぇで入りなよ」

「う、うむ」

網代笠を取り、純三郎は気まずそうに門内へ足を踏み入れる。

供侍たちはもとより、門番も行く手を止めはしなかった。他ならぬ当主が連れてきたとなれば、尾羽打ち枯らした浪人であろうと客人に変わりはないからだ。

「お戻りなされませ、殿様」

「お戻りなされませ」

誠四郎はまだ妻帯《さいたい》していないらしく、迎えに出たのは奥女中たちのみ。

「ご苦労さん」

定寸の佩刀《はいとう》を女中に渡し、誠四郎はずんずん奥へと向かっていく。

廊下の途中で足を止め、純三郎に向き直る。

「ああ、すまねぇがちょいと待っててくんな」

手ずから障子を開けて入った座敷は、身内の部屋らしかった。

「お客様ですか、兄上……」

「気を遣うにゃ及ばねぇよ。調子はどうだい、忠一《ただかず》」

「おかげさまで伝い歩くに大事はありませぬ」

「そりゃ良かった。じゃ、今度の非番にゃ根津権現へ躑躅《つつじ》の香りでも聞きに行くとしようかい」

「見に……でありましょう？」

「俺ぁ、あの甘ったるい匂いが好きなんだよ。お前も付き合え」

「喜んでお供をいたしまする」

障子越しに聞こえてくるのは、弟と交わす会話であるらしい。

漏れ聞こえる誠四郎の声は、何とも優しい響きを帯びていた。


純三郎が案内されたのは屋敷の離れ。

薬の臭いが微かに漂う、病室かと思われる部屋であった。

そこで誠四郎は思わぬ人物を引き合わせたのである。

「鈴木彦三郎だよ」

「えっ⁉」

黙って座礼をする手配書通りの男を目の前にして、純三郎は絶句した。

今まで見つからなかったのも当然だろう。

直参の屋敷は治外法権であり、町奉行所はもとより火付盗賊改でさえ勝手に敷地内へ踏み込むことは許されない。名門旗本の本多家となれば尚のことだった。

その特権を、誠四郎は逃亡者の保護に利用したのだ。

「さて、どうするね？」

押し黙っている鈴木を前にして、純三郎は答えが出せない。

そもそも、なぜ自分に引き合わせるのか。

答えは誠四郎の口から明かされた。

「お前さんが検校屋敷を探ってたのは、俺も先刻承知だったのよ」

「本多殿？」

「丸金に目を付けてたのは、お前さんだけじゃねーってことさね」

「……されば、貴公も」

「越前守さんから内々に頼まれてな……ちょいと探りを入れてたのさ」

水野忠邦のことである。

昌平黌の学問吟味に及第し、文官として登用された誠四郎だが、実は柳生新陰流の門下でも指折りの手練なのは幕閣すべての知るところ。そこで水野は内密に事を頼み、丸金こと金井検校の悪事の証拠を探り出させようとしていたのだ。

「そういう次第なんだが、目当ての帳簿をお前さんに先に持ってかれたもんで丸金はえらく用心深くなっちまってなぁ。用心棒の数もやたらと増やしやがった」

「拙者のせいだと申されたいのか」

「そんなに睨みなさんなよ。ほんとに剣呑《けんのん》な眼だぜぇ」

嫌味を言われてムッとする純三郎に、誠四郎は微笑み返した。

しかし、目は笑っていない。

「そこで相談なんだがな純三郎さん、お前さんの抱え主……南町の立花が持ってる帳簿の切れっ端《ぱし》を俺に渡しちゃくれねぇか」

「……何をするのだ」

「お前さん方じゃ扱いかねる代物《しろもん》でも、俺から越前守へ直に渡せば物を言うだろうってことよ」

「丸金を罪に問うことができると申すのか」

「まぁな」

「至難であろう。あやつは上様の寵臣たちまで抱き込んでおると聞くぞ」

「肥後守と美濃守のことかい。ま、難物だけどな」

「されば、やはり難しいと……？」

「それでもやらなきゃならねーのさ。丸金の野郎に詰め腹を切らせねぇと、こいつの仇討ちにゃならねぇんでな」

と、誠四郎は傍らの鈴木を見やる。

黙ったまま鈴木はうつむいていた。

よく見ると、喉にさらしが分厚く巻かれている。

漂う臭いの源は、声が出せぬほど切り裂かれた喉に塗られた傷薬だったのだ。

「ひでぇ話さ」

誠四郎曰く、鈴木は亡き古田ともども検校にはめられたという。

検校は自分が表に立たなくて済むように配下のうね市に汚れ役を命じ、貧乏御家人たちに金を貸し付けることを専《もっぱ》ら命じていた。

首が回らなくなったのを見計らって荒事《あらごと》専門に雇っている子飼いの用心棒たちを差し向け、返済できぬ穴埋めとして御家人株と妻女を取り上げさせる手口は、純三郎と正平もすでに調べを付けていたことである。

しかし、誠四郎の話は更にひどいものだった。

「こいつも古田も、うね市を手にかけてなんかいねぇのさ。用心棒どもが始末したところに呼び出されて、罪をおっかぶせられたのよ」

「なぜ、丸金はうね市を?」

「京の総検校に訴えるつもりで、江戸から出ようとしていたそうだ……いまわの際《きわ》にそう聞いたんだろ？」

誠四郎の問いかけに、鈴木は黙ってうなずく。

金井検校の用心棒たちは鈴木彦三郎の喉に傷を与えたものの取り逃がし、ならばこうするまでとばかりに生け捕りにした古田佐次右衛門を殺害したのである。

片割れの古田が罪を認めて自害したと見せかければ、鈴木を始末する必要もなくなる。町奉行所であれ火盗改《かとうあらため》であれ、任せておけば座頭殺しの重罪人として追跡し、勝手に捕まえて評定所送りにしてくれるからだ。

逃亡したところを誠四郎に助けられ、こうして匿われはしたものの、手配が江戸じゅうに回っていては鈴木を助ける手段はひとつしかない。

丸金こと金井検校が味方に付けている幕閣の妨害を突破し、旧悪を暴くのだ。

鈴木と古田以外にも、幾つもの御家人の家が犠牲になっている。

みんなの無念を晴らすために、そうしてやりたい。

「実はなあ純三郎さん、俺ぁゆうべ女を抱きに行ってたわけじゃねーんだよ」

「え」

「死んだ古田の奥方があの店にいるんでな……俺が買い切りにしたってことにして一晩休ませてやったのさ」

「左様であったのか……」

「どうせだったら身請けをしてやりてーんだが、七千石と言っても内証はなかなか苦しいもんでな……ほんの慰めにしかなるめぇがよ」

訥々《とつとつ》とした誠四郎の言葉を鈴木は静かに聞いている。

口は利けずとも、人は目で語ることができる。誠四郎に向けた視線は、苦界《くがい》に落ちた友の妻女を気遣ってくれたことへの謝意に満ちていた。

そんな鈴木の態度に感じ入りつつ、純三郎は問うた。

「されば本多殿、鈴木氏のご妻女にも同様の気遣いをなさっておられるのか」

「……できればな、俺もそうしてやりたかったよ」

「は？」

「吉原に売られて早々に、奥方は自害しちまったのさ……懐剣が無いもんで、剃刀《かみそり》で喉を裂いて……な」

「よ、余計なことを問うてしもうて相済まぬ」

純三郎は慌てて頭を下げたが、誠四郎も鈴木も態度を荒らげはしなかった。

もとより純三郎が敵ではなく、悪気があるわけでもないのを承知しているのだ。

それでも気が咎めるのならば、言うことを聞いてくれればいい。

「頼まれてくれねぇか、純三郎さん」

「承知した。立花殿に掛け合うて、必ずやお届けいたす」

誠四郎の言葉に、純三郎は深々とうなずくのだった。

九

その夜、八丁堀の組屋敷を訪れた純三郎は恵吾と談判し、例の帳簿の切れ端を誠四郎に託すのを認めてもらった。鈴木彦三郎が匿われている事実は伏せ、後で当人と対面したときに誠四郎から直々に説明をしてもらうことにした。

翌朝早々に恵吾と共に愛宕下の本多屋敷へ届けることになり、ひとまず根津の裏長屋に戻って床に就く。

そして一夜が明けた朝、正平が息せき切って路地に駆け込んできた。

「て、大変《てえへん》だぁ」

「何としたのだ、正平殿……」

井戸端に立つ純三郎の廻りでは、いつものようにちび連が揃って歯を磨いている。

ここでは話もできぬため、離れた総後架《そうこうか》――共用便所の前まで連れて行く。糞尿の臭いがおびただしいのは閉口するが、子どもたちに余計なことは聞かせたくない。

「一体何事だ。事の段取りならば、昨夜に話したであろう？」

「それどころじゃねぇんだよ、純三郎さん」

正平は上ずった声で言葉を続ける。

「す、鈴木彦三郎がやりやがったんだよ」

「……どういうことか」

「芝の検校屋敷に乗り込んだのさ、ゆうべ遅くに、たった独りでな」

「……まことか」

鈴木は単身で金井検校の許に斬り込み、返り討ちにされてしまったという。

これでは証拠の品も生きはしない。

せっかくの手証も無駄になってしまったのだ。

「して正平殿、亡骸《なきがら》はどうなったのだ」

「俵に詰めて、海蔵寺《かいぞうじ》に放り込まれていたそうだよ……」

「投げ込み寺……か」

純三郎の黒い瞳が怒りにぎらつく。

夫婦揃って同じ扱いにされるとは、ひどすぎる話だった。

先に自害した奥方は千住の浄閑寺《じようかんじ》、そして鈴木は品川の海蔵寺と場所こそ違うが、いずれも無縁仏として、碌に読経《どきよう》もしてもらえずに葬られる羽目になったのだ。

零落した御家人の夫婦だから悲惨である、とは純三郎は思わない。

人が人に対し、こんな真似をしていいはずがない。

これが江戸の冷たい現実なのだとしたら、改めなくてはなるまい。

しかし、怒りを爆発させる前に確かめておかなくてはならないことがある。

なぜ、誠四郎は鈴木を行かせてしまったのか。

その点だけは、はっきりさせておく必要があった。


夜が更けるのを待って、純三郎は愛宕下の本多屋敷に忍び込んだ。

一人きりで正面から行けば、門前払いを食わされるのがオチである。

誠四郎にしても、胡乱《うろん》な浪人にたびたび知り合い顔をされては迷惑であろう。

怒り心頭に発しながらも冷静にそう判じ、塀を乗り越えて庭に侵入したのだ。

「……お前さんかい。どうして今朝は来なかったんだい？」

曲者《くせもの》と見なして抜きかけた刀を鞘に納め、濡れ縁《えん》に立った誠四郎はにっと微笑む。

「よくも笑うておられるものだな、貴公……」

口が利けなかった鈴木と同様に、純三郎は目で語っていた。

匿ったのならば、なぜ最後まで守ってやらぬのか。

鈴木が妻女の、そして友の無念を晴らすべく走った気持ちは分かる。

証拠の帳簿が誠四郎から水野忠邦の手に渡ったところで、金井検校とその一味を確実に罪に問うことができるとは限らない。

その点については昨日も誠四郎と話し、裁きが下る可能性は五分五分であろうと純三郎も承知していた。

しかし、屋敷を抜け出すのを見逃すとは何事か。

止められなかったのなら、せめて助太刀《すけだち》をしてやるべきではないのか。

「答えよ、本多殿」

「分からねぇのかい、お前さん」

目を血走らせた純三郎に、誠四郎は縁側から淡々と語りかけた。

「丸金がどうなろうと、あいつは最初から死ぬ気だったのよ。奥方のところに早く行きてぇと心に決めて、な」

「されば貴公、鈴木氏《うじ》に拙者を会わせたのは……」

「後には俺らが控えてる。そう思えば、仕損じても往生できるだろ」

「……」

たしかに、鈴木彦三郎に行き場は無かった。

たとえ無実であることが証明されたとしても、夫婦仲の良さで評判だった妻女はもういない。

立場にしても小普請組のままであり、金井検校に世話になっていた幕閣たちから疎まれて出世の機会は一生涯、得られぬのが目に見えていた。

これでは生きる甲斐など有りはしない。そう思えばこそ自ら命を捨てるかの如く、腕利きの用心棒がひしめく敵地へと単身で斬り込んだのだ。

「こいつぁ俺からの香典だよ。辻番所の爺さん……いや、留のおやっさんに渡してくんな」

そう言って、誠四郎は懐紙の包みを寄越す。

その言葉が何を意味するのか、純三郎には分かっていた。

愛宕下から戻った足で辻番所を訪ね、純三郎は留蔵に一部始終を明かした。

田部伊織も同席してのことである。

「拙者にもやらせてもらうぞ。構わぬな」

誠四郎の寄越した金を置き、言われたことを余さず二人に伝えた上で、自分も敵地に同行させてほしいと申し出たのだ。

しかし、留蔵はいい顔をしなかった。

伊織に至っては目を合わせようともせず、黙って顔を背けている。

他ならぬ誠四郎の頼みとなれば引き受けぬわけにはいかないが、純三郎を連れて行くわけにはいかない。忠吉の一件とは事情が違うのだ。

留蔵は深々と溜め息を吐いた。

「お前さん、生半可な気持ちでやってもらっちゃ困るのだぜ?」

「もとより承知しておる……。己が身を置く地なればこそ、この江戸を少しでも良くしたいのだ」

留蔵に釘を刺されても決意は揺らがない。

そんな純三郎の申し出を、先に受け入れたのは伊織だった。

「共に参れど、危うき折には助けぬぞ」

「承知」

答える純三郎に気負いはない。

「ならば、受け取れ」

漉き返しに載せて寄越したのは板金一枚。

「金など要らぬと、前にも申したであろう」

「ならば、義憤のみで事を為すつもりか？」

「それが悪いのか」

「己のために為すつもりであれば、止《や》めておくことだの」

伊織は聞く耳を持たなかった。

「江戸はおぬしの庭には非ず。名も無き民が生きる場を求め、あがきながらも日々を乗り切っておる処《ところ》だ。おぬし独りで救えるはずもない」

「では、貴公は何のために⁉」

「所詮は蟷螂《とうろう》の斧《おの》なれど、振るう力があるからには使わずにはおられぬからの」

「……」

伊織の言う通りであった。

純三郎の振るう刀で世の中が変わるわけではない。

検校を成敗したところで、また同じような輩が出てくるだけのことだろう。

それでも、目の前の悪党を放ってはおけぬ。

倒すことで一人でも救われる者がいるならば、戦いを挑む価値はある。

まともに考えれば、たったの金一分で命を懸けるなど割に合わぬこと。

それでも金のやり取りが必要なのは、約束を確かなものにするためなのだろうと純三郎は思う。

（西洋のサタンとやらが求める贄《にえ》と同じなのやもしれぬ、な……）

かつて九州の地にはキリシタンが多かった。

純三郎が生まれた真野家はもとより、曹洞宗を代々信奉する養家の土肥家も異教に帰依などしてはいなかったが、戦国の昔に宣教師が語ったとされる話は伝承として幾つか耳にしたことがある。

宣教師たちが忌み嫌う悪魔《サタン》は、人との契約を必ず守るという。

人智を超えた力を与える代わりに生け贄を出させる反面、ひとたび交わした約束を裏切りはしない。

この一分金を受け取るということは、自分も悪魔になるのかもしれなかった。

だが、それでもいい。

悪しき輩《やから》を滅《めっ》することで、この江戸が少しでも良くなるのならば悔いはない。

悪党どもが許せない。

御家人たちを食い物にして私腹を肥やす外道の所業を、今宵を限りに止めるのだ。

戦う理由は、すでに定まっている。

純三郎は江戸に居たいのだ。

心の底から居着きたいと思えるところであってほしいのだ。

そのためならば、腕を振るう甲斐もある。

留蔵と伊織が見守る中、純三郎は手を伸ばす。

漉き返しごと板金を納める動きに迷いはなかった。


長屋に戻った純三郎は、速やかに戦支度を整えた。

甕に汲み置きの水で荒砥《あらと》を濡らし、大小の同田貫に寝刃《ねたば》を合わせていく。

この刀に血を吸わせたと知れば、信安は大いに嘆くに違いない。

信安が願うのは、伝統ある家を守ることのみ。

自分のために、ひいては土肥家の力になってほしいと寄越した刀を、異なる目的のために振るおうとしているのだ。

しかし、これは純三郎が自らの意志でやり抜こうと決めたこと。

好きに使えと言われたことに付け込むつもりはないが、心して用いる所存だった。

砥石を当てた刀身をぼろ布でぬぐい、鞘に納める。

と、腰高障子に人影が浮かび上がる。

純三郎は無言で立ち上がり、冷飯草履を突っかけて土間に立つ。

開いた障子の向こうには、田部伊織が立っていた。

「迎えに参られたのか……？」

無愛想に問いかけた純三郎の目の前に、小さな草履が差し出される。

「履き替えるがいい」

「これは……」

伊織が差し出したのは足半《あしなか》だった。

五木村に居た頃にも山仕事をするときに用いていた足半は、軽快に立ち回るにはこの上ない履物である。

「おぬしのために編んでおいた。今一度、手を組む折があればと思うてな」

「かたじけない、田部殿」

「礼には及ばぬ……おぬしに仕損じてもらっては困るだけのことぞ」

告げる口調は素っ気ないが、もはや敵意は感じられなかった。

純三郎を仲間に加えると決めた上は、確実に事を為す。

そう心に決めていたのであった。

十

江戸湾に面した芝の一帯は、吹く風も潮の香りを孕んでいる。

純三郎と伊織は夜陰に乗じ、検校屋敷の庭に忍び込む。

塀を乗り越えて降り立った刹那、強盗提灯《がんどうぢょうちん》の光が二人の姿を捉《とら》えた。

「曲者《くせもの》じゃ！」

「出合え、出合えー！」

庭に敷き詰められた玉砂利を蹴立てて、用心棒どもが殺到してきた。

あらかじめ備えが為されていたのは、昨日の今日で襲撃をかけてくる者が再び現れると見越してのこと。篝火《かがりび》まで焚《た》かれている。

かくなる上は、力押しで攻め入るしかあるまい。

しかし、敵は存外に手強かった。

伊織が連射する馬針に仲間が斃《たお》れても、屍《しかばね》を踏み越えて斬りかかってくる。

「油断するでないぞっ」

「承知！」

同田貫の刃筋を立てて斬り伏せながら、答える純三郎の声は力強い。

戦いの場は庭から玄関先に移っていた。

左右から同時に迫られても、純三郎は動じはしない。

右手から迫り来るのに片手斬りを浴びせ、だっと石畳を蹴って飛翔する。

虚を突いた次の瞬間、着地しざまにぶった斬る。

二尺二寸の刀身は、純三郎の体格にぴったりだった。

長すぎず短すぎないからこそ体の動きに合わせて振るいやすく、持ち前の跳躍力を存分に生かした戦い方にも合っている。

そのとき、大柄な男の影が純三郎の瞳に映じた。

篝火の下に血煙が噴き上がる。

男の振るった豪剣が、玄関を守っていた最後の一人——折しも純三郎の背後に迫ろうとした用心棒の胴を払ったのだ。

「誠四郎……」

伊織が驚いた声を上げる。

「どうにも我慢できなくってなぁ……邪魔するぜ、伊織さん」

誠四郎は覆面の下で微笑んだ。

面体《めんてい》を覆い隠し、藍染《あい》めの上衣と細身の袴に身を固めての一本差し。傍目《はため》には素性が分からぬようにしていても、共に修羅場を潜ってきた伊織の目はごまかせない。

「ここは俺に任せておきねぇ」

「かたじけない」

うなずく伊織に微笑み返し、誠四郎は純三郎に向き直る。

「本多殿……」

「江戸を良くしてぇって気持ちは、俺もお前さんと同じさね。さ、早く！」

「……かたじけない」

ぎこちない笑みを返し、純三郎は無人となった玄関に駆け込んでいく。

と、表門から新手《あらて》が雪崩《なだ》れ込んできた。

指揮を取るのは痩せぎすの、三十がらみの御家人だった。

ごていねいに陣笠までかぶり、完全武装の家士たちを引き連れている。

その顔を一目見て、誠四郎はゆっくりと覆面を取る。

「そこもとは……ほ、本多殿かっ」

「妙なところで会ったなぁ、坂本《さかもと》さんよ」

驚く旗本に向かって、誠四郎はにやりと笑いかけた。

血刀《けつとう》を引っ提げたまま、石畳を踏んで坂本に迫っていく。

「こ、これは何故の無体にござる」

「無体をしやがったのはお前さんだろう」

「無体とな」

「お前さんが丸金と手を組んでいやがるのは承知の上よ……ゆんべも鈴木彦三郎を膾斬《なますぎ》りにするのを手伝ったんだろ？」

その御家人——坂本清右衛門《せいえもん》は、かつて丸金こと金井検校が旗本として代官を務めていた頃の配下である。今も恩顧を受けており、子飼いとして公私共に裏で力を貸していることを誠四郎はあらかじめ調べ上げていたのだ。

「おのれ……」

坂本が陣笠をかなぐり捨てた。

佩刀の鞘を払い、切っ先をこちらの眉間に向けた構えは意外にも力強い。

戦う体勢に入ったとたん、痩せぎすの体が一回りも大きく見える。

それだけの力量を、剣の修行を通じて培《つちか》ってきているのだ。

「昔取った杵柄《きねづか》の念流かい……面白《おもしれ》ぇ、相手になってやろうじゃねーか」

不敵な笑みを浮かべたまま、誠四郎は血刀を振りかぶった。

後の世の剣道における上段よりも切っ先を低く取り、腰と両の膝を沈めた体勢は柳生新陰流の基本とされる、雷刀《らいとう》の構えである。

「雑魚は動くんじゃゃねぇ！」

誠四郎の放つ一言に、居並ぶ家士たちは凍り付く。

坂本と一対一で向き合う間合いが、たちまち殺気で膨れ上がった。

「む！」

「りゃっ」

気合いが交錯した次の瞬間、重たい金属音が響き渡った。

坂本は刀身を搦《から》めたまま、誠四郎をぐいぐい押していく。

負けじと応じる誠四郎の手許が、ふっと軽くなる。

坂本は刀を搦め捕り、そのまま撥ね飛ばしたのだ。

飛ばされた刀は、すぐには拾えぬところに転がっていた。

「へっ、なかなか手の内が錬れていやがるじゃねぇか」

丸腰にされてしまってもまったく動じず、誠四郎は平然とうそぶくばかり。

「儂を侮《あなど》るな、若造」

「別に侮っちゃいねぇよ。猿真似にしちゃ、ちょいとした芸だと思ってな」

「おのれ！」

激昂《げっこう》した坂本が斬りかかる。

応じて、誠四郎は一気に間合いへ踏み込む。

刹那、坂本の柄がぐいっと押し上げられた。

次の瞬間、ふっと手許が軽くなる。

一瞬のうちに誠四郎が刀を奪い取ったのだ。

「ぐわっ」

脇差を抜き合わせる間も与えられず、刃音を立てて袈裟斬りが襲う。

柳生新陰流『無刀取《むとうど》り』――敵の刀を奪い取りざまに斬り伏せる秘伝の技を誠四郎は炸裂させたのだ。

「ううっ……」

よろめく坂本の胴を、凄絶《せいぜつ》な一刀が斬り裂く。

一太刀だけでは物足りぬ、怒りを込めての仕置であった。

頼もしい援護を得て、純三郎と伊織は屋内へ斬り込んだ。

「来い、下郎ども！」
金井検校は中庭に仁王立ちとなり、一間柄《いっけんづか》の鑓《やり》を手にしていた。
誠四郎も顔負けの、六尺豊かな巨漢であった。
寝間着姿のままで昂然《こうぜん》と顎を上げ、迫る二人を迎え撃つ。
左足を前にした構えに隙は無い。
この男、ただの守銭奴ではなかった。
配下の用心棒どもも顔負けの、確かな武芸の腕を備えているのだ。
さっと伊織が馬針を投じる。
検校は慌てず鑓を旋回させ、必殺の飛剣を弾《はじ》き飛ばした。
「任せろっ」
間髪入れずに純三郎が斬りかかる。
しかし、鑓が相手では同田貫も分《ぶ》が悪い。
なまじ跳躍すれば空中で芋刺しにされてしまう。
伊織が横から斬りかかろうとしても長柄《ながえ》で阻まれ、どうにもならない。
「そら、どうしたっ」
検校は続けざまに突いてくる。

たちまち純三郎は生け垣の前まで追い込まれた。

「盲人と見て侮ったか、若造」

「……目が見えぬが故に侮ってはおらぬ」

勝ち誇る検校に、純三郎は淡々と言葉を返した。

「うぬが江戸を汚《けが》す輩なればこそ、軽侮《けいぶ》したくもなるのだ」

「ほざけ！」

純三郎の体が飛翔する。

この鐺を制するには、危険を覚悟で間合いを詰めるしかない。

一撃の下に仕留めねば、死あるのみ。

それでも挑まねばならぬのだ。

跳び上がった瞬間、純三郎は両手をぶんと振るう。

なげうつ刀が唸《うな》りを上げた。

「甘いわ！」

嘲りながら打ち払った次の瞬間、検校の手にした鐺がずんと重くなる。

純三郎は刀を投じて空手になった刹那、鐺の柄に取り付いたのだ。

そのまま長柄を伝って飛び降り、帯前の脇差を抜き放つ。

よろめく検校の脾腹《ひばら》に、肉厚の刃がずんと埋まる。

「うう……っ」

断末魔の呻きを上げながら、くわっと目を見開く。

実は目が見えていながら盲人と偽り、代官よりも稼ぎのいい検校の職に鞍替《くらが》えをしていたのであった。


純三郎と伊織、そして誠四郎は静まり返った屋敷を後にする。

去り行くのを見届けて、死屍《しし》累々の屋敷の庭に黒い一群が降り立つ。

男たちは揃いの黒装束に身を固めていた。

いわゆる忍び装束とは違うが、軽やかな身のこなしは忍者そのもの。

彼らは公儀が擁する闇の力。

我欲を満たすのに現を抜かし、羽目を外しすぎた金井検校と坂本清右衛門を粛清するために出向いたところで、裏の稼業人たちの闇仕置の現場を目撃したのだ。

もとより、誠四郎は与り知らぬことである。本丸老中の水野越前守忠邦は誠四郎に密命を下す一方で、抜かりなく二股をかけていたのだ。

誠四郎ばかりか伊織と純三郎にも気取《けど》られぬとは、完璧な隠形ぶりだった。

指揮を執るのは初老の男。

覆面の下から覗く眉毛は、総白髪でも太く凛々しい。

「真野均一郎の忘れ形見、なかなかやるのう」

「御意《ぎょい》」

傍らに控える若者が即答する。

頭目の若い頃を彷彿《ほうふつ》させる、剽悍《ひょうかん》な青年だった。

「盲目《めしい》と装うておったを見抜けなんだは未熟だが、磨けば光る……」

「されば、早々に召し連れまするか」

「まだ早い。今少し、見極めねばなるまいぞ」

「恐れながら、技も体のさばきも申し分なきことと存じまする。願わくば速やかに、我らが配下に加えたく……」

「黙っておれ」

有無を言わせずに頭目は命じた。

「土肥の信安が性懲《しょうこ》りもなく胡乱な動きをしておる。目を離すでないぞ」

「はっ」

口をつぐんだ若者に率いられ、男たちは闇に消える。

静まり返った夜の路上に独り立ち、頭目はつぶやく。

「均一郎の忘れ形見となれば、腕が立つのは当然のこと……されど、愚直に過ぎるところまで父親に似ておっては困る……」

嗄れた声は、どこか切ない響きを帯びていた。

十一

かくして、座頭殺しに端を発する一件は落着した。

誠四郎の進言によって公儀は偽の盲人だった金井検校の遺産を没収し、その一部が身売りをさせられた御家人の妻女たちを自由の身にするために遣われたという。

これで死んだ鈴木彦三郎も浮かばれる。

望ましい在り方にはまだ遠いとはいえ、江戸の町も少しは風通しが良くなったと言えるだろう。

純三郎は決意も新たに、日々を重ねていこうと誓っていた。

望ましい立場で江戸に居着くことができるように、何事にも励まねばならぬ。

次の学問吟味は天保九年。

まだ先のこととはいえ、のんびりしている閑はない。

立花恵吾の下での密偵役も手を抜いてはいられなかった。

日々の糧を得るためでもあるが、住む町の治安を守る助けと思えば励みになる。

「待たせたな、純三郎さん」

「うむ」

正平と連れ立って、今日も純三郎は根津の町を廻る。

「あっ、てんぐのおにいちゃんだ」

「おにいちゃーん！」

黄色い声を上げる子どもたちに向ける表情も明るい。

土肥純三郎、二十一歳。

江戸に居着くことを願って止まない若者は、待ち受ける運命をまだ知らない。

あとがき

根津権現《ねづごんげん》前の辻番所を舞台とする光文社文庫書下ろしシリーズ、おかげさまで十一巻目にして新章開幕の運びとなりました。ありがとうございます。

二〇〇五年一月刊の『辻風《つじかぜ》の剣』に始まる本作品は第一部の辻風弥十郎《やじゅうろう》編が一～五巻、第二部の本多誠四郎《ほんだせいしろう》編が六～十巻、そして新章の第三部として開幕しました土肥純三郎《どいじゅんざぶろう》編が最新巻『若木の青嵐《あらし》』から十五巻までとなります。

本作品は幕末も近い江戸で寄《よ》る辺《べ》を失った若い武士が、悪党退治の裏稼業を営む辻番の留蔵《とめぞう》、その相棒の田部伊織《たべいおり》と手を組み、弱者を救う戦いの日々を送りながら町の暮らしに親しみ、人間的にも成長を遂げて巣立っていく物語です。

基本設定からお分かりの通り、池波正太郎《いけなみしょうたろう》先生の『仕掛人・藤枝梅安《ふじえだばいあん》』をはじめとする江戸暗黒街ものの諸作品、そして三十余年にわたって新たなファンを増やし続ける「必殺シリーズ」のオマージュ＝マニアであるが故《ゆえ》に書かずにはいられない世界なのですが、単なるコピーでは創作する意義がありません。梅安と彦次郎《ひこじろう》、音羽屋半右衛門《おとわやはんえもん》、西村左内《にしむらさない》に木村十蔵《きむらじゆうぞう》（池波先生の傑作短編「顔」の主人公です）、そして藤田まことさんが演じられた中村主水《なかむらもんど》に続く老若の仕置人・仕事人たちが好きであればこそ、オリジナリティを出していかねばと常々心がけております。

本作品の第一巻『辻風の剣』を執筆するとき念頭に置いたのは、若輩ながら居合道と剣道を学ばせていただき、大学では近世日本経済史を専攻した立場から、貨幣経済が発達する時代の流れの中で次第に存在価値を失っていった、江戸時代の武士の姿を自分なりに描くことでした。

第一部の弥十郎は水戸藩士《みとはんし》、第二部の誠四郎は名門旗本《はたもと》でしたが、第三部の土肥純三郎は裏稼業の兄貴分である二人以上に迷える若者です。

江戸時代の武士階級は将軍に直属の直参《じきさん》と、彼ら直参に仕える陪臣《ばいしん》で構成されていました。大名も幕藩体制では将軍の臣下《しんか》という位置付けであり、石高《こくだか》や格式に差はあっても、立場としては直参旗本と同格だったのです。その大名に仕える陪臣の間にも身分差があり、大河ドラマ『龍馬伝』で取り上げられた土佐《とさ》藩のように低い身分とされた郷士《ごうし》が不当な差別を受ける藩も実在しました。

とはいえ、郷士の立場が弱い藩ばかりだったわけではありません。

純三郎が江戸に来るまで身を置いていた相良藩《さがら》には、藩主の相良氏よりも歴史の古い土肥という一族が存在し、子守唄で有名な五木村《いつきむら》を中心とする藩領内の山々を治める地頭《じとう》の立場を安堵されていました。私の母はこの土肥一族の子孫であり、家は叔父が継いでおります。本作品では私のルーツの一部である熊本の相良藩に題材を求め、土肥純三郎というキャラクターを創造しました。

江戸時代の身分制度に悪い面が多いのは事実ですが、定められた枠《わく》の中で生きていれば失業することのない、社会システムの一面もありました。純三郎はその枠を飛び出し、江戸に居着《いつ》きたい一念で悪戦苦闘する道を選んだ若者であります。私の父もそうでしたが、都会に憧れるが故に奮闘せずにはいられない地方出身者の頑張りを相良藩と土肥一族、相良藩と幕府の関係と共に、執筆にご協力いただいた皆々様、そして読者各位様への敬意を込めて描いて参りたく存じます。

果たして純三郎は兄貴分の弥十郎や誠四郎のように成長し、晴れやかに根津の地から巣立っていけるのでしょうか。

引き続き、何卒《なにとぞ》よろしくお願い申し上げます。

牧　秀彦拝

光文社文庫

文庫書下ろし／連作時代小説
若木《わかぎ》の青嵐《あらし》
著者 牧《まき》 秀《ひで》彦《ひこ》

2010年7月20日 初版1刷発行

発行者 駒井 稔
印刷 慶昌堂印刷
製本 ナショナル製本

発行所 株式会社 光文社
〒112-8011 東京都文京区音羽1-16-6
電話 (03)5395-8149 編集部
8113 書籍販売部
8125 業務部

ISBN978-4-334-74802-9 Printed in Japan

組版 萩原印刷

お願い　光文社文庫をお読みになって、いかがでございましたか。「読後の感想」を編集部あてに、ぜひお送りください。

このほか光文社文庫では、どんな本をお読みになりましたか。これから、どういう本をご希望ですか。

どの本も、誤植がないようつとめていますが、もしお気づきの点がございましたら、お教えください。ご職業、ご年齢などもお書きそえいただければ幸いです。当社の規定により本来の目的以外に使用せず、大切に扱わせていただきます。

光文社文庫編集部